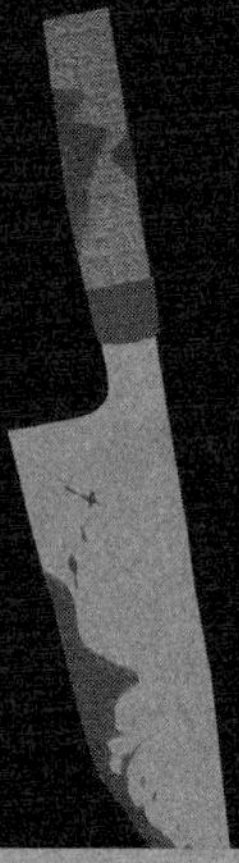

連続殺人鬼 カエル男 ふたたび

中山七里

宝島社

Nakayama Shichiri

KAERU-OTOKO RETURNS

連続殺人鬼カエル男ふたたび

KAERU-OTOKO RETURNS ★ CONTENTS

KAERU-OTOKO RETURNS ★ CONTENTS

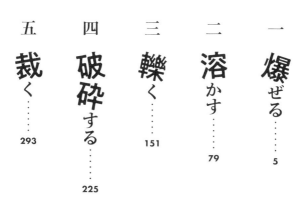

装幀　高柳雅人
装画　トヨクラタケル

一　爆ぜる

1

ＪＲ常磐線《じょうばん》快速土浦《つちうら》行。

電車が三河島《みかわしま》に到着すると、今まで隣に座っていた女子中学生の一団が一斉に出口へ急ぐ。当《とう》真《ま》勝雄《かつお》は彼女たちに触れないように、慌てて両足を引いた。小学校の頃から女の子は大の苦手だった。

『次は南千住《みなみせんじゅ》、南千住』

漢字が読めないので、停車駅をアナウンスで一駅一駅確認していく。そうしないと目的の駅を乗り過ごしてしまいそうだった。

勝雄はパーカーのポケットを探り、中に入っていた何枚もある紙片を広げてみる。紙片には見慣れた自分の筆跡が並んでいる。大丈夫だ。このページで間違いない。

午後八時三十分、ラッシュ時刻を過ぎたとはいえ帰宅途中のサラリーマンたちが吊革《つりかわ》に摑《つか》まって思い思いに時間を潰している。座席に並ぶ者たちもイヤフォンで音楽を聴いているか、手元の携帯端末を指でなぞっており、誰一人勝雄に注意を払わない。

人混みは落ち着かなくなるので嫌だったが、誰も自分を見ていないことが分かったので、勝雄は少しだけ安心した。あと二区間だけ我慢すればいいのだ。

それにしても、と勝雄は思う。たった十カ月も見ないうちに、世間のこの変わりようといったらどうだろう。飯能《はんのう》の街ですら新しいビルが建ち、見知らぬ道路が通っていた。景色は一変し、勝雄の帰還を喜んではくれなかった。昔、『うらしまたろう』という本を読んだことがあったが、まるで自分がその主人公になったような気がする。

本当ならもっと早く退院するはずだったのに予定がずいぶん狂ってしまった。あの刑事に撃たれた傷は二週間で包帯が取れたが、格闘した時に相手を痛め過ぎたのがいけなかったのだ。自分は何かの罪を犯したらしく、しかも普通とは違うので入院生活が長くなってしまった。難しいことはよく分からないが、サイバンショというところがそう決めたようだった。

定期的に検査されて適度な運動も許された。身体は元に戻っても、担当の先生が許可しない限り退院はできないと言われた。どれだけ外に出られることを待ち望んだだろう。自分にはやらなければならない仕事があるというのに。仕方がないので、ベッドの上で自分が為すべき行為を何度も思い描いて予習に努めた。どんな風にするのか、道具は何を用意するのか、相手のいる所まではどうやって行くのか。

二日前、近所のホームセンターでハンマーとビニール紐《ひも》を買った。どんな風にするにしても、まずこの二つは必需品だと先生が教えてくれたからだ。この二つがカエル男の身分証明書になるのだと。

『次は松戸《まつど》。松戸』

カエル男。昨年の暮れ、埼玉県飯能市で連続殺人事件を起こし市民を恐怖のどん底に落とした犯人は、「かえるをつかまえたよ」で始まる稚拙なメモを現場に残していたため、そう名付けられた。

勝雄にとってカエル男とは英雄であり、もう一人の自分でもあった。当真勝雄という人間は他人の助けがなければ何もできないちっぽけな存在だが、カエル男はその名前を聞いただけで誰もが震え上がる恐怖の王だ。

勝雄は自分という人間が嫌いだった。勝雄に接してくる人間は嘲りや同情しか向けてくれない。常に見下すような視線でしか自分を見てくれない。勝雄はそれが我慢ならなかった。虐げられる者だけが持つセンサーで、勝雄は人々の悪意を敏感に感じ取る。忌避、嫌悪、優越。いつでも他人の目は昏《くら》い感情に彩られている。畜生、馬鹿にしやがって。それなら人々を慄《おのの》かせ、恐怖のうちに君臨するカエル男の方がずっと魅力的だ。

『松戸。松戸』

ここだ。

勝雄は訓練された兵士の気分で電車を降りた。途端に十一月の夜気が顔に吹きつける。まだ雨は降っていなかったが、たっぷりと水分を含んだ重い空気だった。

行先はチバケンマツドシシラカワチョウ三―一―一。網膜に記録された情報は未だに鮮明だった。そして下調べも充分だった。何しろ不慣れな場所で土地鑑もない。識字能力に難のある自分では迷子になる可能性も大だ。だから三日前、まだ明るいうちにここを訪れた。

目的地シラカワチョウ三―一―一については飯能市の中央図書館が大いに役立った。ここの資料室には千葉県内全域の住宅地図が揃《そろ》っている。司書に頼むと、渋々ながら目的のページを開いてくれた。ゼンリンの住宅地図には番地から枝番までが細かく記載されており、三―一―一の場所はすぐに分かった。名前が読めなくても番号さえ振ってあれば事足りる。

勝雄にとって幸運だったのはシラカワチョウが松戸駅からさほど離れていなかったことだ。駅から二キロと少し。これなら勝雄でも歩いていける。

東口から出て南東方向に歩き出す。行き交う通行人の中には勝雄と同様にパーカーを纏《まと》う者もいるが、フードを被《かぶ》った姿は見かけない。勝雄は少し迷う。目的地まで顔を隠しておくべきだろうか。

しばらく考えてからフードは被らないことにした。前に先生が教えてくれた。目立たないようにするには、他人と同じように振る舞わなくてはいけないと。元から自分が目立つ容姿でないことは承知している。

住宅地図に示された目的地までの道筋はやはり網膜に焼きついているので、いちいちコピーを見直す手間は要らない。映像記録の保存と再生。さながら脳の一部がハードディスクになっているのが勝雄の武器だが、本人にその自覚はなかった。

空気は重たいまま、更に冷たくなる。目的地に近づくにつれ店舗とネオンは少なくなり、オレンジ灯の間隔も大きくなっていく。勝雄の足はどんどん光源の乏しい方向へと向かう。歩道で向こうからやってくる人間もめっきり少なくなった。次第に勝雄の中の野獣が頭を擡《もた》げてきた。以前から飼っている心の中の獣は夜行性だ。夜が深まれば深まるほど、暗ければ暗いほど眼光を増していく。

既に閉店した紳士服屋を過ぎ、三叉路《さんさろ》を左に折れる。クルマ一台がやっと通れる路地をしばらく進むと、やがて目的地に着いた。

郵便受けに番地も記されている。

白河町《しらかわちょう》三―一―一　御前崎《おまえざき》。

勝雄はポストの横にあるチャイムを鳴らす。インターホンから顔を覗かせた。

御前崎宗孝《むねたか》は勝雄を見ると、ひどく驚いた様子だった。

「何と勝雄くんじゃないか。久しぶりだな。どうしたんだね？　こんな時間に」

＊

松戸市白河町三丁目の住人が突然の爆発音に眠りを破られたのは、十一月十六日午前一時十五分のことだった。

近くに落雷でもあったかと飛び起きた鹿島耕治《かしまこうじ》は、表に出て仰天した。隣の御前崎邸の窓ガラスが破れ、中から黒煙が上がっていたからだ。

鹿島の急報を受けて中央消防署の署員が駆けつけると、既に御前崎邸からの黒煙は収まっていた。ガス洩《も》れの可能性を考慮し、慎重に突入した隊員はその光景を見て腰を抜かした。

リビングだったと思われる部屋は、何かの爆発によって家具も床も天井も完膚《かんぷ》なきまでに破壊されていた。原形を留めている物など何一つなく、壁の一部には大穴が開いていた。だが、隊員が腰を抜かした原因は他にあった。

部屋の至るところに肉片と血が散乱していたのだ。

百か二百か、あるいはそれ以上の数に粉砕された組織が壁や床にこびりついていた。血肉の赤と脂肪の黄、そして骨片の白が部屋中をカンバスにして極彩色の地獄絵を描いている。

一番大きな塊でもサッカーボールほどの大きさしかない。頭蓋骨や骨盤といった部位も木端微《こっぱみ》塵《じん》に吹き飛んでおり、その間を体内から噴出した内容物が埋めている。お蔭《かげ》で壁紙は元の模様が全く分からなくなっている。

破砕されたペンダントライトからぶらりと垂れ下がっている長い物体は大腸だった。その切断面からは細切れになった糞便《ふんべん》が間欠泉のようにひり出ている。

おぞましさに隊員が一歩退くと、肩に水滴が落ちた。まだ消火もしていないのに——不審に思って水滴を指に拭い取り、声にならない叫びを上げた。水滴の正体は天井一杯に付着した赤い粘液の滴りだった。

細切れの肉片と飛散した体液。

衣服の切れ端が残っていなければ、元の姿が人間であったことも分からないだろう。もしもマスクを装着していなければ、隊員は火薬と燃焼臭の他に、もっとおぞましい臭いを嗅いでいたに違いない。

その時、天井に粘着していた手の平ほどの塊がゆっくりと剝がれようとしていた。何やら表面に白い毛羽の生えた塊だった。

避ける間もなく塊が剝がれ落ち、マスクの前面にべたりと貼り付く。

「うわ」

隊員は無意識のうちに塊を手に取って見る。

白髪が血で斑《まだら》に染まった頭皮だった。

いつしか隊員はマスクの中で呻《うめ》いていた。消防士を拝命してから五年にもなるが、自分で助けを求めたくなったのは初めてだった。

＊

翌日、古手川和也《こてがわかずや》は爆発現場に覆面パトカーを走らせていた。

合同捜査でもないのに千葉県警の管轄に足を踏み入れたら、いったい何を言われることやら――。

頭の隅にちらとそういう考えが浮かんだが、すぐに打ち消してアクセルを踏み続ける。猪突猛進《ちょとつもうしん》、直情径行。どう言われようと構わない。たとえニューギニア島の奥地で起ころうと、これは自分の事件だ。

すると助手席で苦虫を嚙み潰していた渡瀬《わたせ》が、顔も向けずにこう言った。

「言っとくが自分の事件だなんて思うなよ。あくまで俺たちは情報提供に行くだけだ」

いったい、この男はどこで読心術を学んだのか。それとも自分が単純に過ぎるのか。いずれにしても、ここまで考えを読まれているといちいち反論する気にもならない。古手川は殊勝に頷《うなず》いてみせるが、御前崎邸爆発の報《しらせ》を受けて腰を上げたのは渡瀬の方が早かったはずだ。

御前崎教授は昨年暮れに発生した飯能市五十音順連続殺人事件の関係者であり、事件を担当した古手川にも浅からぬ因縁があった。

情報提供。なるほど言い得て妙な名目だが、渡瀬が乗り出した段階で現場の主導権がこの男に移行するのは目に見えていた。ただし自分たち二人しか情報提供できないのもまた事実であり、現場への介入は古手川個人の思惑を超えて正当性がある。

「御前崎邸爆破……事件だと思いますか」

「報道じゃ御前崎教授の遺体は四散どころか粉微塵だったそうだ。単なる事故でそこまで遺体が損傷するとは考え難いな。それにもう一つ嫌な話を聞いている」

「何ですか」

「当真勝雄が十月の末に退院している」

慌ててハンドルを切り損なうところだった。

「勝雄が？　じゃあ、これはあいつが」

「予断を持つな。まだ何も分かっちゃいないんだ」

城北《じょうほく》大学名誉教授御前崎宗孝と当真勝雄。かつて理想的な主治医と患者の関係だった二人。勝雄がこの事件に関与しているとなると、事件の様相は一変する。予断を持つなと言う方が無理だ。

途端に左足の古傷が疼《うず》き出した。あの事件で古手川は満身創痍《まんしんそうい》の怪我を負った。医者が呆《あき》れ返るような回復力でどうにか職場に復帰できたものの、原形を留めないほどに破砕された左足だけは未だに時折痛みが走る。

思えば事件を解決して得たものは多かったが、失くしたものはそれ以上だった。得たものは警察官としての矜持《きょうじ》と覚悟、失ったものは女性への情愛と信頼感、そして人間に対する希望。一人前の警察官になるというのは、それだけ不信と絶望を背負うことと同義なのだと思い知らされた。

「……まだ、あの事件は続いてるんスかね」

「そうじゃないことを確認したいから向かってるんだ」

渡瀬がそう吐き捨てたが、古手川には今度の爆破が事件の再開を告げる狼煙《のろし》のように思えてならなかった。そして古手川が予感している段階なら、渡瀬は当然のように次の展開まで予測しているに違いなかった。

現場に到着すると野次馬が十重二十重に取り巻く中、警察官と消防隊員が御前崎邸を出入りしていた。外観からでも家屋の中心部が奇妙にひしゃげているのが分かる。内部の惨状は推して知るべしといったところか。

現場の担当者は松戸署の帯刀《たてわき》という警部だった。帯刀は渡瀬たちの突然の訪問に驚き怪しんだが、渡瀬の説明を聞くうちに顔色を失くしていった。

「御前崎教授が、あの五十音殺人に関与していたですって？」

「そういう事情なので、ご迷惑を承知で参上しました。今回の事件と関連があるかも知れません。現場を拝見してよろしいですかね」

元より強面《こわもて》の渡瀬に請われて拒否できる人間はそうそういない。新情報を提供するという申し出も松戸署の利害に一致するのだろう。帯刀は二つ返事で二人を現場に招き入れた。

「ああ、お二人とも食事はもう摂られましたか」

「いや、まだですが」

「それはよかった。飯を食べた後にあんなものを見るもんじゃない」

帯刀の言葉は現場に踏み込んだ瞬間に理解できた。

その物体を遺体と表現すべきなのか古手川は迷った。人間という以前に動物の形をしていなかったからだ。人間をすり潰して絵の具にし、部屋中に描き殴った——そういう光景だった。

臭いは極めて激烈で、動物性蛋白質《たんぱくしつ》を焼いた異臭に腐敗臭が加わり、更に火薬の燃焼臭がブレンドされていた。ひと嗅ぎしただけで鼻が曲がるかと思った。空っぽのはずの胃から消化液が逆流しそうだった。

「飯能の事件に関連があると聞いてやっと腑《ふ》に落ちました。実はこんな物が見つかりましてね」

帯刀がビニール袋を渡瀬に差し出した。中には四隅の焦げた紙片が入っている。

文面に目を通した古手川は今度こそ吐きそうになった。

きょうばくちくをかってきたよ。おおきなおとをたてて、なんでもばらばらにするんだ。すごいなあ。それで、かえるのなかにいれてひをつけてみた。かえるははなびみたいにばくはつした。ふくにかえるのめだまがくっついたよ。

吐き気を催したのはおぞましさに既視感があったからだ。文章はもちろん、筆跡も以前見た犯行声明文と酷似している。渡瀬が凶悪な顔をしているが、理由はよく分かる。これは先の事件が続いているという明確なメッセージだった。

「御前崎教授は一人暮らしでしたが、キッチンのシンクにはコーヒーカップが二客、放り込まれていました。昨夜は来客があったようですね」

もてなすつもりの来客が突如居直り、御前崎を襲った。つまり犯人は顔見知りであることになる。

「ただ、犯人らしき人物が残した証拠と言えばそのコーヒーカップとこの紙切れだけでして……まあ、一番重要な手掛かりである死体がこの有様では」

帯刀は憤懣《ふんまん》やる方ないという風に頭を振る。たとえば刺切創《しせつそう》があれば、その角度で犯人の利き腕が分かる。外傷の数や鬱血の有無で、犯行時に格闘があったかどうかが分かる。死斑や胃の内容物で正確な死亡推定時刻が分かる。それらは犯人特定に結びつくものであり、言い換えれば死体ほど雄弁に犯人を指摘するものはない。

しかしその雄弁な証言者も細切れになってしまったのでは喋《しゃべ》りようがない。古手川は担当となった検視官に少なからず同情した。

「昨夜、訪問者を見たという目撃証言は出ましたか」

「いいえ。地取りをやらせてますが、今のところ目撃者はいません。表通りから外れていますし、住宅地で十時過ぎには人通りも絶える。寒くなってきたのでどの家も窓を閉め切っている。悪い条件が揃っていますね」

「爆弾の仕様は」

「鑑識が調べている最中ですが、その……爆発物の破片が肉片やら組織と絡み合っているため、その剝離作業だけで手間を食っているらしい」

帯刀は紙片が封入されたビニール袋を指で弾いた。

「あなたの話によれば、埼玉県警にこれと同じようなブツが四枚も保管されている。とりあえず、すぐに役立つ情報はそれになりそうですね」

　すると渡瀬が帯刀に近づいて声を潜めた。

「この胸糞悪《むなくそ》いメモに関しては箝口令《かんこうれい》を敷いた方がいいでしょうな」

「何故ですか」

「飯能の事件では氏名がアからエまでの男女が犠牲になりました。そして今回、御前崎のオでア行は完結した」

「これが最後の犯行になると？」

「逆ですよ。犯行は他の行に移行する」

　帯刀は虚を衝《つ》かれたように口を半開きにした。

「それがアカサタナの順番通りなのかそうでないのかは犯人に訊《き》いてみないと分からないが、五十音順殺人がまだ続いていることが公になれば、少なくとも氏名がカで始まる者は途轍《とてつ》もなく不安になるでしょう」

　古手川は飯能市民の反応を思い出す。あの時は犠牲者が飯能市民に限定されていたことも手伝って、殺人が起きる度に該当する氏名の者はパニック状態に陥った。

「今回厄介なのは、ここが飯能市ではないということです」

「それは……どういう意味ですか」

「以前は飯能市だけに限定されていた事件だったから飯能市民の不安がより増大したが、言い換えれば他所《よそ》の地域に住む者は高みの見物でいられた。しかし、今回は同じア行でありながら特定地域の縛りから外れた。恐怖の度合いが薄まる分、その範囲は拡大したことになる」

帯刀はゆっくりと顔色を変えていく。恐怖が拡大すれば、それだけ捜査本部に対する風当たりが強くなる。そして一番風力が強くなるのは、間違いなく現場の仕事を担う自分にだ。

「渡瀬警部。あなたはこの事件に深い関心をお持ちのようですね」

帯刀は機嫌を窺《うかが》うかのように渡瀬の顔を覗《のぞ》き込む。

「もしよろしければ、事件の進捗に従って意見交換するというのはいかがですか。犯人が先の事件を模倣しているとなれば、事件を担当したあなた方の情報が必要になってくる」

「わたしの方は構いませんよ」

横でやり取りを聞きながら、古手川は呆れ返った。何という口八丁か。本来なら敬遠されて当然の捜査介入なのに、先方から協力要請を引き出してしまった。

渡瀬の下について二年、今まで犯罪捜査について様々なことを学んだが、未だにこの老獪《ろうかい》さだけは真似できない。いや、そもそも自分のような性格の人間が習得できる技術なのか疑問だ。

「昨夜、ここを訪れたという人物には心当たりがあります。埼玉県警にデータが残っているので、コーヒーカップから検出されたものと照合してみましょう」

「……よろしくお願いします」

帯刀の言葉を受けて渡瀬は軽く会釈する。会ってまだ数分というのに、早くも上下関係を構築してしまう。これもまた渡瀬の能力の一つだった。

渡瀬はもう一度現場を見回す。その姿は見えないものを見、嗅げないものを嗅ぎ、そして聞こえないものを聞いているように映る。

やがて舌の上に不味《まず》いものを乗せた顔をして、渡瀬は踵《きびす》を返した。

覆面パトカーに戻ってから古手川は早速質問をぶつけてみた。

「何か班長のセンサーに反応しましたか」

「色は同じだ」

「色？」

「人を人とも思わない死体処理。記号化。今度も犯人は自分の情熱を隠そうとしている。前の事件を正確にトレースしているという面じゃ、模倣犯としては及第点だな」

模倣犯と聞いて、すぐに勝雄の顔が浮かんだ。確かに彼が犯人ならば頷ける。独創性はないが、他人の行為をなぞることができる。しかも律儀に、事細かく、己の感情を殺して。

次に浮かんだのは御前崎の顔だ。知性を感じさせる穏やかな瞳と風格。以前、不良少年に娘と孫の命を奪われたが、理不尽な法律と悪辣《あくらつ》な弁護士によって犯人を罰することは叶わなかった。煮え滾《たぎ》るような激情を温厚な面の下に押し隠し、いつも紳士然と振る舞っていた。

「班長」

「ん」

「あれ、本当に御前崎教授の死体なんですかね」

「偽装だって言うのか」

「あの、したたかな教授があっさり殺されるなんて、ちょっと想像できないですよ」

「確かに年齢以上に脳みその皺《しわ》が多い御仁だったがな。それでも高齢者であることに変わりはない。暴力には勝てん。爆弾にはもっと勝てん」

渡瀬の言うことはもっともだった。どれほど巧緻な頭脳であっても、強靱《きょうじん》な肉体と対峙《たいじ》すればたちまち粉砕されてしまうだろう。ましてや、その相手が勝雄であれば尚更《なおさら》だ。古手川自身が勝雄と格闘して完膚なきまでに叩《たた》きのめされた。教授が相手なら秒殺だろう。

爆死が偽装ではないかという疑いはひとまず保留することにした。どうせ今頃、科学捜査研究所の担当者が肉片の一部を解析している最中で、早晩結果が出るだろう。

また、御前崎の死に様が爆死であったのなら、それはそれであの人物に相応《ふさわ》しい気もする。策士策に溺《おぼ》れる。あれだけ奸智《かんち》に長《た》けた人間が、まるで真逆の存在によって抹殺されるというのも、何やら世の理《ことわり》のように思えてならない。

「それにしても爆弾とは……もし勝雄が犯人だとしたら、どうやって入手したんでしょうか」

「コンビニで売ってるような代物じゃなし、通販で一セット揃うというサイトも聞いたことがない。部品を掻き集めて自作するのが一般的だろう」

爆弾作りに一般も特注もないだろうと思うが、口には出さない。口に出せば渡瀬のことだ。初心者の作る爆弾からテロリスト御用達のプロ仕様まで、詳細なラインナップを滔々《とうとう》と説明し始めるに違いない。

「彼に爆弾を自作するような知恵があると思いますか」

そう尋ねると、渡瀬は遠くの方を見つめながら言い出した。

「お前、どんなのでも構わんが爆弾の設計図を見たことあるか」

「ありませんよ、そんなもの」

「爆発ってのは燃焼速度を速めるために薬剤を燃やすだけの単純な動作だ。これが目的によって、時限式なのかリアルタイムなのかというように起動方式が変わってくる。乱暴に言っちまえば、起爆させる本人が爆弾から距離を取るほど回路は複雑になっていく。要するに、ダイナマイトの導火線に火を点《つ》けるだけだったらタイマーもコードも必要ないってことだ」

「しかし、それにしたってダイナマイト本体だってホームセンターに売ってないでしょう」

「お前、当真勝雄が以前どこで働いていたのか、もう忘れたのか」

　誰が忘れるものか。勝雄が雇われていたのは市内でも評判の歯科医院だった。自分と勝雄は、その寮で一戦交えたのだ。

「歯科治療に使用する薬剤の中にはとんでもない代物もあってな、その一つが次亜塩素酸《じあえんそさん》ナトリウムだ。口腔内の殺菌に使うんだが、こいつを乾燥させると塩素酸塩になる。そして塩素酸塩は火薬の原料だ。当真勝雄が職場でその知識を仕入れて、密《ひそ》かに隠し持っていた可能性はゼロじゃない」

「それだって製造工程が複雑じゃないんですか」

「薬剤を底に溜《た》めて放置しておいたら自然乾燥する。呆れるくらいの単純作業だ。子供にだってできる。そいつを薬瓶ごと焼却炉に放り込んでみろ。薬剤の量によっちゃあ炉自体が破裂するぞ」

　いったい、どこからそんな知識を仕入れてくるのか毎回不思議に思うものの、訊く気はとうに失せている。第一、それより気になることがある。

　勝雄の行方だ。

　まだ勝雄が容疑者と決まった訳ではないが、現場に残されたメモは否応なく彼を想起させる。

当該患者への偏見ではないが、精神病に完治という状態は存在しないと言われている。あるのは寛解か再発かだ。従って病院を退院したからといって、勝雄が他人に暴力を行使しないという保証はどこにもない。

そして、もしも勝雄が犯人であった場合、手配も確保もできない状況は甚だしく危険と思われた。いみじくも御前崎自身が以前口にしたではないか。

幼児は飽きるか叱《しか》られるかしない限り、気に入った遊びをやめようとはしないのだ。

「とりあえず県警本部に当真の顔写真が保存されている。帯刀警部も活用するだろうが、ヤツが潜伏するとしたらまず思いつくのはどこだ」

「……勝手知ったる飯能市、ですか」

「しかも、ヤツは気が許せる知り合いの少ない人間だからな。場所も限定される」

「俺たちが捜すんですか」

「捜したくないのか」

「そこまでやれば情報交換どころじゃなくて、完全な捜査介入じゃないスか」

「捜したくないのか」

重ねられた言葉には有無を言わせぬ圧力があった。この男の現場志向は徹底している。古手川を焚《た》きつけてはいるが、本音は自分がキツネ狩りに参加したいのだ。

「……松戸署とどういう折り合いをつけるつもりなんですか」

「ウチの課長を介して里中《さとなか》本部長に捜査協力を上申する」

「栗栖《くりす》課長がそんな上申を受けますか」

「首尾よく当真を確保して松戸署に引き渡せば、埼玉県警が千葉県警に貸しを作ることができる。

両県警部長はキャリア組の同期だから、貸し借りには敏感に反応する。確保できなかったとしてもこちらから言い出した協力で、しかも捜査員レベルの話だ。だから失点になることは一切ない」

つまりノーリスク・ハイリターンの話に課長と本部長たちは必ず食いついてくるという読みだ。

「俺、前々から気になってたことがあります」

「何だ」

「栗栖課長って、どことなく班長を煙たがってるように見えたんスけど……こんだけ読まれてたら、そりゃあいい気持ちはしないでしょうね」

「今更、殊勝なこと言うな。上司を活用するのが警察で長生きするコツだ。いい加減、学習しろ」

だが、自分が渡瀬を有効活用するような日は永遠に来ないだろうと古手川は確信していた。


翌日、早速帯刀から報告があった。

鑑識が御前崎の研究室から指紋と毛髪を採取し、爆発現場の遺留されていたものと比較した結果、同一人物のものと結論付けられた。

また城北大附属病院では医師ならびに職員の定期健診を慣行している関係で、御前崎の血液サンプルが保管されていた。そのサンプルを現場に飛散していた血液とDNA照合したところ、これもまた同一のものと判断された。

加えてコーヒーカップの指紋についても報告が上がっていた。カップ二客に付着していたのは紛れもなく御前崎と勝雄の指紋であり、これによって事件当日御前崎が相手をしたのは勝雄であることが立証された。

こうして古手川が疑った偽装説はひと晩で粉砕された。しかしそれで古手川が意気消沈する理由もなく、ただ確執のあった老教授の死に無常感を覚えただけのことだった。

2

「千葉県警が正式に捜査協力を申し出てきた」

助手席で渡瀬が呟《つぶや》くように言った。

「つまり千葉県警の見立ても勝雄が犯人ということですか」

「あの状況なら、普通はそう考える。加えて容疑者は行動範囲が狭く、事件発覚直後なら網にかかりやすいと思っている」

科捜研の報告によれば、御前崎の爆殺に使用された火薬から塩素酸塩が検出された。図らずも渡瀬の仮説が立証された形だが、この事実は当然、勝雄の容疑を一層深める材料となった。

勝雄の住所地は未だ飯能市にあり、埼玉県警に協力を要請したのは、勝雄が犯人であると断定したからに他ならない。勝雄の精神障碍を考慮すれば、確かに行動範囲は狭められる。数字とカナしか識字できないのなら、自由に動き回るのも困難になる。事件現場と現住所を結ぶ線を張っていれば充分という考えだ。

先の事件でいったん逮捕・勾留された勝雄は、その後の捜査で無実が証明された。入院中勤務先の歯科医院を即刻クビになったのだが、御前崎邸の事件はそのさなかの出来事だった。

「でも班長。勝雄の住んでいた寮には別働隊が張りついているんですよね。どうして俺がそっちに配置されないんです？」

　昨年、寮で勝雄を確保したのは他ならぬ古手川だ。その場所を他の捜査員に張らせるのは、やはり心中穏やかならざるものがある。

「懲りねえヤツだな。お前、その時の捕物で半死半生の目に遭ったただろ。そっちには腕自慢の猛者を遣《や》ってある」

　その点を突かれれば憮然《ぶぜん》とするしかない。古手川は舌打ちしたいのを堪《こら》えてステアリングを握る。

　ただし聞かずとも渡瀬の考えの一端は分かる。この上司は犯行後の勝雄が自分の部屋に帰るなどとは、露ほども考えていないのだ。そうでなければ、自分を運転手代わりにして他の捜査員と別行動を取る訳がない。

「じゃあ、班長はこれから行く場所に勝雄が潜伏してるって読んでるんスか」

「読んでるんじゃない。確認しに行くんだ」

「確認しなきゃいけないものがありましたか」

「科捜研の報告に足りないものがある」

　二人が向かっている先。そこは先の事件で家族や恋人を失った遺族の家だった。

　御前崎がいなければ先のカエル男事件は決して発生することがなかった。遺族の恨みが御前崎に向くのは当然であり、犯人の勝雄を隠匿する理由も成立する。

　しかし一方、御前崎が事件に関与したことを知る者は限られているはずだ。仮に勝雄を匿《かくま》っていたとしたら、その人物はどうやって事件の真相を聞き知ったのか。

結局は分からないことだらけで、可能性を一つ一つ潰していくという従来のやり方に頼るしかなかった。

やがて二人を乗せたクルマは飯能駅を過ぎ、二九九号線に入った。

飯能市荻谷町《おぎやちょう》三―二―五、グリーンガーデン飯能二〇二号室。ここに先の事件で第一の被害者となった女性の恋人、桂木禎一《かつらぎさだかず》が住んでいる。

事件当時の桂木は臆病な草食動物を連想させる青年だった。恋人を殺され、しかもその憤怒をどこにぶつけていいのか困惑する様は哀れ以外の何物でもなかった。

後になって古手川が桂木に親近感を抱いたのは、共に親しい人間を失くした共通点が生まれたからだ。犯人との格闘で負った傷よりも、そちらの傷の方が深かった。若さは肉体の回復を早くしても、精神の傷を逆にこじらせる。古手川も全身に受けた外傷が完治した今も尚、心を裂かれた痕は修復できずにいる。おそらくは当分埋まることのない傷痕だ。

果たして彼の傷はもう癒えているのか。平穏な生活を取り戻せているのか。古手川は他人事ながら気になった。

〈桂木〉のプレートが埋め込まれた部屋の前に来る。今日は土曜日なので、運が良ければ本人が在宅しているはずだ。チャイムを鳴らすと、早速中から若い女の声で応答があった。

女？

確か桂木は一人暮らしだった。

まさか新しい恋人なのか。そんなに早く前の恋人を忘れられる男には見えなかったのだが。

ところがドアを開けた女を見て、古手川はあっと声を上げそうになった。それは古手川を見た女も同様だった。

指宿梢《いぶすきこずえ》。

カエル男事件で二人目の犠牲者となった老人の孫娘だ。

「梢ちゃん」

「あの時の刑事さん」

しばらく顔を見合わせていると、梢の後ろから桂木が姿を現した。

「ああ、古手川さんじゃないですか」

「桂木さん、どうしてこの人がここにいるんだ」

「あっ。えっと、それは……すみませんが中で話しませんか」

背後の渡瀬を窺うと顎で促された。

リビングに通されて部屋を見回すと、やけに調度類が落ち着いている。自分の部屋の殺風景さを知る古手川には、同じ一人暮らしの環境には思えない。梢が違和感なく振る舞っているところを見ると、かなり以前から彼女の手が入っているようだ。

桂木と梢が並んで渡瀬たちの前に並ぶ。梢が下を向いたままなので、自然と桂木が口火を切る。

「実は……あの事件で三人目の被害者は有働真人《うどうまさと》くんでしたよね」

その名前を聞いた刹那、胸が痛んだ。まだ小学生だというのに殺された哀れな少年。彼の死こそが古手川の胸を引き裂いた元凶だった。

「新聞を読んで、僕は真人くんの葬儀に参列しました。僕も礼子《れいこ》を同じ犯人に殺されたから他人事には思えなかったんです。それで真人くんのお母さんにお悔やみを伝えようと、親族の待合室に行き……そこで彼女と出逢《であ》ったんです」

「あたしも禎一さんと同じでした。あんな小さな子が酷《むご》い方法で殺されてしまって。居ても立ってもいられなくなって有働さんに会いに行きました」

「待合室で鉢合わせだったんです。お互い、境遇が似ているじゃないですか。それで慰めたり慰められたりするうちに、いつの間にかこうなっちゃいまして……」

桂木は照れたように頭を掻く。梢がずっと俯《うつむ》いているのはこういう理由か。

「今は半同棲ですけど、近いうちに籍を入れようと思っています。ね？」

梢が小さく頷いた。

すっかり当てられた格好の古手川は、そうですかと馬鹿のような返事をするしかない。渡瀬に至っては最前からずっと渋面のままでいる。

「でも、僕はこれでよかったと思います」

古手川たちの反応が冷淡だと感じたのか、桂木は慌てて弁解する。

「僕も梢さんも大事な人を失って、まるで胸に穴が開いたようでした。寒くて寒くて、胸の空洞をひゅうひゅう風が吹き抜けていくんですよ。それを埋めてくれたのが梢さんです。もし彼女がいなかったら、きっと僕はまともな生き方ができなかったはずです。古手川さん、思うんですけどね。人間って本当に弱い生き物で、たぶん一人じゃ生きていけないようになってるんです」

横に座る梢が何度も頷くのを見て、古手川は妙に心が安らいだ。

あれは真相が解明されても、誰一人救われない事件だった。殺された者、残された者、そして殺した者。皆一様に悲劇を背負い、禍根を残した。古手川自身も深い人間不信に陥った。

そんな中でこの二人は出逢い、互いの空洞を埋め合って新しい一歩を踏み出そうとしている。それは暗澹《あんたん》たる絶望の中に射し込む一条《ひとすじ》の光のように思えた。

「あなたたちを責める気なんて、これっぽっちもないですよ」

偽らざる心境だった。

「こんなの慰めにも何にもならないけど、あなたたちを巡り合わせたってことで亡くなった二人も、いや、三人か。きっと喜んでくれると思います」

我ながら気恥ずかしいことを口にしたが、このくらいは許容範囲だろう。

ところが、真横に座っていた不機嫌な上司が心地よい雰囲気を台無しにした。

「お二人とも和んでいるところを申し訳ないが、一昨日の十六日、松戸で発生した爆殺事件のことをご存じですか。自宅で大学教授が木端微塵になり、現場には子供のような稚拙な字で犯行声明文が残されていた」

渡瀬の言葉に目の前の二人は凝固し、信じられないという風に口を半開きにする。

「刑事さん、その犯行声明文ってひょっとして、かえるがどうのっていうアレだったんですか」

御前崎の事件報道で千葉県警は模倣犯出現の可能性を考慮し、犯行声明のメモについては公表していない。だが先の事件の関係者である二人にはヒントだけで内容が通じる。

「だって、あの事件はもう解決したんじゃ」

梢の肩が細かく震え出したのを、桂木が抱き締める。

「ニュースで大学教授が殺されたのは知ってましたが……警部さん、殺された教授の名前はもしかして」

「ああ、〈オ〉で始まる名前でした。犯人が誰かはともかく、事件としては五十音で連続してしまった」

「別の犯人、なんですね」

「それは捜査中なんだが。おい、写真見せてやれ」

言われて古手川は勝雄の写真を差し出す。

「この青年を知っていますか」

だが桂木と梢は顔を見合わせて首を横に振る。先の事件で二人は御前崎とも勝雄とも面識がなかったはずだから、この反応は自然のものだった。

「この人が容疑者なんですか」

「いいや。ただ事件当日から姿を消しているので捜している。見覚えは？」

「ありません」

「十五日の夜。まあ正しくは十六日深夜一時くらいになるが、お二人はどこにいらっしゃいましたか」

「その時間は二人とも寝てましたよ。その……一緒にこの部屋で」

「二人以外で証明できる人はいますかな」

「まさか僕たちを疑ってるんですか。事件の遺族である僕たちを」

「ごく形式的な質問ですよ。形式的だから、これを済まさないことには何も突っ込んだ話ができないのでね」

「二人きりの生活ですから、お互いに証明し合うことしかできません。お隣とは顔を合わせたこともありませんし」

「まあ、それが普通でしょうな。ところで今もコンピュータソフトの会社に？」

「ええ、以前と変わりありません。それが何か」

「いや、単なる確認作業ですから気にせんでください」

渡瀬の質問の趣旨は理解できた。殺人に使用された火薬は一般には馴染《なじ》みの薄いものだが、それを入手できる環境にあるかどうかを確認しているのだ。

「お嬢さんはどうですか」

「あたしは実家とここで家事をしているだけですから……」

昼下がりのキッチンで爆弾作りに精を出す梢の姿を連想してみる――駄目だ。何かの冗談にしか思えない。

桂木たちの視線が不審と懐疑に染まる。だが渡瀬は全く意に介さない様子で、平然としている。鉄面皮が渡瀬の身上だが、古手川にはまだ真似ができない。殊にこの事件に関しては、どうしても及び腰になる。

「では最近、何か変わったことはなかったですか。誰かに尾行《つけ》られたとか、知らない人間から声を掛けられたとか」

首をぶんぶん振ってから、梢は訴えるような顔を渡瀬に向けた。

「あの……あんな事件がまだ続くんですか」

「続かないように努めるのが我々の仕事です。だが、市民の方にも警戒は必要です。もし何か変な事があれば、すぐに通報してください。いいですか。躊躇《ちゅうちょ》や遠慮は要らん。とにかく、すぐです」

　梢の顔がみるみるうちに蒼《あお》くなる。その顔色は渡瀬たちが辞去する寸前になっても変わることがなかった。

「班長。少し脅し過ぎじゃなかったんですか」

　クルマに乗り込んでから古手川はやんわりと抗議した。自分の抗議などこの男にとってはカエルの面に小便だろうが、それでもあのどこかいたいけな娘を必要以上に怖がらせる必要はどこにもない。

「あんな風に煽《あお》ったら、また桂木が焦って探偵の真似事をするかも知れないっスよ」

「探偵の真似はともかく、警戒だけはしてし過ぎるものじゃない」

「どうしてですか」

「まだ気づかんか。〈オ〉の次にくるのは〈カ〉だぞ」

　あっと叫びそうになって、古手川は辞去したばかりの部屋を仰ぎ見る。

　梢が窓越しに心細げにこちらを見つめていた。

「おい、次行くぞ」

　次、と言われて逡巡《しゅんじゅん》した。順番でいくと次は三番目の犠牲者である真人の遺族ということになる。現状、会えるのは別居していた父親の有働真一《しんいち》だが、いずれにしても気が重い。

「今からやる気なくしてどうする。有働の父親は県外だから後回しにする。次の行先は同じ飯能だ。四人目の犠牲者衛藤《えとう》弁護士の遺族に会う」

　まるで見透かしたような物言いだが、事実見透かされているので今更質問もしない。

「前回の被害者遺族が御前崎憎さに勝雄を匿っているって仮説、班長は本当に信じてるんですか。真相は俺と班長と犯人の限られた人間しか知らないはずでしょう」

「それもどうだかな。犯人の口から洩れた可能性だって否定できん。大体、今の時点ではその可能性を一つ一つ潰していくだけだ。まあ、信じているものもあるにはあるが」

「何ですか、それ」

「復讐心てヤツだ」

渡瀬は前方に顔を向けたまま話す。

「かけがえのないものを奪われた人間の気持ちはお前にも分かるだろう。さっきも桂木が言っていたな。胸にぽっかりと穴が開く。そこに入り込むのは決まって怒りと怨念だ。そして胸に悪鬼を飼う者は、ゆっくりと復讐の虜《とりこ》になっていく。さっきのカップル見て、お前ほっとしただろ。それはお前が復讐心の何たるかを骨身に沁《し》みて知っているからだ」

相変わらずの心理分析だが、古手川に反論の余地はない。

「班長は、あの二人を疑ってるんですか」

「分かんねえヤツだな。疑うも何もまだそんな段階じゃないって言ってるだろ」

「それに桂木自身が狙われる可能性って」

「ゼロではないよな。今度の事件が前と地続きであろうが何だろうが、あのけったくその悪いメモを残している時点で、五十音順のルールは引き続き採用するって俺たちに宣告してるんだ。関係者の中から名前の頭が〈カ〉の人間に注意しておくのは、それほど的外れじゃあない」

だから最後にあれほど念を押したのか。

そこまで考えて、ぞっとした。

あんな事件が続かないようにするのが我々の仕事、と渡瀬は明言した。つまり裏を返せば、事件が続くことを確信しているのだ。

何てことだ。

古手川の背筋を既視感のある悪寒が走る。

あの、うすら寒い悪意と恐怖が一つの街を覆い尽くした時、舗道を歩いていても署内にいても、悪寒が細菌のように纏《まと》わりついて離れなかった。恐慌に踊らされた者の精神は病み、街ぐるみの狂気が善良なる市民を悪鬼に変えた。

世の中には法律では裁けない罪がある。その理不尽に憤った者が仕掛けた復讐は、本人の思惑を超え、地域限定の地獄を作り出してしまった。

未だ完治しない胸奥の傷が再び疼き出す。あんな思いはもう二度と味わいたくない。

「場所、言ってください」

「飯能一四四〇番地。埼玉飯能病院の近くだな」

アクセルを深く踏み込む。今から向かうのは最後の犠牲者の遺族宅、そして全ての始点ともなった関係者の自宅だ。

得体の知れない怯《おび》えを押し隠してステアリングを握り続ける。渡瀬は何やら考え込んでいるようだが、今の古手川にできることはクルマを走らせることだけだった。

飯能市は市内の七割が山野で占められている。従って市街地から離れると、途端に田園と低い山並みが目立つようになる。

四人目の犠牲者衛藤和義《かずよし》弁護士は病気療養中のところ、犯人の手によって車椅子ごと焼かれた。一時期は機関紙に〈人権擁護に燃える気鋭の弁護士〉と紹介されていたというから、文字通り本当に燃えてしまった訳だ。

衛藤の遺族は今年成人になった息子と妻の二人。息子は九州の大学に行っているため、自宅を護っているのは未亡人一人だけとなる。その佳恵《よしえ》の住むマンションは山裾を切り拓いた小高い丘の上に建ち、眼下に拡がる一般住宅を睥睨《へいげい》していた。

妻の佳恵は渡瀬たちを部屋に招き入れると、まず夫を殺した犯人がまともに裁きを受けていないことに抗議した。

「刑法三十九条、ですか。責任能力の認められない人間は悪事を働いても罰することができないって。なんて酷い法律なんでしょ！」

佳恵は憤懣《ふんまん》やる方ないという風に愚痴る。当の渡瀬たちがその第三十九条に煮え湯を飲まされているとは考えていないようだった。

「主人は人権派の弁護士として弱い人の立場を護る正義の人でした。そんな人を殺しておきながら、犯人は何の罪にもならず、おまけに税金で手厚く看護されてるなんて理不尽過ぎます」

「まあ、奥さん。お怒りはごもっともですが」

渡瀬が宥《なだ》めにかかるが、鬱憤を晴らす相手に飢えていたのだろう。佳恵の舌鋒は留まるところを知らなかった。

「それだけじゃないんですよ！　主人の友人に刑事裁判で駄目なら民事訴訟を起こしてくれとお願いしたんですけど、同じような理由で訴訟しても勝てる見込みがないって」

これは古手川も渡瀬から聞いたことがあるので知っていた。所謂《いわゆる》、監督責任の問題だ。

民法第七百十二条と第七百十三条では責任能力のない人間は治療費や慰謝料などの損害賠償責任を負わないと規定している。ただし第七百十四条一項において、責任無能力者を監督する義務を持った者がその賠償責任を負うことになっている。

つまり犯人に精神疾患があり責任能力がないことが立証された時点で、民法上の賠償責任は監督責任を持つ親族が負うという規定だが、カエル男の事件では犯人は配偶者と長きに亘《わた》り別居状態であり、また精神疾患の発症が突発的であったために次の規定に該当することになったのだ。即ち民法第七百十四条一項、監督義務者として為すべき行為を全部履行していることが立証できれば、責任を負うことはない——。

要は刑法では裁けず、民法でも一円も取れないので、遺族にしてみれば踏んだり蹴ったりということになる。

古手川もそうした遺族に対しては同情を禁じ得ないが、その対象が衛藤となると少し話が違ってくる。何しろ生前はその刑法第三十九条を盾に数々の被告人を免罪させてきた人権派の弁護士なのだ。今まで伝家の宝刀として使ってきた法律が自分に返ってきたのだから、これはもう自業自得と言うより他にない。

ただし、そんな皮肉は未亡人に通用しない。佳恵は渡瀬を相手にかれこれ十分近く怒りをぶちまけ続けていた。もちろん亡夫の成功の陰で、同じ涙を流した人間がいたことなど想像もしていないに違いない。

「とにかくわたしは腸《はらわた》が煮え繰り返って煮え繰り返って、どうしようもないんです。弁護士会に直訴して刑法三十九条を撤廃してほしいと思っているんです」

　これを衛藤が聞いていたら何と思うことか。第一、法律を変えるのは弁護士ではない。弁護士がやるのは法律を捻《ね》じ曲げることだ。

　古手川は次第に腹が立ってきた。確かに事件の犠牲者ではあるが、あの災厄の種を蒔《ま》いたのはそもそも衛藤ではなかったか。精神鑑定医を抱き込んで刑法第三十九条を悪用し、罪深き者に免罪をもたらした。弁護士としては優秀かも知れないが、被害者遺族と警察関係者にしてみれば被告人以上に卑劣な人間だ。警察官にはあるまじき考えかも知れないが、衛藤こそ殺されても仕方のない人間だった。

　そういう人間を必死に弁護する佳恵が、古手川にはひどく滑稽に映る。

「なかなかに有意義なことかも知れませんな、奥さん。ところで、あの事件に関連して模倣犯らしき者が出没した可能性があるのです」

「模倣犯？」

「この人物に見覚えはありませんか」

　佳恵は差し出された勝雄の写真を眺め、すぐ首を横に振った。

「現在、警察が追跡している重要参考人なので注意するに越したことはありません。奥さんはお一人で暮らしているんですね」

「はい」

「十五日の夜から十六日にかけてもですか」

「十六日……ええ、ずっと家に一人でいました」

古手川は、渡瀬が話を聞きながら部屋の隅々に目を光らせていることに気づいた。

「息子さんはよく帰省されるのですか」

「あの年頃の男の子はみんなそうなんでしょうね。盆正月に顔を見せるだけです」

それが本当なら、室内は佳恵の物以外は見当たらないことになる。古手川は渡瀬に倣《なら》って部屋中を見回したが、佳恵の証言を裏付けるように他人が同居している気配はどこにも感じられない。

聞くべきことは聞き、見るべきことは見たのだろう。渡瀬は佳恵にくれぐれも注意するようにと言い残し、部屋を出ようとした。

その背中に佳恵が心外そうな声を掛けてきた。

「でも、わたしは被害者の遺族ですよ。どうして狙われなければいけないのですか。まるで理由が分かりませんわ」

無神経さにむくむくと怒りが湧いた。

「それはどうでしょうかね」

視界の隅で渡瀬がわずかに目を剝いたが、もう抑えきれない。

「どういう意味ですか」

「ご主人は弁護士としてさぞかし優秀だったんでしょうね」

「もちろんです」

「法廷で勝ち続けるってことはその数だけ恨まれて当然ってことですよ。それこそ逆恨みから真っ当な恨みも含めて。本人が既に亡くなっていたら、矛先はどうしたって遺族に向かいますよ」

佳恵の顔色がさっと変わった。

「馬鹿野郎っ。警護対象になる可能性のある人間を逆に脅かしてどうする」

クルマに戻るなり渡瀬の怒声が炸裂《さくれつ》した。

「合同捜査で別のヤツらと組ませて少しはマトモになったかと思ったら、結局元のままじゃねえか」

「でも班長。そのお蔭で未亡人が用心深くなったら結果オーライじゃないですか」

「それで弁解のつもりか。もし衛藤未亡人が勝雄と通じていたら警戒されるって可能性を何故思いつかん」

「それは……」

「前回の事件の被害者遺族には全員御前崎を殺す動機があるんだ。老若男女関係なく、勝雄を道具として扱える人間なら皆そうだ」

渡瀬は助手席から凶暴な顔で睨《にら》む。

「ちったあ自分の感情を抑えろ。いつまで新人のつもりでいやがる」

古手川は殊勝に首を竦《すく》めてみせるが、心底納得はしていない。他の事件ならいざ知らず、刑法第三十九条絡みになるとどうしても加害者の人権を叫ぶ人間を擁護し辛くなる。

凶悪事件が発生する度に弁護士は刑法第三十九条を持ち出そうとする。現場の状況や証拠物件で実刑判決が免れないとなると、決まったように精神鑑定を要請してくる。検察側が起訴の可否を窺う起訴前鑑定と異なり、弁護側のそれはあからさまに実刑逃れでしかない。ましてや衛藤弁護士は、その手法で名を揚げ、顧客を増やした男だ。古手川の心証では弁護士と言うよりペテン師に近い。

「お前は間違っているんだ」

渡瀬は唐突にそう言った。

「え？」

「刑法三十九条を胡散《うさん》臭く思っているのはお前だけじゃない。だがな、心神喪失した者が罪を犯した場合に罰するか罰しないかっていう議論は、古くから洋の東西を問わずに存在している。だから刑法三十九条だけが特段に悪法という訳じゃない。日本の法律が責任主義を採用している以上、責任能力のある者とそうでない者を同列に論じること自体が論理的じゃないんだ」

古手川は少なからず奇異な感に打たれる。この男の口から第三十九条の擁護論が出るとは全く思っていなかったからだ。

「八世紀の初めだったか、既に大宝律令では老者、幼者、廃疾者の罪は不論若《も》しくは減刑に処するという文言がある。心神喪失者の扱いについては決して歴史が新しい訳じゃない。近代について言えばマクノートン・ルールってのがある」

さあ、始まったと古手川は身構える。どこで仕入れたかは知らないが、渡瀬の講義のお時間だ。

「マクノートン・ルール？」

「政治的な被害妄想を抱いたダニエル・マクノートンという若造が当時のイギリス首相を暗殺しようとして未遂に終わった事件があった。この時の首席裁判官が作成した文章をマクノートン・ルールと呼ぶんだが、要は自分の行為を認識できない者は罰せられないという規則だ。このルールはアメリカでも採用され、行動の統御能力の欠如が加わって抗弁の適用範囲がより拡大し、それが現代にまで継続している」

「三十九条は充分に歴史があって論議も尽くされている。だから胡散臭《うさん》くはないって意味ですか」

「条文自体はそうさ。それが胡散臭いと思われている理由は、実はシステムが不備だからじゃないのかと俺は考えている。それはお前も思ったはずだ」

核心を衝かれて古手川は言葉を失う。

システムの不備。

心神喪失者が医療施設を退院した後は全く放置されている現実。大声では言えないが、誰もが胸に秘めている危惧《きぐ》。

良識者を名乗る者たちが敢えて言及を避ける禁忌。だが、そこにこそ悪辣な意思が介在しやすい。

「凶悪犯罪が起こる度に心神喪失者等医療観察法を見直せという議論が再燃する。だが、抜本的な改正になることはない。劇的に変えてしまうにはあまりにセンシティヴな問題だからだ。そして、立法府がまごまごしている間に頭のいいヤツはどんどん先を読む。まさか忘れた訳じゃあるまい？　当真勝雄は以前カナー症候群と診断されている。もし御前崎殺害容疑で逮捕できたとしても、不起訴になる可能性が大きい」

説明を聞いているうちに腹の底が冷えてきた。

「そうさ。こいつは下手をしたら丸々カエル男事件の再現になる。俺たちは決して罰することのできない人間を追っかけているかも知れないんだ」

3

渡瀬が次の行先に指定したのは松戸市だった。

「松戸市内？　御前崎邸以外にどこか行くところ、あるんですか」

「憶《おぼ》えていないか。同じ市内に小比類《こひるい》という娘婿が住んでいたはずだ」

言われて古手川は思い出した。

四年前の夏、松戸市内の住宅街で殺人事件が発生した。夫の小比類崇《たかし》が仕事に出掛け、妻の麗《れい》華《か》と幼い娘美咲《みさき》が家にいた昼下がり、配管工を装った当時十七歳の古沢冬樹《ふるさわふゆき》が部屋に押し入り、麗華を絞殺の上で死姦《しかん》、泣き出した美咲を鉄パイプで殴殺した。

古沢少年は逃亡の末に逮捕されたが、弁護士の要請した精神鑑定の結果、犯行時には統合失調症であったとされ刑法第三十九条が適用、一審は無罪判決、高裁も控訴を棄却したために少年の無罪が確定した。この時、古沢少年の弁護を担当したのが衛藤和義弁護士であり、殺された麗華の実父が御前崎だった。

「嫁と娘が亡き者にされてしまえば、義父と婿の関係だってなくなる。元々、父親にとっちゃあ娘婿なんて泥棒みたいなもんだし、婿にしてみりゃ義理の父親なんて鬱陶しいだけだ。しかし事件が事件だからな。婿殿から話を聞かない訳にもいかん」

実の家族との関係も希薄な古手川に、義父と娘婿の関係性など分かるはずもない。ただ、それだけ残忍な方法で共通の家族が殺されたのなら、二人の間に当然もう一つの関係性が生まれることは容易に想像がつく。被害者遺族同士という関係だ。

小比類の自宅は御前崎邸のある白河町から数キロの場所にあった。所謂「スープの冷めない距離」とでも言うのだろうか。婿である小比類はともかく、御前崎にしてみればいつでも娘や孫に会える場所だったことになる。

到着したのは閑静な住宅街だった。どの家も敷地をたっぷりと取っているため、家屋が建ち並んでいても密集している印象はない。

「ここはまだ比較的新しい街だな」

渡瀬がぼそりと呟いた。

「何で分かるんですか」

「道路幅を見てみろ。六メートル以上あるだろう。建築基準法ではとりあえず四メートル以上を道路と規定しているが、対向車とすれ違う時に幅員が四メートルしかないとぎりぎりになるんで行政側は最低六メートル必要だと考えている。だから分譲地開発時には予め幅員六メートルを指定している」

つまり道路幅の広い住宅地には新しいものが多い、という理屈だ。

それにしても法律講座の次は建築基準法ときた。いったい、この上司の頭にはどれだけの知識が詰まっているのかと思う。最初の頃こそ感心したが、自分が努力しても到底追いつけないと悟ってからは呆れるばかりだった。

目指す小比類宅はすぐに見つかった。白壁がまだ新しいスレート葺《ぶ》き二階建て、門扉の隙間から見える中庭には小さいながらもブランコが設《しつら》えられている。殺された幼女の遊具かと思うと、ちくりと胸が痛んだ。

「班長、事件では家族二人が殺害されて亭主一人が残されたんでしょう。今時分に在宅してますかね」

「している」

渡瀬は何を今更という顔をする。

「グラフィックデザインの会社に勤めていたんだが、事件の起きた後は合計二十回にも及ぶ公判に出席するため、在宅勤務に切り替えている。ここが仕事場でもある」

インターホンを鳴らすと、果たして小比類本人が応対した。しばらくして玄関から姿を現したのは長身で生真面目そうな男だった。

渡瀬は警察手帳を提示して御前崎の名前を出す。すると小比類はすぐ合点したようだった。

「どうぞ中に入ってください」

小比類は声を落として言う。玄関先で話す内容ではないことを承知している口調であり、嫌な慣れと言うしかない。

家の中に入ると、玄関先には前衛画家の描いたようなポスターが額縁に入って飾られており、小比類の仕事がデザイナーであることを思い出させる。廊下からリビングに至るまで趣味のいい調度品が揃っているが、古手川はそれらに温かみを感じることはなかった。温かみだけではない。この家には家族の匂いがなかった。

ここでも質問するのは渡瀬の役目で、古手川は横で相槌《あいづち》を打つより他にない。

「今朝、松戸署にも現場にも行きましたよ」

「現場にもですか」

「いつから日本はテロリストがはびこる国になったのですか」

「テロ？」

「刑事さんに訊いたら義父《ちち》を爆弾で吹き飛ばしたのだと言われました。わたしが行った時点でも、まだ肉片が壁に付着していた。正気の沙汰じゃない。あんなことができるのはテロリストくらいのものでしょう」

小比類はその様子を思い出したのか、嘔吐《おうと》を堪えるように口を押さえた。一般人なら至極当然の反応だった。

「しかし、どうしてわざわざ現場に」

「何か盗られたものはないか確認させられました。まあ、義父の家には盆暮れの他に数回お邪魔した程度なので、あまり詳しいことは証言できませんでしたけどね。そう言えば、さっきお二人は埼玉県警の刑事だと仰《おつしや》いましたね。義父の事件にどうして埼玉県警が？」

口ぶりからして、御前崎が先の事件の関係者であったことを知らないようだった。

「以前、警視庁や県警では犯罪心理学の観点から御前崎教授にアドバイスをいただくことが多々ありましてね。わたしも教授にはお世話になったので、埼玉から駆けつけて捜査協力させてもらっております」

半分は事実、半分は皮肉。こういうことを当意即妙に言ってのけるから、この上司は油断がならない。

「教授とは、あまり行き来がなかったのですか」

「いや、仲が悪いとかそういうのじゃありません。一般的な婿と舅《しゅうと》の関係ですよ。会えば雑談くらいはしますが、足繁く通う訳じゃない。どこの家庭だって、大体そんなものでしょう」

「確かに大抵の家庭ではそうでしょうな。しかし言い難いが、あなた方家族を襲った悲劇を考えると、あながちそうとも言い切れない」

「どういう意味ですか」

「悲劇というものは、しばしば同じ境遇の者たちを強く結びつけるからです。あなたと教授は共に被害者遺族でいらっしゃる」

「それはまあ、そうですが……」

「公判中、あなたの言動はよくニュースで取り上げられていました。一方、当然のことながら教授も公判の進み方、そして一審判決には憤然とされていました」

「義父に会ったんですか」

「ええ。犯人の少年はもちろん、彼の弁護をした弁護士、刑法三十九条を是とした世論にひどく激昂しておいででした」

「義父がそういう態度を見せたのなら、ずいぶんあなたを信用していたんだな」

小比類は皮肉に笑ってみせた。

「地位のある人間だから、人前で感情を露わにすることは滅多になかった。下衆《げす》なテレビレポーターにマイクを突きつけられた際も、淡々と刑法三十九条の必要性を語っていたくらいだから。実を言えば、そういう聖人君子めかしたところが苦手で深い付き合いができなかったんですが……」

「過去形ですね」

「刑事さんが仰る通りですよ。皮肉なことに麗華と美咲の事件をきっかけに、わたしは義父と心が通じ合うようになりました。きっと共通の敵がいてくれたせいですね。パブリックでは刑法三十九条を擁護せざるを得ない立場でしたが、プライベートでは被害者の親です。二人きりになると刑法三十九条の罪について語り合っていました」

「三十九条の罪？」

「精神疾患が明らかになると、その人物は手厚く保護される上に社会復帰も援助される。それは大変にいいことなんでしょう。しかし、それが裏目に出ることもある。ほら、いつだったか小学校に乱入して児童数人を殺傷した男がいたでしょう。彼は事件以前から統合失調症だと診断を受けていたにも拘《かか》わらず、野放しの状態にあった。もし司法機関なり医療機関が彼の身柄を拘束していれば、あんな悲劇は絶対に起こらなかった」

小比類は舌の上に苦いものを乗せたような顔をする。だが口調は淡々としていて激するところがない。時折、渡瀬に向ける目も理知的な光を湛えている。よほど自制心が強いのか、それとも家族の悲劇がある程度風化しているのか。

「いったん精神疾患と診断された人間は一般人とは言えない。人を殺しても刑法三十九条が存在する限り裁くことができないからです」

人権委員会が聞いたら血相を変えそうな言い草だったが、第三十九条絡みで犯人を無罪にされた被害者遺族にしてみれば、それが正直な気持ちなのだろう。

「教授も同じ考えだったんでしょうか」

「大っぴらに賛同はしてくれませんけれどね。黙って頷いていました。全く肩書というのは厄介なものですね。どれだけ腑に落ちない話でも立場によっては首肯しなければならない。考えてみればテレビのインタビューで好き勝手なことを喋っていたわたしよりも、心情を裡《うち》に秘め続けなければならなかった義父の方が苦しかったのかも知れない」

「しかし、あなただって苦しんだでしょう」

「最初のうちは酷かったですよ。公判の度に加害者少年と弁護士に悪態を吐き、判決が出たら出たで裁判所にも悪態を吐いていましたからね。ただ、私の敵はそれだけに留まりませんでした」

「他にも敵がいたんですか」

「所謂、マスコミ大衆というヤツですよ。わたしの顔がテレビに出るようになってから誹謗《ひぼう》中傷の手紙が届くようになりました。被害者ヅラするな。お前は年端もいかない少年を苛めて悦に入っているだけだ。そんなに目立ちたいのか、そんなに賠償金が欲しいのか。日本の司法制度に盾突いて正義の味方を気取るつもりか……。電話帳に名前を載せていたので、そのテの電話や無言電話はひっきりなしでしたね。それに、どこをどう調べたのか会社まで探り当てて、そっちにも電話してくる。実はこうして在宅勤務になったのは裁判に時間を取られて通常業務が困難になったということもありますが、もう一つは会社の方が嫌がってわたしをオフィスから追い出したくなったからです。何しろ三十分に一本の割合で中傷の電話が掛かってくる。とても仕事をしていられる環境じゃなかった」

小比類の口調は依然として昂《たかぶ》りが感じられない。だが、横で聞いていた古手川は危うく感情移入しそうになっていた。

被害者遺族に心無い中傷をする者たちは未だに後を絶たない。いつでもどんな事件にも必ず存在するハイエナだ。手紙、張り紙、電話、噂話《うわさ》、ネット――ありとあらゆる手段を講じて被害者側を揶揄《やゆ》し、愚弄し、貶《おとし》める。悲しみの淵《ふち》に沈み、決して反駁《はんばく》できないことを知った上で俎上《そじょう》に載せる。無論、非難の刃は匿名が前提条件だ。自分は絶対に被害を受けない安全地帯から執拗《しつよう》な攻撃を繰り返す。

　時々、古手川は考える。

　世の中で本当に残虐無比なのは実際に手を下した犯人よりも、こうした有象無象の匿名者ではないのか。直接手を下した犯人はやがて逮捕され、裁判を経て相応の罰を受ける。しかし被害者側に多大な心痛を与えた名無しの卑怯者たちには何の罰も科せられないのだから、見方によってはこちらの方が数段悪質とも言える。

　被害者遺族の心は二度殺されるのだ。最初は犯人自身に、そして二度目は名前を隠した卑怯者たちに。

　それを思うと、小比類の落ち着きは自制ゆえのものではなく疲弊しきったからではないかと想像する。

「ところで、この人物に見覚えはありませんか」

　渡瀬は勝雄の写真を差し出す。しかし写真に見入っていた小比類の顔に変化らしいものは認められない。

「さあ……全く知らない人です。この人がどうかしましたか」

「現在、松戸署が総力を挙げて追いかけている重要参考人です。もし見掛けられたら是非ご連絡をください」

「その彼は義父とどんな関係にあるんですか」

「主治医と患者の関係でした」

「患者。では彼も精神疾患を」

「ええ」

小比類は顔を曇らせた。

「……またか」

「また？」

「もしその人物が犯人だったとしたら、捕まったところで法律は彼を裁くことができない。麗華と美咲を殺した少年と同様に。こんな因果な話がありますか」

自嘲するような口調がやけに刺々しかった。そして次に出た台詞《せりふ》に、古手川はぎょっとした。

「本当に殺されるべき人間は他にもいるんだがな」

さすがに口が滑ったと思ったのだろう。小比類は慌てて「これは失礼」と弁解した。

「少なくとも刑事さんたちを目の前にして、話すことではなかったですね」

「今のは聞かなかったことにしておきましょう。しかし話のついでに……あなたの言う、殺されるべき人間というのはいったい誰を指しているんですか」

「決まっているじゃありませんか。妻と娘を殺した古沢冬樹ですよ」

名前を告げる口調もひどく冷静だった。

「先ほど言われた刑法三十九条の功罪という理由からですか」

「いいえ、刑法三十九条は理不尽な法律だとは思いますが、彼が殺されるべきだという根拠は別にあります。本来、彼は法律によって保護される人間ではないからですよ」

「刑法三十九条は適用されないという意味ですか」

「わたしは法廷で見たんです」

小比類は渡瀬を直視した。

「一審で裁判長から無罪判決を言い渡された時、あの男は一度だけ傍聴人席に座るわたしに振り返りました。最後の最後になって謝罪の態度を示すのかと思いましたが違っていました。彼は一瞬だけ笑ってみせたんですよ。ええ、勝者の笑みと言うべきものでした。もちろん一瞬のことだったので、わたし以外に気づいた人間はいなかった。しかし、確かに彼はわたしと麗華と美咲、そして世間を嘲笑ったのです」

「じゃあ、あなたは古沢の精神疾患は演技だったとお考えなんですね」

「わたしだけではありません。義父が彼の精神鑑定結果を取り寄せてくれました。本来、被害者遺族が閲覧できる筋のものではありませんでしたから、これは義父のコネのお蔭ですね。義父は精神鑑定でも第一人者でした。その義父が鑑定結果を読み込んだ末に出した結論は、古沢の精神疾患は詐病である可能性を否定できない、というものでした」

静かに言い放ったが、その言葉は場の空気をぴんと張り詰めさせた。

古手川は俄《にわか》に喉の渇きを覚えた。

先刻から加湿器の音が聞こえているので空気が乾いているせいではない。それなのに口腔から喉までがひりひりとする。

それでも渡瀬は眉一つ動かさない。

「その際、教授は何か行動を起こしましたか」

「検察側に事情を説明し、控訴理由に付け加えようとしました。しかし、如何に斯界《しかい》の権威とはいえ被害者の身内では信憑性《しんぴょうせい》に疑問を持たれるとやんわり拒否されたようです。それに元々、精神鑑定には鑑定医の主観が入ります。鑑定する医師によって結果も異なる。既に一審が提出された鑑定を採用している以上、他の医師による別鑑定を提出しても新証拠にはなり得ない空気でした。義父は申し出を拒まれた後、わたしに言いました。仕方がない、と。しかし後にも先にも、あれほど憤慨した義父を見たのは初めてでした」

「あなたはどうですか」

「何が？」

「教授と同様に仕方ない、と諦められましたか」

意地の悪い質問だった。しかし小比類はこれにも抑揚なく答える。

「妻と娘を殺した少年はまだ医療機関で保護されています。そう、冷たい監獄ではなく、暖房の効いた病室でぬくぬくと養われています。わたしの納めた税金の一部が彼を養っている。本当に酷い話だ。彼が生きている限り、とても諦めきれるものではありません」

まるでガラスの目だ、と古手川は思った。憤怒すべき台詞、慟哭《どうこく》すべき言葉を口にしているにも拘わらず、その目に感情は見えない。感情を表出すること、昂ることを一切やめたような目だった。

「誰かを憎悪することに生き甲斐を見出す人もおられますから、それがあながち無意味だとも言いませんが……しかし平穏は望めませんよ」

「平穏、ですか。妻と娘を失ってからは縁遠くなった言葉ですね」

　この男が平穏を得るとしたら自分が死ぬ時か、あるいは古沢冬樹が安らかならざる死を迎えた時だろうと思った。

「ところで小比類さん。先ほど現場に行き、何か盗られたものはないか確認して来たと仰いましたね。ご覧になられて何かそういうものに思い当たりましたか」

「金品とかに関しては知る由もないですが……松戸署の刑事さんに同行して家の中をひと回りしたところ、たった一つだけ見当たらないものがありましたね。大変な爆発だったらしいので、どこかに散逸した可能性もあるんですけど」

「何ですか、それは」

「ノートですよ。Ｂ５判の何の変哲もない大学ノートです」

　小比類は両手で大きさを示す。

「パソコンもケータイもある世の中でアナクロだと思うんですが、義父はそのノートに知人の連絡先や備忘録を残していました。本人から聞いた話では重要なことも大抵そのノートに書いてあって、これは自分の記憶そのものだと言ってました」

「なるほど。記憶そのもの、ですか」

　渡瀬は目蓋を半分下ろし、口をへの字に曲げていた。

　犬が不快なものを嗅ぎ当てた時の顔にそっくりだった。

「御前崎のノートがどうかしたんですか」

小比類宅を辞去すると、早速古手川は質問した。

「ノートに何が書いてあったのか気にならないか」

「知人の連絡先なんでしょう」

「その知人の中に四年前の事件の関係者がいたとしたらどうだ。犯人の古沢冬樹、彼を精神疾患と診断した鑑定医、そして無罪判決を下した裁判官たち」

思わずブレーキを踏みそうになった。

「班長、それって」

「精神疾患の元被告人を収容している医療機関はそんなに多くない。教授ほどの地位だったら、その程度の情報を得るのに大した苦労もしない。鑑定医なら尚更だ。何せ教授の手足になってくれる弟子が腐るほどいる」

「でも御前崎は殺されたじゃないスか。だったら、そんなものがあっても意味ないですよ」

「御前崎が殺されたとしても、その遺志が受け継がれている可能性がある」

「遺志を受け継ぐ？」

「当真勝雄の属性を思い出してみろ。暗示に罹《かか》り易く、他人の指示であっても自分の意思と錯覚する。そういう人間が怨嗟《えんさ》のたっぷり詰まった、しかも標的の連絡先が明記してあるノートを手にしたら、何を考えると思う？」

御前崎を殺害した後にノートを発見し、そこに記された新たな犠牲者リストを覗き込む勝雄
——不意に浮かんだリアルな映像を慌てて打ち消した。前の事件で勝雄とは個人的に交流があっ

た。知己であった人物がリストを片手に市内を徘徊《はいかい》し血を求めている図など、想像することさえ不快だった。勝雄に対する不快ではない。そんな人間を純真無垢だと勝手に決めつけていた自分の馬鹿さ加減が不快なのだ。

「気分悪そうだな」

「最悪です」

「最悪じゃない」

渡瀬は憮然として言う。

「お前が想像しているより、もっと最悪の可能性だってある。教授のノートを持ち出したのが当真だったら、ただ教授の恨む人間が標的になるだけだ。まあ、それだって憂慮すべきことだが、当真以外の誰かの手に渡った場合を考えたことはあるか」

「……まさか、そんな」

「四年前の母子殺人事件の関係者が次々と殺されたら、誰だって被害者遺族を疑う。だが、彼らに交じって全く関係のない人間も殺されたら、間違いなく捜査は攪乱《かくらん》される。何せ担当しているのは俺たちじゃなくて松戸署の面々だ。死体の山が築かれる度に容疑者は増え続け、捜査員一人当たりの仕事は増え、事件が長期化すればするほど捜査本部の体力は失われていく」

急に背筋が寒くなった。それではますます前回の事件を引き写すようなものではないか。

加えて渡瀬の示唆《しさ》は、そのまま一人の人物への疑念をも浮かび上がらせる。

「班長は小比類を疑っているんですか」

「彼を疑っているんじゃない。彼も疑っているんだ。現段階で隅から隅まで真っ白なヤツは誰もいない」

「でも、さっきの様子を見る限り、小比類に復讐の意思があるようには思えなかったんですけど」

「根拠は」

「えらく淡々としていました。犯人の処遇や世間から受けた理不尽なバッシングについて喋っている時も、感情らしいものは全然出てませんでした。まるで人形みたいな目をしてましたからね」

「人形のような目、か。話している最中、相手の表情を観察していたのはお前にしちゃあ上出来だが、如何せん相手を間違えてる。ああいう人間の表情から感情を読むのは難しい」

「ああいう人間って」

「憤ったり激昂《げっこう》したりというのは体力が要る。どんな悲惨な目に遭ったとしても怒りの感情を何年も持続していると、本人の精神が疲弊しちまう。だから大抵、そういう感情は底に沈んで普段は隠れているようになる。一種の防衛本能だな。そして、それは何かの拍子に爆発する」

「今回の事件はその爆発だと言うんですか。しかし班長、リビングには家族の写真が一枚もありませんでした。それどころか家族の匂いすらしなかった」

「意識的に消したのかも知れん。自分が激情家だと知っているヤツは、身の回りから刺激物を排除しようとする」

「どうしてそこまで小比類に固執するんですか」

「四年前、彼がテレビカメラの前で何を語り何を訴えたのかを見たからだ」

四年前といえば古手川はまだ交番勤務で、日々の業務で忙殺されていた頃だ。ニュースの逐一、しかも他府県の事件を追いかけるような余裕などはなかった。

「お前のケータイで過去のニュースは見られるか。もし残っているようなら一度見てみろ。あの男の評価が変わる」

「……クルマ、停めていいスか」

渡瀬が押し黙っているのは、とりあえず了承している徴《しるし》だ。古手川はクルマを路肩に停め、自分のスマートフォンを取り出した。

動画投稿サイトを開き、〈松戸市母子殺人事件〉とタイトルを打ち込むと、たちどころに十数件のリストが表示された。古手川はその中の一つ、〈第一回公判〉を選択してみた。

画面に現れたのは遺影を掲げた小比類だった。その小比類に何本ものＩＣレコーダーが突きつけられている。

『今、第一回の公判が終わったところですが、小比類さん、今のお気持ちをお願いします』

『ものすごく腹が立ちました。弁護人は彼の精神鑑定を要求してきました。つまり刑法三十九条が適用されるので、彼は無罪だって言うんです。殺害時には正常な判断力を失っていたんだと。馬鹿な！　正常な判断力を失った者が配管工のなりをして部屋に押し入るなんて、そんな与太を誰が信じるって言うんですか。罪を逃れるためなら精神障碍のふりまでする。ひ、卑劣です。卑劣極まりない。彼は人間のクズですよ』

『小比類さんは被告側の申し立てを信用しないのですね』

『当たり前ですよ。精神鑑定を持ち出した衛藤という弁護士、いったい何なんですか。弁護士が依頼者のために全力を尽くすというのは、法律の範囲内、良識の範囲内の話でしょう。およそ世間の目から見ても滑稽な論理をふりかざすなんてペテン師だ。人権を護ることと、嘘《うそ》八百を並べ立てることは別物でしょう！』

テレビカメラに向かって思いの丈をぶち撒ける小比類は、先ほどの沈着な男とはまるで別人だった。理不尽な怒り、真摯な訴えを虚偽の精神鑑定で躱《かわ》された悔しさが画面から溢《あふ》れ出ている。

『いいですか。（ピー）少年は獄中からわたし宛てに嘆願書を送って寄越しました。精神を患った者が、どうやって自分の所業を認めた上で減刑の嘆願なんかできるんですか！　少年も弁護士も二人揃って悪辣です。およそ人間の風上にも置けない。でも、わたしはこの国の司法制度を信じます。裁判長は必ず正義に則った判決を下してくれるものと信じています』

「犯人と弁護士への憎悪が結構モロに出ているが、それはまだ序の口だ」

洩れ聞こえる音を聞いていたのだろう。渡瀬は画面を見ることなく寸評を加える。

「小比類の言う通り、被告側も最初は情状酌量を狙っていたフシがある。だが公判直前になって百八十度戦法を変えてきた。それが被告人の精神鑑定だ。直前まで小比類に同情していた世論も、古沢少年が精神疾患に罹っていると報道されると手の平を返したように反応を変えた。当時はまだ精神鑑定の実態も広く知られておらず、専門家の判断なら間違いないという印象があったからだが、それよりも法廷で見せた古沢の振る舞いが裁判官に強い印象を与えた。弁護士の質問にも検事の質問にも、まるで見当外れな答えをして、審理が中断されることも度々だったんだ」

「小比類から見れば名演技だったんでしょうね」

「第一審判決の画像があるなら、そいつも見てみろ」

言われて、そのリストを開く。

その画面はいきなり小比類の絶叫から始まっていた。

『ふ、不当判決以外の何物でもないっ』

小比類は遺影を抱いたまま嗚咽《おえつ》を洩らしていた。顔を小刻みに震わせながら大粒の涙を流している。だがインタビュアーは遠慮容赦なく襲い掛かる。

『れ、麗華と美咲に何て報告したらいいんだ。こんな、こんな判決になるなんて……』

『小比類さん。今の気持ちをひと言でお願いします』

『加害者少年と弁護士に何かひと言』

『もちろん控訴するんですよね』

何がひと言で、だ。過去の映像ながら虫唾《むしず》が走るようだった。家族を奪われた悲しみ、その憎むべき犯人が卑怯な手段で無罪になった理不尽さをひと言でどう言い表せと言うのだろうか。ましてや相手はインタビュー慣れした芸能人ではない。ただの市井《しせい》の人間だ。それなのに単純明快な回答を引き出させせようとしているのは、茶の間に陣取る馬鹿にでも理解できる言葉が欲しいからだ。

次々に浴びせ掛けられる質問に耐えていた小比類は、やがて顔を上げた。怒りで我を忘れた顔だった。

『お前たちはいったい何だあっ。た、他人の不幸を嬉《うれ》しそうに撮りやがって。お前たちはいつだってそうだった。わたしが感情を昂《たかぶ》らせたり大声を出した時に限ってカメラを向けていたな。そんなに他人の苦しむ姿が面白いのかあっ』

自分を映していたカメラマンに食ってかかったのか、画面が大きく上下にブレた。

『わ、わたしは決して犯人の（ピー）とあの悪徳弁護士を許さない。真っ当な判決が下されるまで闘い続ける。だがお前らも許さない。わたしの家庭を、可哀想な麗華と美咲を食い物にした下劣なヤツらを生涯後悔させてやる』

小比類の獣じみた顔のアップで映像は終わっていた。

「居並ぶ報道陣に悪態を吐いたばかりか、何人かの記者と乱闘までした。それだけ感情を吐露していた人間が、たったの数年で去勢された動物みたいになるか？　いいや、あいつの憎悪と怨念はマグマとなって意識の底に潜んでいるだけだ。古沢と衛藤弁護士の罪はインチキな精神鑑定で罪を逃れたことだけじゃない。心に爆弾を抱えた殺人者の予備軍を作り上げたのも、充分に犯罪だった」

4

事件から二日経っても、未だ千葉県警は勝雄の所在を摑めないでいた。松戸署の帯刀から定期的に連絡が入るものの、これは進捗状況の報告というよりは、渡瀬たちが新情報を得ていないかどうかの確認のようなものだった。

「松戸署に立った帳場はずいぶん躍起になってるな」

助手席の渡瀬がぼそりと呟く。

「退院したばかりの、しかも判断力は子供並みの人間が一向に網に引っ掛からんときてる。事情を知悉《ちしつ》していない千葉県警にしてみれば、完全に当てが外れたってところか」

横で聞きながら、古手川は勝雄の風体を思い浮かべる。元々、俯き加減で他人と目を合わせるのを極端に怖れていた。外見の特徴も乏しい。群衆の中に紛れ込まれたら、見つけ出すのは容易ではないだろう。

「おい」

「何スか」

「目の前の信号は赤だ」

慌ててブレーキを踏んだ。クルマが停まった位置は、わずかに横断歩道のラインを越えていた。

「上の空か」

「違いますよ」

そう答えたが、注意力散漫だったのは否めない。勝雄の行方はもちろんだが、今から行く場所を考えるとどうにも気が重い。そうかといって全面的な拒絶ではない。行きたさが半分、行きたくなさが半分。その曖昧な気持ちが余計に集中力を鈍らせている。

渡瀬が示した行先は八王子《はちおうじ》医療刑務所。

そこに有働真人の母親さゆりが収容されていた。

有働さゆりは前の事件で逮捕されたものの、さいたま地検は彼女の精神状態が極めて不安定であったため、起訴を躊躇していたフシがある。しかし起訴前鑑定で鑑定医が『責任能力あり』と判断したため起訴に踏み切った。

ところが一審で死刑判決が下された直後、さゆりの精神状態が更に悪化したので、急遽《きゅうきょ》八王子医療刑務所への入所が決まった。もちろん弁護人は即日控訴しているので公判途中の入院となった訳だが、このままいけば弁護側が控訴審において刑法第三十九条の一、〈心神喪失者の行為は、罰しない〉の適用を主張することは間違いない。従って、検察側も公判を継続するかどうか困惑しているというのが実状だった。

さゆりはかつて勝雄の保護司を務めていた。身寄りのない勝雄にとっては保護者同然の存在であり、勝雄もまたさゆりには全幅の信頼を置いていた。だから渡瀬がさゆりの許を訪れる理由は至極妥当であり、彼女が勝雄の潜伏先について情報を持っていたとしても何の不思議もない。だが精神を病んで入院した今、その証言にどれだけの信憑性があるのかは甚だ疑問とも思える。

「入所者に面会できるんですか」

「彼女の場合、一般は駄目だが捜査関係者と弁護人は特例が許されている。もちろん刑務官立会いの下という条件がついているが」

子安《こやす》町に入ってしばらく行くと、やがて医療刑務所の建物が見えてきた。

外観の印象は刑務所というよりは病院に近い。門扉の格子模様も柔和で厳《いか》めしい感じは全くない。通常の刑務所のように高い塀が張り巡らされているが、あまり威圧感はない。

「警備、二人だけですよ」

「普通の刑務所より監視体制はずっと緩い。基本、病人を相手にしてるっていう感覚なんだろう」

正門の両脇に立っている警備員に身分を明かすと、扉が開かれた。

駐車場にクルマを停めて外に出る。情けないことにここまで来ても尚、古手川の足は重かった。

有働さゆりとは因縁浅からぬものがある。彼女の母性に惹かれ、手料理に舌鼓を打ったこともある。その指が奏でるピアノに心奪われたことも一度や二度ではない。だからこそ彼女が事件に関与していたことは大きな衝撃だったし、彼女から受けた傷は相当に大きかった。肉体的にも精神的にも再起不能と思われるような重傷を負ったが、それでも現場復帰できたのは生来のしぶとさゆえのものだった。

懐かしさと拒絶が同居する。愛憎相半ばするというのはこういうことかと思う。

古手川にとって有難かったのは、全てを知っているはずの渡瀬が変に気を回してこないことだった。さゆりに面会しても大丈夫なのかとか、まだ未練があるのかとか、余計なことは一切口にしない。気を回してくれないので、遠慮も気負いも感じずに済む。唯々、捜査情報を嗅ぎ回る犬に徹しろと言われているようで却《かえ》って清々しい。

敷地内は人影もなく広々としている。二階建ての庁舎は、まるでどこかの役場のような佇《たたず》まいだった。ますます、ここが刑務所であるとは思えなくなる。

受付で来意を告げると、さゆりは治療中であるという。

「治療中？　医師が薬剤投与をしている最中ということですかな」

「いいえ、音楽室の方にいるようですね。刑務官が案内しますから。ああ、先客に弁護人が接見で来ているようですね。どうしますか」

「接見が終わるまで、そこで待たせてもらおうか」

弁護人と聞いて少し意外な気がした。

さゆりがカネのかかる私選を選べたとは思えない。おそらく国選の弁護士だろう。古手川自身は国選弁護士に仕事熱心な印象を持っていないが、そうだとすれば奇特な弁護士がいたことになる。医療刑務所の中まで足を運ぶ者なら、更に希少だろう。

一人の刑務官に先導されて廊下を行く。

しんとした静謐《せいひつ》な空気が流れている。かつんかつんと三人の靴音だけが響く。刑務所だというのに警官の姿もまばらなら、医療機関だというのに医師や看護師の姿もまばらだった。

訪れる前から八王子医療刑務所の実態については渡瀬から聞かされていた。

収容定員四百三十九人であるところ、既に定員を超えていること。それにも拘わらず十七名必要な医師が十名しかいないこと。しかも常勤医師であっても週に三日しか勤務しない医師がいること――。

それは医師個人の問題であるとともにシステムの問題でもあった。八王子に限らず、全国の医療刑務所の置かれている環境は決して良好ではない。医療設備が完備された刑務所は少なく、建物自体も老朽化している。患者が犯罪者であるという事情もあり、医師や医療スタッフが敬遠しがちだ。予算上の都合で設備や高価な薬剤も手に入らない。しかも給料は医師もスタッフも平均して民間の七割程度という。これでは精神科以外の一般医師にとって魅力がないばかりか、負担だけが重く伸《の》し掛かる。現に、医療刑務所でも必要であるはずの理学療法士・作業療法士・心理療法士・社会福祉士などの専門士は定員割れが常態化している。

医師を国家公務員として勤務させる手段もあるが、そうなれば週四十時間の勤務を強制することになり、医師が引き揚げてしまうことが懸念される。

医学部学生を活用すべきという声もある。学生への修学資金貸与制度では、臨床研修を受けた後、三年以上矯正施設に勤務すれば貸与された資金は全額またはその一部返還が免除されるからだ。だが笛吹けど踊らず、平成十六年度では応募者はたったの十三人しかいなかった。ベテラン以上に学生の方が３Ｋ職場を嫌ったということだろう。また開業医に限らず医師免許を所持している者なら専門科目を問わず募集しているが、こちらも応募数は芳しくない。

人員と設備の不足、そして建物の老朽化がもたらすものは空疎と疲弊だ。そう考えると、この医療刑務所に漂う静けさは安息からの静謐ではなく、疲れた者たちの絶望からくるものなのかも知れなかった。

「有働さゆりの容態はどうですか」

渡瀬が尋ねると、刑務官は眉間に皺を寄せた。

「一進一退と言いますか……具合のいい時には日常会話もしますが、時折は荒れるようですね。そんな場合にはやむなく拘束衣を着させます」

拘束衣を着用させるのはスタッフへの暴力を防ぐためもあるが、主目的は自傷防止だ。

あのさゆりが拘束衣を着せられている様を想像すると、胸の奥が痛んだ。憎んでも余りある対象だが、未だに思慕の念を捨てきれないでいる。

「音楽室でしたな。それは彼女が音楽療法を施されているという意味ですか」

「音楽療法をご存じでしたか。ええ、有働さゆりが比較的安定するのはピアノを弾いている時でしてね。当所には薬物療法、精神療法、レクリエーション療法もあるのですが、彼女には音楽療法が最適であることが分かってからは、安静時間の多くをそれに費やしてます。ちゃんとした曲を弾くものですから、他の患者の妨げにもなりませんしね」

説明を聞いているうち古手川は皮肉な思いに駆られる。

さゆりはピアノ教師を務める傍ら、勝雄に音楽療法を試みていた。素人である古手川の目にもその効能は明らかであり、療法中のさゆりと勝雄の幸福そうな顔は未だに忘れられない。それが今や、さゆりが音楽療法を施される立場に堕《お》ちている。これが皮肉でなくて何だというのだろう。

ピアノの音が近づいてくる。

不意に古手川は電撃に打たれたようになる。この音だけは聞き紛うはずもない。この打鍵《だけん》は間違いなくさゆりのものだ。

モーツァルトだろうか、流麗なメロディなのに音の一つ一つが不釣り合いに聞こえるほど力強い。

やがて刑務官はその部屋の前で立ち止まった。

「こちらです」

ドアを開けた瞬間、音の奔流が溢《あふ》れ出した。懐かしくも痛ましい記憶が強引に呼び覚まされる。

ああ、このピアノだ。

このピアノに自分は情動を慰撫《いぶ》され、そして掻き乱されたのだ。

部屋の広さは十畳程度か。防音設備などは望むべくもなく、中央に鎮座したピアノもアップライト型の普及品だ。そのピアノを中心に囚人服のさゆりと刑務官、そして一人の男がいた。

「あら」

驚きの声とともにメロディが中断した。

「久しぶりね。古手川さんじゃない」

眩《まぶ》しそうに笑った顔が以前のさゆりそのままだったので驚いた。

だが、古手川の驚きはそれだけに留まらなかった。そのさゆりの横に座っていた男を見て、思わずあっと叫びそうになった。

尖《とが》った耳に酷薄そうな薄い唇。

「あ、あんたは御子柴《みこしば》……」

「失礼だな。敬称ぐらいつけたらどうだ」

不快げにこちらを睨んだ男は紛れもなく御子柴礼司《れいじ》弁護士だった。

まさか、ここで再会する羽目になるとは——古手川が反射的に振り返ると、渡瀬も負けず劣らず不快な表情をしていた。

半年ほど前に手掛けた狭山《さやま》市の死体遺棄事件で御子柴は最有力の容疑者だった。法廷戦術に長けたやり手の、しかし訳ありの富裕層ばかりを顧客とする最悪の弁護士。捜査の結果、御子柴の嫌疑は晴れたものの、その過程で判明した過去の記録から、この弁護士に対する心証は真っ黒になった。十四歳の時に幼女を殺し、その身体をバラバラにした挙句、幼稚園の玄関や神社の賽銭《さいせん》箱《ばこ》の上に置いておく凶行を繰り返した。当時、〈死体配達人〉と呼ばれ日本全国を恐怖のどん底に叩き込んだ少年は、その後ほぼ独学で法律を学び、長じて弁護士の職を手にしたのだ。

「ご無沙汰だったわね、古手川さん」

古手川の驚きを他所《よそ》に、さゆりは屈託のない笑顔を向ける。なるほど、これが症状の安定した状態か。それでもどこか不穏さがあり、彼女に近づくことに躊躇を覚えた。

「今日は賑《にぎ》やかかね。御子柴くんだけじゃなく、古手川さんまで来てくれるなんて」

御子柴くん？

唐突なくんづけに反応したのは古手川だけではない。当の御子柴も迷惑そうに顔を顰《しか》めている。

「いつも一人きりだから、こういう賑やかなのは嬉しいな」

さゆりはずっと笑顔のままでいる。その表情を見る限り、彼女が自分のしたことを憶えているとは思えなかった。

「それにしても埼玉県警が何の用かな。言っておくが、今は担当弁護士との接見中だ。後にしてくれ」

これに応じたのは渡瀬だった。

前に進み出た渡瀬を見た御子柴にわずかな変化が生じた。不遜《ふそん》な態度は相変わらずだったが、一瞬だけ面目なさそうに視線を逸《そ》らした。

「今度はこの人の弁護人か。どうせ自分から手を挙げたんだろ」

「……想像に任せる」

「刑法三十九条の適用を主張するつもりなのか」

「あなたに弁護方針を教える義務はない。待つのが嫌なら、さっさと部屋から出て行ってくれないか」

「待たされるのは一向に構わんよ。ただ一点質問するだけだからな」

「まさかカエル男事件の再捜査と言うんじゃないでしょうね」

「当真勝雄の行方を追っている」

「当真勝雄？　そうか、カエル男事件の重要参考人だった男だな。彼がどうかしたのか」

「新しい事件での参考人だ」

「ははあ、それで彼の保護司だったこの人を訪ねて来たという訳か。ふん。残念だが骨折り損だったようだ」

「何故かね」

「接見中だが特別だ。彼女に訊いてみるがいい」

古手川の背中を、とん、と渡瀬が押した。慣れているお前が訊け、という合図だ。

渡瀬からの命令なら訊かない訳にはいかない。

「有働さん……勝雄くんのこと、憶えてますか」

「勝雄くん？　憶えているかって？　当然じゃない。数少ない、わたしの教え子なんだから」

「今、彼を捜しています。彼の行先に心当たりはありませんか」

「行先？　古手川さん、変なこと言うのね。この時間だったら彼、沢《さわい》井歯科にいるはずでしょ」

小首を傾げる仕草はとても演技とは思えない。

だが勝雄が一度は逮捕され、留置場に拘束されたことをさゆりは見聞きしたはずだった。この仕草が演技でないのなら、さゆりの記憶はある時点から欠落していることになる。

元から部屋にいた刑務官を見やると、彼は諦めろという風に首を振った。比較的安定しているといっても、これが限度という意味なのだろう。

古手川は質問を変えてみた。

「それじゃあ沢井歯科以外、寮以外に心当たりはありませんか」

「ないわよ」

さゆりはあっさりと答える。

「彼にそれ以外の居場所なんてないわ。世間は前科を持つ人にとても冷酷だもの」

溜息まじりにこぼした言葉は確かに保護司有働さゆりのものだ。

前科を持つ者に同情する善意の人。

年齢の割に子供っぽく、悪戯《いたずら》心を残した快活な女性。

その外見に、妄執を孕《はら》んだ狂気や怨嗟の記憶などは露ほども感じられない。

では、やはり目の前にいるのは壊れた人形なのだろうか——古手川の胸は切なさに張り裂けそうになる。

「質問はそれで終わりなのか」

御子柴がこちらに顔を寄せ、小声で語り掛ける。

「それ以上、以前の事件に触れるな。彼女が錯乱したら、いったいどうするつもりだ」

「錯乱？」

「担当医から病状を聞いていないのか。未だに彼女の精神は不安定で、ピアノ演奏だけが正気を繋《つな》いでいる。下手に事件の記憶を呼び起こして、そのわずかな線も断ち切るつもりなのか」

この男の命令に従うのは業腹だったが、元よりさゆりを苦しめるつもりなどない。仕方ないが、ここはおとなしく引き下がるべきだろう。

「古手川さん、それを聞くためだけに来たの？」

「ええ、まあ……」

「ちょっと水臭くない？」

「え」

「折角、来たんだもの。いつもみたいに一曲聴いていきなさいよ」

ああ、そうか。

古手川は合点した。さゆりの記憶は、古手川が演奏聴きたさに足繁く自宅に通っていた頃で止まっているのだ。

「いや、でも」

「御子柴くんもまだいいんでしょ、時間」

「あ……ああ、まだ十分程度ならいいはずだ」

「十分かあ。それなら〈熱情〉の第一楽章だけでもいかが？」

ベートーヴェンのピアノソナタ〈熱情〉。

突然の成り行きに驚く。まさか、さゆりのベートーヴェンがまた聴けるとは予想もしていなかった。咄嗟《とっさ》に渡瀬の顔色を窺うが、怒っている様子はない。

次いで御子柴はと見ると、何故か含羞《がんしゅう》を帯びた目でさゆりを見つめている。警察官どころか検事にさえ高圧的と言われる御子柴にはまるでそぐわない態度だった。

「偶然って面白いわね。二人ともベートーヴェンのピアノソナタが大好きなんだもの」

思わず御子柴と顔を合わせる。

演奏は不意を衝くように始まった。

最初に聴く者を押し潰す陰鬱なメロディが放たれる。

今までＣＤや携帯オーディオで何度もこの曲を聴いているはずなのに、第一音を耳にした瞬間、古手川の全身はさゆりの指先に搦《から》め捕られた。

ひたひたと忍び寄るような一小節でこの曲が悲劇的なものであることが提示される。へ短調の主和音に隠れるようにして上下行の分散音が絡みつき、曲調を不安に誘う。さゆりの左右の指は二オクターブ離れたユニゾンを奏でながら、分散和音を変化させていく。

いきなり跳ね上がる昏い音。

あの〈運命　交響曲〉で有名になった動機が低音域で姿を現した。

古手川の耳はびくりと反応する。いきなりさゆりの狂気の片鱗《へんりん》を見せられたように感じたからだ。

不意に明るく転調したと思わせながら、それも長くは続かない。伴奏は尚も陰鬱なメロディを刻み続け、曲を縛りつける。

次いで変ホ音の同音連打が昏い情動を躍らせる。

耳を傾けながら、古手川は迫りくる不安に怯える。おそらく碌《ろく》に調律もされていないのだろう。時折、低音部が怪しげな不協和音に濁るが、今はそれさえも不穏さの演出にひと役買っている。さゆりのもう一つの特性である狂気を目の当たりにした古手川には、絵空事で片づけられない実在感がある。

決してピアノが描き出す幻想ではない。この不穏さ、そして危うさは間違いなく演奏者の胸の裡に巣くっている怨念だった。

いったん音が落ち、安寧が訪れる。

しかし、それもまた一瞬の幻に過ぎなかった。すぐホ長調に転調し、再び昏い情念と絶望を綯《な》い交ぜにして走り始める。

展開部に入っても、どろどろとした音階は片時も平穏を許そうとしない。不信と不安、そして懐疑を内包したまま聴く者の肺腑を抉《えぐ》る。主題に寄り添った旋律は、既に妄執の化け物と化している。

元来、このソナタは分散和音に異様な拘《こだわ》りを持って作曲されている。動機を貫くことで統一感を図り、その動機を分散拡大することで曲を有機的に変容させようとする狙いがある。そしてその狙いは、さゆりの演奏でも功を奏している。

ただし、その効果の顕れ方が異質だった。有機的に広がるにしても、さゆりのピアノは執念と狂気が際限なく伝染していくような不穏さを秘めている。

他の人間はこれをどう聴いているのだろうか。気になって、隣の御子柴を盗み見た。

すると、御子柴もまた何某かの情動に堪えているようだった。唇を真一文字に締め、内に飼う獣を必死に抑えているような顔をしている。彼にとっても、この〈熱情〉は安息とはほど遠いものらしい。

奏でられる音には演奏者の全てが顕れるという。

クラシックにもピアノにも半可通の古手川だったが、ベートーヴェンの三大ソナタだけは全曲口ずさめるほど聴いている。だから、その言葉の意味することが薄ぼんやりとだが理解できる。

さゆりはやはり精神を病んでいるのだ。

たとえ事件の記憶が欠落していようとも、意識の奥底では獣が爪を研いでいる。魂の深い部分で狂った鬼が息を潜めている。おそらく御子柴もそれを感知して、不安を覚えているのだ。

再現部に差し掛かると、打鍵は一際強くなった。さゆりは鍵盤に憎しみを叩きつけるように旋律を刻んでいく。

主題が巧みに転調する一方、旋律は絶えずうねり、周囲のものを巻き込み、怒濤《どとう》のように襲い掛かる。そうかと思えば、浮沈を繰り返しながら沈鬱な色彩を纏ったまま這《は》い進む。

終結部に至ると、細かな分散和音と低音域で主題が反復される。変ニ長調、へ短調と目まぐるしく転調する中、何かに急かされるように切迫した音が胸を掻き毟《むし》る。合間にちらちらと安寧が顔を覗かせるものの、すぐにまた絶望が覆い尽くしてしまう。

いったいこれは何だ。

聴き慣れた〈熱情〉には切なさや哀感があった。しかし、さゆりの奏でるソナタにそんな情感は欠片《かけら》も見当たらない。同じリズム、同じメロディを持ちながら、全く別の曲に変貌してしまっている。

押し寄せる音の波に抗う術も逃げ場所もない。古手川は絶望を全身に浴びて恐怖する。

希望への拒絶。

他人への拒絶。

平穏への拒絶。

たった十分にも満たない楽章に、これほどまでの狂気が凝縮できるものなのか。

たった一台のピアノに、これほどまでの怨嗟が込められるものなのか。

〈運命　交響曲〉のそれと酷似した主題が繰り返される中、音量が絞られていく。これはコーダに入る前の助走だ。古手川の鼓動はさゆりのピアノに同調し、今や最弱音とともに奈落の底に沈み込んでいる。呼吸は浅くなり、視野も狭窄《きょうさく》している。

矢庭に音が跳ね上がった。

凶暴で無慈悲な音が次々に重なり合う。

古手川は、もう身じろぎさえできなかった。

熱を帯びて旋律が舞う。

さゆりの両腕が荒々しく鍵盤を刻む。

古手川の魂はメロディに鷲摑みされ、翻弄される。

やがて音量が次第に落ち、旋律は眠るように静まっていった。

最後の一音が幽《かそけ》く消えていくと、古手川はがくりと肩を落とした。ただ曲を聴いていただけなのに、百メートルを全力で走らされたような疲労感に襲われる。

ふと横を見ると、御子柴も天を仰いで深い溜息を吐《つ》いていた。

御子柴の接見時間が終わるとともに、渡瀬と古手川も部屋を後にした。これ以上粘ったところで、さゆりから有力な情報を引き出すことはできないと判断したからだった。

さゆりのピアノに翻弄された恥ずかしさを誤魔化したい気持ちもあり、古手川は御子柴に質問を向けた。

「どうしてあんたがさゆりさんの弁護人なんだ」

「誰を弁護しようが、わたしの勝手だろう」

「彼女にあんたを雇えるような経済的余裕はないはずだ。宣伝に利用するとしても、彼女を無罪にしたら、逆に心証は悪くなる」

御子柴はしばらく古手川を睨んでから渡瀬に視線を移した。

そして、ふんと鼻を鳴らした。

「どうせ調べればすぐ分かるだろう。わたしと彼女は古くからの付き合いだ」

それを聞いてようやく納得できた。御子柴もさゆりも関東医療少年院に収容されていた。時期も重なる。つまり二人は院の仲間だったということだ。

「弁護人兼身元引受人になっている。だから今のうちにもう一度言っておく。依頼人に必要以上に接触しないでくれ。治療の妨げどころか悪化の原因になりかねん」

「必要がないなら警察も接触しようとはせんさ」

渡瀬が独り言のように呟く。

「だが、当真勝雄の方が彼女に接触するかも知れん。何せ、勝雄にしてみれば彼女が唯一の身内みたいなものだからな」

「……警備の網を掻い潜って、ここまでやって来るというのか。馬鹿な。逃走中の容疑者が自ら刑務所に侵入するというのか」

「常人には予想もできない行動をする。だから未だに確保できていない。もし二人が再会でもしてみろ。警察の聴取を受けるより、もっと烈《はげ》しい悪化の仕方をする可能性があるぞ」

御子柴が押し黙る。相手を脅すことにかけては渡瀬の方に一日の長があるらしい。

「あんたが欲得抜きで彼女の弁護をするというのは信じよう。だから協力しろ。もし当真勝雄の影を少しでも感じたら、すぐ知らせてくれ」

何とも乱暴な協力要請だったが、御子柴に拒絶の意思はないようだった。

「依頼人の利益になるのなら、そうしよう」

そう答えるなり、渡瀬に背を向けて廊下の向こうに去って行った。

「食えない男だな、全く」

渡瀬は吐き捨てるように言ったが、古手川は反論したくてならなかった。

食えないのはあんたの方だろう。

＊

感染症患者でもない限り、患者退室後の清掃は委託会社ではなく看護師の仕事になる。

日坂恭子《ひさかきょうこ》は使用済みのリネンを専用ハンパーに入れ、ゴミ箱の中身を分別してから病室の除菌に取り掛かった。

清掃しながら、少し前に退院した幹元《みきもと》老人を思い出す。病人ながらいつも白髪を綺麗《きれい》に撫《な》でつけ、お洒落を忘れない上品な老人だった。恭子が点滴に訪れる度、嬉しそうに笑ってくれた。お爺《じい》ちゃん子だった恭子には、それが仕事の励みにもなった。

城北大附属病院はいつも満床状態だ。だから幹元のような高齢者はなかなか長期入院が許されない。認知症と十二指腸潰瘍《かいよう》を患っていたのだが、回復傾向で退院できたのは幸いと言うべきだろう。これも主治医であった御前崎のお蔭だ。

ああ、御前崎教授。

不意に思い出し、恭子はまた嗚咽を洩らしそうになった。

名誉教授という地位にありながら、あんなに人当たりのいい先生はいなかった。看護師にも担当患者にも優しく、いつも同じ目線で接してくれた。幹元をはじめ、御前崎を慕う患者は大勢いた。

深い知性と慈悲の心を兼ね備えた人格者だった。

それなのに、あんな方法で殺されるなんて。

恭子は我知らず唇を噛み締める。

報道を見聞きする限り、最有力の容疑者は御前崎の以前の患者だという。何と酷い話なのだろうと思う。治療してもらった恩を忘れて主治医を殺すなんて、およそ人間の所業ではない。

『たとえ犯罪者であっても、治療する側にとっては単なる患者に過ぎないのだよ』

それが御前崎の口癖だった。しかし、もし御前崎を殺した犯人が患者として搬送されて来たらと考えると、単なる患者として扱う自信が恭子にはなかった。

二
溶かす

1

十一月二十日午前三時十五分、熊谷《くまがや》市御稜威ケ原《みいずがはら》。

この辺り一帯は自衛隊基地を中心に大小の工場が建ち並んでいる。さすがにこの時刻になるとほとんどの工場は明かりが消えているが、外れに位置する一棟からは朧《おぼろ》な光が洩れている。その周囲には警察車両が停まっているので、あれがおそらく現場の〈屋島《やしま》プリント〉に違いない。

強行犯係の滑井《なめい》は眠い目を擦りながら現場に急ぐ。通報が熊谷署にもたらされたのは今から一時間前。深夜の通報は別に構わなかったが、気になるのは通報者の声だった。

ビョウイン、モウオソイ、シンデル――。

通信指令室に入った声はカタコトで、しかも震えていたという。

素人が見て病院が手遅れとはいったいどういう状況なのか。外国人労働者らしく、担当者が詳細を尋ねても一向に要領を得なかったという。だからこそ滑井には言いようのない不安があった。

工場脇にクルマを停め、張り巡らされた黄色いテープを潜る。既に鑑識が仕事を済ませたらしく、奥の方からぞろぞろと退去して来る。滑井はそのうちの一人に声を掛けた。

「ずいぶんと仕事が早いじゃないか。まだ通報から一時間しか経っていないだろ」

すると鑑識係は表情を曇らせた。

「あまり仕事をさせてもらえる現場じゃないんですよ、警部補」

そう言い残して、そそくさと立ち去る。

不安は不気味さを加味した。

工場内に足を踏み入れると、警官が男に事情聴取をしている最中だった。警官は滑井を見るなり慌てて敬礼した。

「こちらは？」

「工場主任の番場《ばんば》さんです」

紹介されて番場は米つきバッタのように何度も頭を下げる。小さな目と猫背気味の姿勢がひどく小心そうな印象を与える。

「この度はご迷惑をおかけして……」

「何か事故が発生したんですか。１１０番センターの話では、今いち事情がはっきりしてないんですが」

「は、発見したのは深夜勤務の者でした」

「深夜勤務？」

「最近受注が多くなったものだから二十四時間体制で稼働しているんです」

番場の話によればこうだ。

〈屋島プリント〉はプリント配線基板の製造工場だが、昨年から海外向けの受注が急激に増えた。そこで二十四時間体制に移行したが、午後九時から朝八時までのシフトに入るのは圧倒的に外国人が多く、今回の事故を発見したのもイラン人だったのだという。

「しかし亡くなったのは日本人……らしいんです」

「らしい？」

「目撃した同僚は佐藤《さとう》くんに間違いないって言うんです。佐藤尚久《なおひさ》と言いまして、この秋から契約社員として働いてもらっています。ただ、その、あの、わたしが見ても本人と確認できないものので……」

「主任のあなたが本人とは確認できないのですか」

「あの有様ではちょっと……」

喋りながら番場はずっと顔を顰めている。

プリント基板に埃《ほこり》などの微粒子を付着させないための配慮なのか、工場内は二重の入口になっている。本来は第一の扉を開けてから防塵《ぼうじん》仕様の作業着に着替えるらしいが、もちろん今は状況が異なる。

第二の扉を開けた瞬間、薬品の臭いが鼻を衝いた。アルコールと鉄、そして燃焼臭。

「何か燃やしているのですか。何か焦げたような臭いがする」

「それは硫酸の加工臭です。基板には硫酸銅を使用する関係で、作業場には濃硫酸が常備されていますから……ああ、あそこです」

番場が指を差した方向には長身の検視官が所在なげに佇んでいた。彼の目の前には腰までの高さのタンクが鎮座している。

「やあ、来たのは滑井さんだったのか」

検視官が力なく笑ったのを見て、滑井は危惧が的中したことを知った。

「ホトケさんはここだよ」

検視官は顎でタンクを示す。直径三メートルほどのプールには、薄黄色に濁った液体が張ってある。

その中央に異物が沈んでいた。

最初は奇妙なオブジェにしか見えなかった。

まるで成人男性が風呂に浸かっているようだが、まともなのは首から上だけで水面下に揺らめく身体は肋骨が露出している。肋骨の下には臓器があるはずだが、それらは溶液に溶け込んで原形を留めていない。四肢も半分以上溶解されて大腿骨《だいたいこつ》が覗いている。

いきなり鼻腔に飛び込んできた異臭に鼻が曲がるかと思った。肉の焼ける臭いと薬剤臭が渾然《こんぜん》一体となって形容し難い刺激臭を放っているのだ。よく見ればまともと思えた首から上も、溶液に触れている部分から皮膚が溶け出し、脂肪と組織を糸のように広げている。作業着を着ていたのだろうが、下着ともどもあらかた溶解され、水面に繊維の切れ端が申し訳程度に浮かんでいるだけだ。

滑井はしばらく口が利けなかった。

それが幸いした。辺りに拡散する肉の溶ける臭いを吸い込んだら、おそらく嘔吐を催しただろう。滑井は慌ててハンカチで鼻と口を覆った。

「検視官。これは」

「見ての通りだよ。誤って濃硫酸のプールに落ちたらしい」

検視官は足元を指した。見れば床にはゴム製の滑り止めが敷き詰められている。

「本来なら滑ることはないのだろうけど、ホトケはマスクを着用していなかったらしい。鑑識が外れたマスクを作業台の上で発見した」

作業中、何かの都合で一時的に外したのだろうか。もしそうだとしたら、本人も現場の危険性を軽視していたことになる。

「アルコール薬剤の臭いを無防備に嗅いでいるうちに意識が飛んだんだろう。深夜の作業が連続して睡眠不足だった可能性もある。それで体勢を崩して硫酸プールに滑落。そういった状況かな」

「本人だと特定できますか」

「とりあえず頭部は残存しているからね。ああ、もうプールから出してやって。このままじゃあんまり気の毒だ」

検視官は周囲にいた鑑識と警官に声を掛ける。だが、誰も率先してプールに近づこうとはしない。当然だろう。いくら仕事とはいえ半分がた溶けた死体を持ち上げるなど、およそ気味のいい話ではない。

ビニールシートでは硫酸の滴で溶けてしまうため、ゴムシートを剥がしたコンクリートの上に死体を置く。間に合わせにしても敬意の感じられない対応だが、死体の状態が状態なのでこれは仕方ない。

「番場さん、ちょっと」

硫酸プールから離れた場所にいた番場は、呼ばれた途端にぴくりと肩を震わせた。

「こちらに来て、被害者が佐藤さんかどうか再度確認してください」

番場が嫌悪している理由も今なら分かる。人体模型の出来損ないのような死体を何度も見たいとは、誰も思わない。それでも番場は恐る恐る近づき、遺体の顔を覗き込んだ。

「あの……顔も少し爛《ただ》れかけているんですが……多分……ええ、多分佐藤くんに間違いないと思います」

「佐藤さんはご家族と同居でしたか」

「いいえ、アパートで一人暮らしだったはずです。でも、千葉の方に両親がご健在だと本人から聞いたことがあります」

「実家の連絡先は分かりますか」

「はい。採用する際、緊急連絡先として聴取しているはずです」

確かにこれは緊急だろうな——滑井は皮肉なことを考えてみる。

「こういうホトケは困るな」

検視官がぼそりと呟《つぶや》く。

「首から下はあらかた溶けてしまっているから外傷があったかどうかも分からん」

「事件性もありということですか」

「鑑識の話ではタンク周辺に争った形跡はない。しかし現状では事故とも事件とも断定しかねる」

こうして死体を目の当たりにすると検視官の懊悩《おうのう》も理解できる。検視官は検視調書を作成しなければならないが、この状態では記入できる箇所は極端に少ない。

「イラン人の同僚が通報者でしたね。その人はどこに？」

すると番場が申し訳なさそうに口を開いた。

「とりあえず休憩室で休ませていますが、なにぶんまだ日本に来て間もないので」

つまり通訳が必要という訳か。署にはペルシャ語を話せる者もいるが、呼び出すとしたら八時以降になる。それまでは自分がカタコト英語を駆使するよりしようがない。

「ただ、ハーディー……ああ、これが通報したイラン人の名前ですが、彼に訊いても大したことは話せないと思いますよ」

「どうしてですか」

「深夜帯のシフトでは一エリアに一人の勤務になります。ハーディーはここを通りかかった時に、プールの中の佐藤くんを発見したようです。まあ、溶液が硫酸だというのは彼も知っていますから、急いで警察の方に通報した訳で。わたしが事故の発生を聞いて駆けつけた時には、ハーディーもかなりパニクってました」

硫酸プールの置いてあるようなエリアで稼働人員が一人きりというのは、安全管理の面で問題がある。だが、それを追及するのはもう少し後になりそうだった。

番場の話を信じれば、被害者がプールに落ちた際、目撃者はいなかったことになる。しかも肝心の死体は首から下のほとんどが溶けてなくなってしまっている。

住まいが分かっているのなら家宅捜索で毛髪などを採取すれば、この死体が佐藤何某であることを証明できるだろう。

だが問題は、これが事故なのか事件なのかという点だ。初動捜査でそれを見誤ると、後になればなるほど修正が困難になってくる。

「あのう、もうわたしは帰ってもよろしいでしょうか」

番場の申し出に滑井は耳を疑った。検視官もあからさまに非難の表情を浮かべている。

「あなたは現場の責任者ですよね」

「ええ、まあ」

無責任なのか、それとも死体のある風景に堪《た》えられないのか。いずれにしても責任者としてあるまじき言動に義憤を覚えた。

「被害者の連絡先はもちろん、就業状況や職場の人間関係を聴取しなければなりませんので、もう少しお付き合いください」

「あの、しかしですね。佐藤くんは契約社員で深夜シフトがほとんどだったので、わたしもその辺のことはよく知らないんですよ。わたしは午後七時までの勤務で、ちょうど佐藤くんとは入れ替わる形ですから」

憤りが次第に呆れに変わっていく。そしてまた、佐藤尚久という人物がこの会社からどういう扱いを受けていたのかが、うっすらと見えてきた。

「これは犯罪捜査の可能性も含んでいますので、なにとぞご協力ください」

「犯罪捜査」

番場は俄に表情を輝かせた。

「つまり、佐藤くんは他殺の可能性もあるということなんですね」

「まだ初動捜査の段階ですから、あらゆる可能性を探っているんです。事件性があったとしたら何だというんですか」

「事件の方が有難いかな、とちょっと考えたもので」

「どうして」

「それはやっぱり、ほら。事故ともなれば……」

言いかけて、番場は慌てて口を噤《つぐ》んだ。

だが、その先は容易に見当がつく。事故と断定されれば現場の安全管理や就業状態に注目が集まる。しかし殺人事件、あるいは自殺ならば、作業員の死に会社の責任は直接関わってこないくそったれめ。

従業員が死んだことよりも会社の体面の方が大事という訳だ。

急に番場を取調室で詰問してやりたくなったが、すぐに職業倫理が働いた。

「どこか落ち着いて話のできる場所はありませんか。あなたや同僚の方々に色々と訊かなければならないことがある。ああ、場所がなければ署までご足労いただくこともできますが」

そう告げると、番場はふるふると首を振った。

その日のうちに関係者からの事情聴取が始まったが、〈屋島プリント〉の労働条件の劣悪さは滑井の予想をはるかに超えていた。

海外ブランドによる携帯電話の需要が伸び、それに従って同社への発注も急伸した。だが最近の円高傾向が災いしてとにかく量産しなければ利益が確保できない。

そこで同社は安価な労働力、つまり派遣社員と外国人労働者の雇用に着手した。派遣社員と外国人労働者に共通する立場の弱さを盾に、工場では常識外の労働が黙認されていたのだ。

最初番場は詳細を話そうとしなかったが、他の契約社員や外国人労働者たちの話を聞くうちに明らかになった。滑井が計算してみると、深夜勤務の時給は何と平均で四百五十円しかなかった。

しかも一エリアでの稼働人員を極限まで減らしており、今回の現場のように硫酸プールなどといった物騒な設備もそこらじゅう目につく。時給が安ければ長時間働くしかなく自ずと疲労が蓄積されるが、深夜シフトでは交代要員もいないため、充分な休憩も取れなくなる。まさに３Ｋ職場の典型となるような労働環境が醸成されていたのだ。

だからといって職場に環境改善を求める声を彼らは持っていない。同社には労働組合すらなく、従業員の声を拾い上げるはずの現場監督は会社への忠誠心と従業員の待遇改善を秤《はかり》にかけて、迷うことなく前者を選ぶ。彼らとて従業員の一人でしかないからだ。

工場のこうした実態を聞くにつれて、佐藤がマスクを外していた理由も分かってきた。

作業場内にアルコール系の薬剤臭が蔓延《まんえん》しているため、従業員はマスクの着用が義務付けられていた。だがプリント加工の段階に放出される熱で、作業場は常に高温多湿となる。もし噴き出した汗を拭ったり、痒《かゆ》い部分を掻こうとしたりすればマスクを外さざるを得ないし、作業が立て込んでいる場合は外したまま装着し忘れる場合もある。現に、聴取した作業員の中には、佐藤と同様にマスクを外したことを忘れて作業を続け、軽い中毒症状に陥った者もいた。佐藤の意識が一瞬飛び、足を滑らせて硫酸プールに落ちたという検視官の推測を裏付ける証言だった。

滑井はまた、死体を発見し通報したハーディーの聴取も行った。ペルシャ語に堪能な刑事の通訳を介しての事情聴取だったが、ハーディーという男は善良そうな若者で、捜査に協力したいという態度がありありと感じられた。

それにも拘わらず、彼から得られた情報はごくわずかだった。

「佐藤さんの死体を発見した時の様子を教えてください」

「ワタシは休憩を取ろうと思っていました。ワタシの仕事場から休憩室に行くには佐藤さんのいたエリアを通らないといけなかったのです。それで佐藤さんがプールに落ちているのを発見しました」

「それで、すぐ警察に通報してくれたのですね」

「番場さんはもう帰ってしまっていた。事故が起こったら110番に連絡するの、ワタシたちの間の取り決めでした」

「佐藤さんを発見した時は、もう手遅れだったんですね」

「首から下、もうなかった。もう生きていないこと、すぐに分かりました」

「佐藤さんと面識があったんですね」

「佐藤さんはガイジンのワタシたちに気軽に話しかけてくれました。新しい日本語もよく彼から教えてもらいました」

「佐藤さんはどんな人でしたか。職場で彼とトラブルを起こした人はいませんでしたか」

その質問に移るとハーディーは俄に口を閉ざした。

「どうかしましたか？」

「あの……それは絶対に話さなければなりませんか」

「ご自分に不利な証言と思われるのでしたら強制はしません。ですが、あなたの証言によって佐藤さんの死が望まざるものであったと分かったら、彼も少しは報われるのではないでしょうか」

それはハーディーを誘導する言葉ではなく、劣悪な労働環境を甘受するしかなかった佐藤たちへの同情から自然に出た言葉だった。

「ハーディーさん、あなた方外国にお住まいの人たちがはるばる日本にやって来て懸命に労働している。それには各人色々な事情があるでしょう。労働に対する思いもきっと同じではないでしょう。しかし、佐藤さんがあなた方と同様の立場であったことは疑いようがない。彼が話すことのできなくなった今、それを代弁するのは、せめてもの手向《たむ》けになるのではないですか」

通訳を介した滑井の言葉がどれだけ正確に届いたのかは分からない。しかしそう告げた後、ハーディーの表情は明らかに一変していた。

「佐藤さんは会社の方針に否定的でした。番場さんに抗議することもあったし、ワタシは見ていませんがネットで会社のことを報告しているような話を聞いたことがあります」

「敵がいたのですか？」

「よく分かりません。番場さんは抗議されて困っている様子で、ネットで会社のことは書かないようにと説得しているようでした」

ハーディーはしばらく黙り込んだ後、懐かしむように言葉を続けた。

「佐藤さんはとても優しかった。番場さんに抗議したのも、自分の扱いじゃなくワタシたちについてでした。休憩時間が短い、エリアで働く人の数が少ないと言ってくれました。ワタシたちは日本語が上手くないので、ワタシたちの不満を代わりに言ってくれたんです」

ハーディーが佐藤の変事を目撃して、すぐ警察に通報した理由の一つはこれだった。ハーディーは会社側を信用していなかったのだ。

正午を過ぎた頃、検視官から検視調書が上がってきた。

内容は滑井が予想した通り、ないない尽くしだった。

死亡の原因、不明。

死亡の種類、不明。

全身所見、頭部のみの記載。

外因死の追加事項、不明。

検視官が愚痴っていたように、とにかく記述部分がない。実際、検視官は司法解剖の必要ありと判断し、大学の法医学教室に解剖を要請したが、そこで得られた結果は〈死因はショック死と推測される〉という意見だけで、事件性を支える材料にはなり得なかった。

結局検視官は、事故死であることも事件による死であることも断定できず、と結論付けていた。鑑識の鑑定結果も同様だった。現場となった硫酸プール周辺に人の争った形跡はなく、佐藤本人ならびに工場関係者以外の遺留物は発見できなかったのだ。だが工場内に立ち入るには完全防備の作業着を着て、毛髪が抜け落ちるのを防ぐ帽子も着用しなければならず、元々遺留物の生じる可能性も少ない。

言い換えれば第三者が作業場に侵入したとしても体液や毛髪は残留し難い。工場の厳格なマニュアルが逆に災いした形だった。

第三者が作業場に侵入した可能性に思い至った滑井は、その点も尋ねてみた。ただし相手は番場ではなくハーディーだ。会社にとって都合の悪い事実を、番場が口にするとは到底思えなかった。

「関係者以外でも工場の中に入ることは可能なんですか」

「それは簡単ですよ」

ハーディーはこともなげに言う。

「しかし作業場に入るには二重のドアを通過しなければなりませんよね」

「ドアが二重になっているのは作業場に埃や塵を持ち込まないためで、工場関係者かそうでない人かを選別するためではありません」

そう言えば滑井たちが臨場した際も、個人を認識するようなシステムは見当たらなかった。システムの電源を落としていた訳ではなく、そんなものは最初から存在しなかったということか。

「ケータイのプリント配線でしたね。企業秘密とかはないんですか」

「ワタシはよく分かりませんが、作業場に人間の出入りを制限するような場所はどこにもありません」

「硫酸プールというのは常時、蓋が開いているものなんですか」

「いいえ。プールの蓋は硫酸銅を作る時だけ開けます。いつも開いてはいません」

「蓋に施錠するんですか」

「いいえ。鍵なんかついていません」

証言を集めれば集めるほど、工場管理の杜撰《ずさん》さが浮き彫りになってくる。過酷な長時間労働と、硫酸をはじめとした薬剤管理の手薄さ。佐藤の事故は起こるべくして起こったといっても過言ではない。

滑井は全ての従業員たちから事情を聴取した上で、番場を呼んだ。

「従業員全員がそう証言しています。劇物管理や諸々のシステムについては、ずいぶんお粗末な状態のようですね」

証言を揃えての質問なので、否定したりとぼけたりするのは難しい。逡巡《しゅんじゅん》した様子を見せた後、番場はぽつりぽつりと内情を語り始めた。

「全ては受注するための企業努力なのです」

「企業努力？」

「つまりコスト削減です。ロット単位での経費を可能な限り削らないと、同業他社のみならず人件費が圧倒的に安い中国企業に発注がいってしまいます。海外からの仕事を安定的に獲得するには、兎《と》にも角《かく》にもコストの削減しかありませんでした」

「それが安価な労働者の雇用のみならず、管理システムの軽視に繫《つな》がったというのですか」

「雇い入れた外国人には日本語に不慣れな者が多く、複雑な管理システムにすると作業スピードが落ちる惧《おそ》れがありました。誰もが簡単に、そしてより多くの製品を作れるよう、複雑な工程を外したんです」

「しかしプリント基板というのは企業秘密じゃないですか。そんな機密情報があるのに、作業場には誰でも入れるというのは……」

「配線なんて機密情報でも何でもない。請け負っているのは海外発の部品製造で、世界水準からすれば最先端の技術ではありませんから、ガードする必要もないんです」

「では劇物管理については？　硫酸プールの蓋には鍵がされていなかったというじゃありませんか。毒物及び劇物取締法には、〈保管場所は鍵の掛かる丈夫なもの〉と規定されているはずですが」

「いえ。第十一条の取扱規定について違反しているものではないです。第一、そのプール自体が、保管場所ではなく作業工程の中にある設備なのですから」

そう逃げるか。

おそらく定期的な立ち入り検査に対応したマニュアルが存在し、違法にならない程度には体裁を整えているのだろう。本来であれば安全基準を高めるために費やすべき経費を、全て生産ラインに投入している。

もしこの一件が事故と判断された場合、遺族は面倒な訴訟事件に首を突っ込むことになる――。

そう考えると、鬱陶しさが募った。

明確な違法事実がなければ、係争は時間と費用を持った者が有利となる。個人対企業では最初から優劣が決まっている。度重なる公判と証拠集め、そして決して安くはない弁護士費用。訴訟が長引くに従って原告側は疲弊し、闘争心を摩耗《まもう》させていく。そこで被告側が頃合いを見計らい、相場よりも低い示談案を提示するという寸法だ。

だが早くも事件の趨勢《すうせい》が見え、佐藤の遺族に同情し始めた時、滑井は驚愕すべき報告を受けた。

午後三時を回った頃、規制線内を警備していた制服警官からの一報だった。

工場の玄関口、つまり作業場から離れ、鑑識がまだ着手していない場所から奇妙な紙片が発見されたというのだ。

初動段階で事件性が明確でなかったことと、深夜帯の臨場で鑑識係の人数が限られていたことが発見の遅れた原因だったが、今それを言っても始まらない。

気になったのは連絡してきた警官の口調だった。しかつめらしい報告口調に混じった不穏さと怯え。

得体の知れなさが刑事の勘を突き動かし、滑井は取るものも取りあえず現場に急行した。

工場に到着すると、早速件《くだん》の警官が出迎えた。

「妙な紙切れだって」

「はい。工場入口ドアの内側で発見しました」

最初に臨場した時、ドアは開けっ放しだった。照明の暗さもあり、おそらく見逃したのだろう。

「これがそうです」

警官の差し出した紙片はちゃんとビニール袋に収められている。紙片には次の文章が認《したた》められていた。

きょうりかのじゅぎょうでりゅうさんがでてきた。なんでもとかすんだよ。それでかえるをなかにいれてみた。ゆげがでて、かえるはあっというまにとけたよ。
こんどは　さ　からはじめよう。

怖ろしく稚拙な文字と文章。

だが滑井は、やっと警官の当惑を理解できた。

カエル男。

去年の今頃、飯能市一帯を恐怖のどん底に叩き込んだ連続殺人犯。埼玉県警の管轄でその名を知らぬ者は誰もいなかった。そして殺人の度、現場に残された特徴的な犯行声明文も。

滑井も本部から送られてきた声明文のコピーを何度も見た。だから字の特徴を憶えている。

この文面と字はコピーのそれに酷似していた。

背中を緩やかに戦慄が立ち上る。

滑井は熊谷署に取って返し、鑑識に筆跡鑑定を依頼した。

まさかという疑念と間違いないという確信が交錯する。もし声明文の主がカエル男だったら、事件の様相は一変する。しかもそれは熊谷署単独の事件でもなくなる。

先のカエル男事件では、埼玉県警捜査一課が懸命の捜査をしたにも拘わらず、四名の犠牲者と飯能署襲撃という副産物を生み出した。

連続殺人事件の被害者は五十音順で〈ア〉から開始されていた。ところが新たに発見された声明文はこの一文で締められている。

〈こんどは　さ　からはじめよう〉

ではサ行から改めて連続殺人を行うという意味なのか。

得体の知れなさが明確な恐怖に変貌して滑井を搦め捕る。

筆跡鑑定の結果が伝えられたのはその日の夜遅くになってからだった。

〈提出された紙片に記された文字は、昨年の飯能市事件で使用された声明文の文字と筆跡がほぼ一致〉

滑井は安堵《あんど》とも絶望ともつかぬ溜息を吐いてから、証拠物件の紙片を携えて刑事課長の許に向かう。

これは俺の、そして熊谷署の事件ではない。

2

「カエル男め、カ行をすっ飛ばしやがった」

熊谷署からの報告を受けるなり、渡瀬は吠《ほ》えた。

古手川はその濁声《だみごえ》を聞きながら、渡瀬の机上に置かれたパソコン画面に見入る。データとして送信されてきた稚拙な犯行声明文と筆跡鑑定結果。その画像を見ているだけで、ぞわぞわと背中に悪寒が走る。

筆跡鑑定はこの犯行声明文もまた勝雄の手になるものと断じた。間違いなく、まだカエル男は生きて獲物を渉猟しているのだ。

「どうしてまた行を飛ばしたんですかね」

そう尋ねると、渡瀬はぎろりとこちらを睨んだ。

「お前はどう考える。ただ馬鹿みたいに訊いた訳じゃないだろうな」

試されている、と実感した。以前の事件では、突発事件が発生する度に引《ひ》き摺《ず》り回され、判断力も育っていないのに直感だけで動いて怪我をした。あれからどれだけ成長したのか、この上司は確認しようとしている。

「リストの欠落があったんじゃないんですか」

「言ってみろ」

「以前のカエル男は犠牲者を選ぶ際、五十音順のリストを用意してました。しかもその名前と住所を暗記していました。普通なら今回の犠牲者は〈カ〉で始まるはずでしょう。それがいきなりサ行に飛んだのは、何かの理由でカ行のリストがごっそり欠落していたからではありませんか」

犯人が目をつけたあのリスト。五十音順に整理され、犯人はそこから犠牲者を選んでいた。もちろん、先に殺害された御前崎もその中の一人だった。

渡瀬は片方の眉だけを上げた。胡散臭そうな顔をしているのは、少なくとも自分の意見と違うということか。

「今回の殺害場所は被害者の勤める工場だ。氏名と自宅住所しか記載されていないはずのリストを見たカエル男が、どうやって勤務先を探り出した」

「自宅で襲うつもりが機会を逸して、工場まで尾行してきたか、工場近くの寮に住んでいたとか」

「殺された佐藤尚久の住所は工場から離れた場所にあるアパートだ。尾行するとしたらかなりの長距離になる。当真勝雄にそんな尾行が可能だと思うか」

当真勝雄は一見目立たない風貌をしている。それだけ考えれば尾行には適材なのだが、如何せん状況の変化に対応できない。

「無理っぽいですね」と、これは古手川も自説を引っ込めざるを得ない。

「でも、もう一度沢井歯科のカルテを確認する必要はあると思います」

当然の提案だと思った。だが予想に反して渡瀬の反応が鈍い。

「何か問題ありですか」

「犯人が以前と同じリストに基づいて行動しているんなら、話はずっと簡単なんだ。ただ目標がサ行に移っただけなら、次は当然〈シ〉になるから、同じリストのシから始まる対象者の自宅を張っていれば、犯人を捕まえることもできる」

渡瀬は不貞腐れたように言う。

「しかしア行からサ行へのすっ飛ばし。自宅住所から勤め先への移行。この二つを考えると、もう一つの可能性に思い至る」

「何ですか、その、もう一つの可能性って」

「犯人が別のリストを入手したのかも知れん」

「別のリスト？」

「考えてもみろ。五十音順になったリストなんざ世の中にいくらでも存在する。要は犯人がそのリストを入手できるかどうかだけの問題だ」

五十音順になったリスト。

古手川がすぐに思いつくのは電話帳だ。これなら住所も記載されているし、電話ボックスに行けば誰でも閲覧できる。ただ、今回の事件は熊谷市内で発生している。同市に土地鑑のない人間が電話帳を利用するとは考え辛い。

そこまで考えて、古手川は別の懸念材料に思い至った。

よほど慌てた顔をしていたのだろう。渡瀬はそれも織り込み済みだと言いたげに頭を振った。

「やっと気づいたらしいな。今回の事件は最初が千葉県松戸市。そして今度が熊谷市で起きている。以前の事件みたいに一つの市内で完結している訳じゃない」

「それは……カエル男の標的が拡大したってことですか」

「現段階では判断がつかん。だが、犯人側の狙いがどうあれ、それを報道する側は無視してくれそうにない」

はっとした。

松戸市と熊谷市の事件がカエル男の犯行であることを、まだマスコミは気づいていない。だがそれを知り、報道したとしたら世間はどんな反応を示すのか。

以前の事件では、一つの市がパニックに陥った。次の犠牲者は自分ではないかと怯えた市民が虞犯者《ぐはんしゃ》のリストを求めて警察署に殺到した。その攻防では、古手川自身も負傷した苦い経験がある。

あの修羅場が再現されるというのか。

しかももっと広い範囲に亘《わた》って。

最悪の可能性に慄いていると、そこに栗栖課長が姿を現した。

居並ぶ捜査員たちが何事かと注視する中、栗栖は渡瀬に向かって来る。忌々しそうな顔をしているのは、渡瀬に仕事を振る前兆だ。

最近古手川も分かってきたのだが、栗栖は渡瀬のことをひどく嫌っている。いや、嫌っているというよりは苦手意識を持っている。上司である栗栖に歯に衣着せぬ物言いをし、傍若無人の振る舞いをし、本部の立てた捜査方針には真っ向から反発する。しかも、それが結果的には正しいことが多いので指揮を執る栗栖の面目は丸潰れだ。

栗栖にしてみれば目の上のたんこぶのような存在で鬱陶しいのだろうが、渡瀬班は県警本部の中でも随一の検挙率を誇っているので、無下に扱うこともできない。だから仕事を振る時には忌々しそうな顔になる。

「熊谷市の事件でもカエル男の犯行声明文が発見されました」

「ああ、聞いている」

栗栖の考えを読んでか、渡瀬の返事はぞんざいだ。

「ウチと千葉県警の合同捜査本部が立ちますが、里中本部長は以前のカエル男事件で捜査に当たった渡瀬班の専従を命じました」

妥当な判断だろうな、と古手川も思った。

「帳場が立つのはウチの本部になりました。今から最初の捜査会議が始まります。渡瀬班は全員出席してください」

大会議場にはいつもの倍近い捜査員が集まっていた。半分は見知らぬ人間なので千葉県警の刑事たちと知れた。後列には松戸署の帯刀の姿も見える。

雛壇《ひなだん》には里中県警本部長と栗栖課長の他に八木島《やぎしま》管理官、千葉県警からは三角《みすみ》本部長が顔を揃えており、末席にはやはりというべきか渡瀬がふてぶてしく鎮座している。

「早速だがこの資料を見てほしい」

前面に張られたスクリーンに画像が映し出される。資料というのは、御前崎の家に残されていた犯行声明文と熊谷市の事件現場にあった犯行声明文とを筆跡鑑定した結果だった。

「見ての通り、二つの文面は同一人物の手によるものと判明した。飯能市で犯行を繰り返したカエル男が復活したと見て間違いない」

事前に知らされていたこととはいえ、管理官の口から宣言されると、改めて不穏さを感じる。

「今回二人目の被害者は佐藤尚久三十二歳。〈屋島プリント〉の契約社員で、深夜作業の最中、工場内に設えられていた硫酸のプールに沈められた」

二枚目の画像はその現場写真だった。

直径三メートルほどのプールの中に人一人が首だけを残して身を沈めている。遠くからは湯船に浸かっているようにも見えるが、その湯船の中は極楽どころか地獄だ。高濃度の酸により着衣と組織のほとんどが溶解されている。

　鑑識による近接撮影は見る者に容赦ない。硫酸に溶け出して繊維の塊にしか見えなくなった組織、これも溶解して極端に細くなった骨、異様な色で斑に染まった水面。

　圧巻は被害者の頭部を正面から捉えた写真だった。既に生気を失った顔面の下、首の付け根が淡い煙を上げながら溶解されている。血管、肉片、脂肪が分解され、酸のプールに拡がっていく過程の静止画。それが百インチほどのスクリーンに大写しになっている。まるで異臭が漂ってきそうな画像に、居並ぶ者たちは一様に顔を顰める。これでいったいどれだけの捜査員が食欲を失くしていることか。

「被害者の居住していた三ヶ尻《みかじり》のアパートは工場から約五キロの場所にある。本人は自転車で通勤していたらしい。所轄署は鑑識とともに被害者の居室に臨場。採取された遺留物とＤＮＡ照合した結果、被害者が佐藤尚久本人であることを確認、また本日早朝、千葉市内から両親が出頭して本人であることを確認」

　突然警察に呼ばれて出頭して来た両親の気持ちを想像するとやり切れなかった。しかもただの死体ではない。首から下はほとんど溶解された変死体だ。それを見て両親は何を思ったことか。

「被疑者は当真勝雄二十歳。さいたま市内の医療施設を退院して以後、全く消息が摑めていない」

　画面が切り替わり、勝雄の顔写真が大写しになる。

「これが当真勝雄だ。精神障碍を患っているものの目立たない風貌をしているせいか、現在に至っても捜査の網に引っ掛かっていない」

　手配写真に特有の無表情さが、勝雄の面立ちをより一層不気味にしている。特徴のない顔なので笑えば多少の愛嬌も出るのだが、こうして見せられると罪状と相俟《あいま》って凶悪犯にしか見えない。

「注意すべきはその行動範囲だ。今回は飯能市だけに留まらず、千葉県松戸市、そして熊谷市と拡大している。下手をすれば首都圏全域、いや全国に拡がる可能性がある」

捜査員たちの間に静かなざわめきが起こる。

古手川は以前の事件を思い出して恐慌に駆られる。順番通り、名前以外は何の法則性もなく殺されていく恐怖。そんなものが全国に拡大したらどれほどの社会不安を引き起こすことか。

「かつてのカエル男事件では、その恐怖から飯能市民のパニックまで誘発された。仮に今回の犯人が模倣犯だとしても、同様の不安は必ず生まれる。それを放置しておくことは警察機能の麻痺《まひ》をも意味する。分かるか。我々はこの先、一体たりとも死体を出す訳にはいかないのだ。稚拙な犯行声明文、五十音順の殺人。およそふざけた見立てだが、これは明らかに警察への挑戦でもある。犯人検挙には全警察の威信がかかっていると肝に銘じろ」

いつになく悲壮な言葉に捜査員たちは居住まいを正す。

「被疑者当真勝雄を早急に確保しなければならない。当真は運転免許を取得していないため、その移動手段は徒歩か交通機関に限られる。専従捜査員を中心に千葉と埼玉の主要駅に人員を配置、また別働隊は佐藤尚久のアパートから〈屋島プリント〉に至るまで地取りを徹底、被疑者の目撃情報を集めて本部に上げろ」

つまりは千葉埼玉両県警によるローラー作戦ということだ。被疑者が確定し、しかも徒歩と電車くらいしか移動手段がないとすれば、確かに有効な方法だろう。

しかし古手川には今ひとつ腑に落ちないところがある。八木島管理官の指示は的確だ。おそらく誰が捜査を指揮しても同様の指示を出すだろう。

だが、それは当真勝雄をありきたりの犯罪者として捉えた場合の話だ。彼に通常の理屈、通常の論理がどこまで通用するものなのか。

かつて古手川は勝雄と一戦交えたことがあった。まるで感情を表出させないまま暴力装置と化した勝雄。こちらがどんなに悲鳴を上げようが、どんなに血を流そうが、眉一つ動かさなかった。今でも時々、あの恐怖が脳裏に甦《よみがえ》る。

「最後に……ここに座る渡瀬班長は当真勝雄を一度確保したことがある。班長、もしも当真について留意事項があるのなら話してくれないか」

今まで半眼で話を聞いていた風の渡瀬が、ゆるゆると上半身を起こした。そして捜査員たち一同を睨《ね》めつけるように見回してから口を開く。

「折角管理官から発言の機会をいただいたが、俺に言えることはない」

途端に八木島の表情が不快に固まる。

「それは全員に妙な先入観を持って欲しくないからだ。被疑者が精神障碍を患っているとか、移動手段は限られているとか、本来であれば真っ当と思える公式がこの事件に有効かどうか断言できない。以上だ」

素っ気なく話を終わらせた渡瀬に何か言いたそうな素振りだったが、八木島はひと睨みするだけだった。

「では各自奮闘するように。以上、解散」

号令を合図に捜査員たちは立ち上がり、自分の担当を確認してから散って行く。

渡瀬は雛壇から立ち上がると、列席したお偉方には目もくれず、古手川の許にやって来た。

「行くぞ」

言うが早いか、渡瀬は手に持ったジャケットを羽織って歩き出す。

ジャケットを羽織るからには外出、行先は言わずと知れた熊谷市だろう。

「沢井歯科のカルテは後で確認する。まずは現場だ」

「だけどホトケやら何やら、目ぼしいものは熊谷署が散々浚《さら》っていった後ですよ」

「それでも臭いくらいは残っているだろ」

「臭い？」

「カエル男の臭い。それを嗅ぎ分けられる人間は少ない。お前もそのうちの一人だ」

それもまた妥当な判断だ。

ようやく納得できる言葉を聞いて、古手川は渡瀬の後に続く。

二人が向かったのは三ヶ尻にある佐藤のアパートだった。事件発生からまだ間もない上に、連続殺人の様相を呈してきたせいか、佐藤の部屋のドアには〈ＫＥＥＰ　ＯＵＴ〉のテープが貼られ、制服警官が一人配置されている。

中は１Ｋだが、ウナギの寝床のように細長く、とても使い易い部屋には見えない。それなのにアパートの外装をはじめ、壁や天井はさほど古びていない。

「妙な部屋ですね。建物自体は新しく見えるってのに、何でこんなに狭いんでしょうね」

「新しいから狭いんだ」

何が気に食わないのか、渡瀬はここでも不機嫌そうだった。

「このアパートの住人は、おそらく大半が期間工か外国人労働者だ。集合ポストにカタカナの名前が多かっただろ」

いつの間にそんなところを見ていたのか。

「外国人ってのは名前で分かりますけど、期間工ってのはどうして分かるんですか」

「定住する可能性が少ないから表札もつけないし、集合ポストに名前も入れない。第一このアパート自体がそうした客層向けに造られてるしな」

渡瀬の説明はこうだ。期間工や外国人労働者は家賃にカネをかけられないので、一般の1K物件にもなかなか手を出そうとしない。そこで目端の利く管理会社が1DKの間取りを半分にした物件を、格安の家賃で貸し出したところ、低所得者層のニーズに合致し飛ぶように捌《さば》けた。つまりベッドと衣装ケース、そして棚の一つも置ければ、それ以上の広さを必要としない層を開拓したのだ。

佐藤もそうした層の一人だったのだろう。娯楽と呼べるものはパソコンとカラーボックスにずらりと並べられたコミック類くらいで、他の小物や衣装ケースを覗いても、スポーツ道具やカタログ雑誌の類は一切置いていない。

「カタログ雑誌ってのは、ちょっと背を伸ばせば欲しいモノに手が届く層には読まれるが、どんなに頑張っても届かない者にとっては目の毒にしかならん。つまりそういう理屈だ」

壁には美少女アニメのポスターが貼られている。三次元よりも二次元の方に興味があったということか。衣装ケースの中には背広が一着だけ。それも二着で一万円の安物のようで、それ以外はほとんどマスプロ製のシャツとセーターしかない。

パソコンの閲覧履歴については既に鑑識が解析を済ませていた。内容はと言えばアニメ関連とエロサイト、そして掲示板という絵に描いたような三点セットであり、特に掲示板については匿名で〈屋島プリント〉の就業実態を訴えていた。その中には工場主任である番場の実名も挙げられており、佐藤の抗議行動が実生活の中だけに留まらなかったことを証明していた。

部屋に残されたものから浮き上がってくるのは、抑圧され、世間に抗議の声を上げ続けながらも一向に報われなかった青年の姿だ。おそらく、同様の境遇に置かれた同世代の人間は全国に何万、何十万人もいる。佐藤はそうした中の一人に過ぎなかった。

「本棚を掻っ攫《さら》ったが、卒業名簿や従業員名簿の類はなかった。ツーショットやグループの写真もなし。マンガ本ばかりだ。こういう部屋に住んでいるくらいだから預金残高も四ケタと五ケタを行ったり来たり。全く色気のない被害者だ」

いささか乱暴な物言いだが、聞き慣れた古手川にはその意図することが分かる。殺したい、あるいは殺されるほど濃厚な人間関係が見当たらず、他人に狙われるような資産も所有していない。ないない尽くしの人間なら鬱屈した昏い感情の発現として衝動殺人に走る可能性もゼロではないが、少なくとも被害者にはなり得ない。

個別の動機が不在。選ばれたのは〈サ〉で始まる名前だったから——そこまで考えて、やっと渡瀬の不機嫌な理由が理解できる。カエル男の興味は名前だけで、他の属性は一切関係ない。その点は以前に起こした連続殺人と全く同じであり、不特定多数の市民を恐怖に陥れるに充分な条件だからだ。しかし一方で利害関係者の洗い出しとアリバイの裏付け捜査を省略することもできないため、殺人が重なる毎に捜査員の数が不足してくる。通常の連続殺人では進行とともに容疑者が絞られてくるのだが、カエル男の場合は徒《いたずら》に捜査範囲が拡がっていくだけなので様相は全く逆になる。

今回、埼玉県警と千葉県警が合同捜査本部を立ち上げたが、人数を増やしたところで犯人逮捕が早まるとはどうしても思えない。更に被害者が他府県に及んでも条件は変わらず、却って上意下達の組織の悪癖として、捜査本部が迷走してしまうことも充分あり得る。

それから小一時間かけて二人は部屋の中を浚ったが、熊谷署の捜査員たちが調べ上げた以上のものは何も出てこなかった。

床に散乱しているものを蹴り上げるのではないかと思うほど、渡瀬の顔が凶暴になる。すると、その胸ポケットから着信音が鳴った。

「俺だ。うん？　たった今到着したのか。じゃあ俺たちが着くまで待ってもらえ」

通話を終えた渡瀬は不機嫌さをほんの少し緩和させたようだった。

「熊谷署に佐藤の両親が遺体を引き取りに来た。行くぞ」

言うなり、渡瀬は背を向けて玄関へと急ぐ。

両親の口から被害者の別の顔や、職場以外での交友関係を聴取する。鑑取りの初歩に疑義を差し挟むつもりは毛頭なかったが、息子の変わり果てた姿と対面した両親の取り乱し方を想像するとやはり腰が引けた。

熊谷署に到着すると、早速担当者の滑井がやって来た。見るからに実直そうな男で、話し方には遺族に対する考慮が感じられた。

「渡瀬警部。遺族への事情聴取ですか」

「すぐ、訊けますかな」

「あれは……今はまだ無理でしょう。父親も母親も半ば錯乱状態で、話のできる状態じゃありません」

司法解剖が終了した時点で、多くの解剖医はできる範囲で死体を修復する。切開した箇所は丁寧に縫合し、出血部分は清浄する。だから遺族と対面する時は、発見時の状態よりも綺麗になっているのが普通だ。

だが佐藤の死体は縫合や清浄でどうにかなるような状態ではない。首から下はほぼ完全に溶解され、骨とて申し訳程度にしか残存していないのだ。我が子のそんな姿を目の当たりにして、冷静さを保っていられる親はそれほど多くあるまい。

「失礼ですが警部。以前カエル男の事件を担当されたと聞きました」

「それが何か」

「県警内の事件ですからわたしも概要は知っているのですが、その……人間というものはこんなにも残酷になれるものなんでしょうか」

滑井は嫌悪感を隠そうともしなかった。

「警部ほどではありませんが、わたしも何体となく凶悪事件の被害者を見てきました。しかし、しかし今回のこれは常軌を逸しています。遺体損傷は怨恨によるもの。解体は異常心理、もしくは運搬の必要から生じたものと解釈すればまだ納得いきますが、これは到底理解できません。頭部だけ残して後は溶解してしまうなどと……まるで人間をオモチャとしか思っていない」

「わしの知り得る限り、人間というのは地球上で最も残酷な生き物ですよ。ただ、その中でもカエル男というのは別格でしょうな。例の稚拙な犯行声明文はパフォーマンスの最たるものと決めつける風評もあるが、文言通りに死体を弄ぶのだから、あながち演出効果だけとは言い切れん。そしてまた今度も同じですな」

渡瀬がそう答えると、滑井は露骨に顔を顰める。

「ひどい話ですね」

「今に始まったことじゃない。もう四半世紀もこの仕事をしているが、その頃から人は残酷だった」

「とにかく両親が遺体安置室から出たら、こちらに連れて来ます」

滑井の勧めに従い別室で待機していると、やがて両親が部屋に入って来た。

父親の佐藤尚樹《なおき》は気丈に振る舞っているものの、視線が虚《うつ》ろだった。母親の富江《とみえ》は散々泣いたせいで目を真っ赤に腫らしている。それでもまだ完全に落ち着きを取り戻した訳ではなく、尚樹にしがみつきながらあわあわと何事かを呟いている。

座らせてから事情聴取に移ったが、寒くもないのに二人は身体を震わせている。

「あれはいったい何なんですか……」

尚樹の言葉は悲憤で爆発しそうだった。

「尚久が何をしたというんですか。あんな風に殺されなきゃならん理由があるんですか。あ、あんまりです」

「それを知りたくてご足労いただきました」

渡瀬は冷徹に言ってのける。答える側の人間が昂奮している場合には、一番適した態度と思えた。

「どうか落ち着いてお聞きください。殺され方には理由があります。そして、その理由こそが犯人を特定する手掛かりになることが少なくない。この意味はお分かりいただけますか」

尚樹は首を横に振る。

「つまり動機です。たとえば金銭目的なら単純に殺してしまえば事足りる。恨み骨髄であれば死体を損傷させる」

「じゃあ、息子はあんな風にされるほど人の恨みを買っていたというのですか」

「もう一つ。吐き気を催されるかも知れないが、世の中には尋常ならざる行為で自分を尋常ならざる存在として吹聴したい人間もおるのです」

「息子は……尚久は弱い者のために声を上げる人間でした。権力を持った者からうるさがられたかも知れませんが、決して恨まれるような人間じゃなかった」

尚樹は射貫くように渡瀬を見る。

「子供の頃は何度か学級委員に任命されました。昔から面倒見がよく、クラスで苛められている子がいたらよく庇《かば》っていたそうです」

聞きながら古手川は納得する。職場環境の改善を声高に叫ぶ土壌は、既にその頃からあったということか。

「不躾《ぶしつけ》なことを聞きます。尚久さんは現在の勤め先に不満を抱いていたようですが、そのことはご存じですか」

「ああ、それは……やむを得ない部分があったかも知れません。何しろ契約社員です。好きで入った会社ではありませんでした」

「以前はどちらに？」

「いや、息子は就職活動に失敗したのです。大学も志望校に受かり、そこまでは順風満帆だったのですが、大学卒業時には就職氷河期の真っ只中だったんです。何社も試験を受けたのですが、どこからも採用通知がもらえず……きっとわたしたちに要らぬ心配をかけたくなかったのでしょう。相談とかは特になく、自分で派遣会社に登録を済ませていました」

　これは古手川の記憶にも新しい話だった。二〇〇〇年前後は金融機関の破綻によって景気が悪化し、有効求人倍率がどんどん下降していった。世に言う就職氷河期だ。そして就職氷河期の到来とともにフリーターやニート、派遣社員が目立って出現する。

「当初は派遣社員の身分から正社員へ昇格できるよう頑張っていたようですが……三十を過ぎる頃からは焦り出したみたいで、今の会社への不満をわたしたちにもぶち撒けるようになりました」

「しゅ、就職できなかったのは運が悪かっただけです。尚久には何の落ち度もありません。あ、あの子は本当に優しい、他人思いの子だったんです！」

　今までずっと黙っていた富江がいきなり口を開いた。それは証言というよりも訴えに近かった。

「優しくて、人に先んじてがっつくということがありませんでした。きっと就職ではそういうところが不利だったと思います。でもそれを根に持つことはなく、いつでも一生懸命でした。屋島プリントさんへの不満も自分の待遇にではなく、他の従業員の待遇に対してだったんですから。だから、あの子は他人のことを優先してしまう癖があって、いつもそれで損をしてきたんです。だから、要領のいい人からは見下されていたかも知れません。でも、人に恨まれるだなんて、そんなことは決してありません！」

富江はそれだけ言うと顔を覆い、嗚咽《おえつ》を洩らし始めた。

どうやら同僚と両親から見た人物像は一致しているようだ。それなら、やはりカエル男の興味は佐藤尚久という名前にあったものと推定できる。

だが、渡瀬は念を入れることを忘れなかった。

「では、この中に見覚えのある人物はいませんか」

渡瀬が取り出したのは八枚の顔写真だった。そのうち五枚は無関係の人間だが、残り三枚は御前崎教授、有働さゆり、当真勝雄が写っている。

しかし尚樹と富江は揃って首を横に振るだけだった。

3

佐藤の両親に遺体引き取りの手続きを説明した後、古手川は一人飯能市にクルマを走らせた。目指すは沢井歯科。以前の事件で、犯人が被害者を選ぶリストに使用したカルテがそこにある。古手川の仕事はそのカルテの中に、佐藤の名前があるかどうかを確認することだった。

土曜日の午後だというのに、沢井歯科の駐車場は閑散としている。以前は外来のクルマで一杯だったので、その変わりようが少し意外だった。

受付に行くと、見覚えのある看護師がそこに座っていた。

「あら、古手川さん」

美人ではないが、くりくりとした大きな目が印象的な看護師だった。制服のネームプレートで〈東江《あがりえ》〉という名前を確認する。確か下の名前は結月《ゆづき》だったはずだ。彼女には、怪我を負ったまま医院に到着した際、応急処置を施してもらった恩がある。

「あ、すごい。あんな大怪我してたのに、もう傷痕も残ってない。古手川さんて頑丈なのね。いったいどんな身体してるのかしら」

実を言えば医院に飛び込んだ後に受けた怪我の方がはるかに重傷だった。特に左足の損傷具合は深刻で、医者からは全治一カ月と診断された。今でも後遺症で、歩く時には少し左足を引き摺っている。それでも現場に復帰して、あの人遣いの荒い上司の下で働いているのだから、なるほど頑丈には違いない。

「意外だな」

「何がです？」

「顔を見せた途端、塩でも撒かれるんじゃないかと思っていたので」

「どうしてですか」

「俺は、勝雄くんを逮捕した刑事ですからね」

「ああ……」

結月は気まずそうに軽く溜息を吐く。

「確かに当真くんを逮捕した時には、今度会ったら塩どころか消毒液を撒いてやろうかと思ったけど……古手川さんもあの子には散々痛めつけられたものね。両成敗ということで堪忍してあげる」

両成敗というのはあまりに不公平な仕打ちだと思ったが、ここは異議申し立てをしない方が利口だろう。

「それで今日は何の御用ですか。親不知《しらず》でも痛むんですか、それとも相変わらず捜査ですか？」

「すみません。相変わらずの方なんですよ。またそちらのカルテを拝見したくて」

「またですか」

結月は手を腰に置いて唇を可愛く尖らせる。

「前回、カルテを見せた時も後から先生にすごく怒られたんですからね。いくら警察でも、何でもほいほい気軽に開示するなって。わたし、そんな気軽に情報開示したんじゃなくて、あの時だって古手川さんが勝手にカルテ室に……」

「その節は申し訳なかったです」

古手川は早々に頭を下げた。相手の怒りが本格的になる前に謝れ――渡瀬から教授された謝罪の仕方だった。もっとも、あの上司が誠心誠意を込めて謝っている図など一度も目撃していないのだが。

「今回はちゃんとこういうものを用意しています」

古手川は胸ポケットからA４サイズの書類を取り出した。

捜査関係事項照会書。本来はこれと特定した容疑者の情報を収集するための照会に使われるが、今回は犠牲者を特定するための作業となる。

結月は書類を受け取ると文面をさっと一瞥《いちべつ》した。

「待っていてください。先生に許可をもらってきます」

そう言って廊下の向こう側へと消えて行った。

待合室の椅子に座り、古手川は辺りを見回す。駐車場ががら空きだったので薄々予想していたが、外来は数えるほどしかいなかった。看護師の数も以前より目に見えて減っている。

不意に勝雄の姿が脳裏に甦った。

あの日、医療廃棄物の入った袋を下げていた勝雄は靴紐の緩んだ靴を履いていてここで転倒した。見かねた古手川が廃棄物を片づけた後、近くの靴屋まで行って新しい靴を買ってやった。新品の靴を手にした時、勝雄はこぼれるような笑顔を見せた。そう、まるでサンタクロースから直接プレゼントを渡してもらった子供のようだった。その笑顔に、古手川は癒やされた。残虐無比な事件が続く中、勝雄の純粋さに助けられた思いがしたのだ。

しかし、それも結局は幻想に過ぎなかった。勝雄と心が触れ合えたと思えたほんの数日後、古手川は勝雄本人から手痛いしっぺ返しを食らうことになる。それが古手川の人間不信に一層拍車をかけた。

一つ一つの事件を経験して刑事は人を見る目を養っていく。手掛けた事件が、その刑事の人となりを形成していく――そう渡瀬から教えられた。ではカエル男事件は、いったい自分に何を与え、何を奪ったのか。

あれこれ思いを巡らせていると、やがて結月が戻って来た。

「先生の許可が下りました。わたしが同行するのでついて来てください」

「お目付け役つきですか」

「それが条件だそうです」

警察からの正式依頼であっても、やはり前回のしこりが抜け切れないらしい。条件づけはせめてもの意趣返しなのだろう。

「じゃあ、お願いします」

殊勝にそう言って結月の後に続く。

「さっき、受付の前できょろきょろしてたでしょ」

結月は思いのほか目敏《めざと》かった。

「患者さんも看護師も減ったな、とか思ってたんでしょ？」

「……事件の影響ですか」

「そうねー。やっぱり従業員が連続殺人事件の犯人だった、しかも病院のカルテが犠牲者選びのリストに利用されていたなんて知れたら、そりゃあ客足は遠のくでしょうね。で、外来が減るから、当然看護師も数を減らされるって寸法」

勝雄と沢井歯科の関係、ならびにカルテの悪用に関しては、勝雄が逮捕された直後に週刊誌が報じた内容だった。その後、勝雄の嫌疑はいったん晴れたものの、勝雄犯人説に沿った記事を報じた週刊誌が、その後記事を訂正したり謝罪したりした形跡はなかった。

「ようやくほとぼりが冷めて外来が戻ってきたと思ってたら、またカエル男復活でしょ。また客足が遠のいちゃったわ」

不意に結月は責めるような目を古手川に向ける。

「ねえ。ニュースを見てたらまた当真くんが疑われているみたいだけど、本当のところはどうなんですか」

目下は最重要な被疑者だが、それを伝える訳にはいかない。するとこちらの顔色を読んだのか、結月は肩を竦《すく》める。

「そんなこと訊いても答えられるはずなかったですよね。ごめんなさい」

「こちらこそ……あの後勝雄くんがここに戻って来たことはありましたか」

「一度だけ来ました」

怒りを抑えたような声だった。

「前の事件で当真くんが逮捕された時、院長先生が彼を即刻クビにしたんです。それから彼、ずっと入院してたでしょ」

「ええ」

「元々、寮に置いてあった私物も極端に少なかったから、本人でなくてもすぐに荷物は纏められたんです。本人が病院から出て、ここに戻ってきた時、沢井先生自らが荷物を本人に突っ返して……それきりでした」

「勝雄くん、どんな風でした」

「元々、感情表現に乏しい子だったから、荷物渡された時も淡々としてました。でも、きっと悲しかったと思います」

「しかし、事件は別の人間が逮捕されて彼が無実であると証明されたじゃないですか。それをどうしてクビにするんですか」

勝雄本人を逮捕した自分に言えた義理ではないが、つい口に出た。

結月の視線が尚も古手川を責める。

「疑いが晴れたといっても、一度そういう扱いを受けると人は忘れません。特に当真くんは他の人とは違った風貌をしていたから尚更です」

まるで前科者のような扱いだと思った。

「完全な偏見だけど、誰に抗議することもできない。現に患者さんも減ってしまったから、沢井先生が一刻も早く当真くんを切りたがるのも分かるし……」

確かに偏見というのは厄介だ。不特定多数が相手だから説得して回る訳にもいかない。そして偏見は理屈ではなく感情の産物だ。理屈ではないから、充分に説明を尽くしたところで覆ることもない。

更に一番厄介なのは、偏見を受けた者が必ずしも清廉潔白でないのが分かった時、偏見が更に補強されてしまうことだ。

「前の事件でいったん疑われたでしょ。無実が証明されても、また当真くんの名前が挙がれば、ああやっぱりそうなんだって誰もが考えるもの」

古手川は否定できない。勝雄の隠されていた悪意を覗いてしまったからこそ余計にそう思う。そして事実、埼玉県警と千葉県警が総力を挙げて勝雄の行方を追っている。もはや偏見がどうのと片づけられる段階ではない。

「その荷物の中身は何だったんですか」

「わずかな着替えとか筆記用具。部屋の中にあったもののほとんどは医院の備品だったから、本人の私物なんて皆無に近かったんです。だって一切合財掻き集めても、普通のリュックサックに全部収まるくらいだったんだから」

「ノートはありましたか」

「前に持っていたノートは警察が押収したでしょ。当真くんが持っていたのはあれ一冊きりよ」

そのノートについても確認している。押収した勝雄の所持品は彼が退院した際、一切を返却している。押収していたノートの中身は捜査本部が隈なく目を通したが、特に犯罪に関係する記述はなかったという。

だが、それで勝雄の容疑が薄らぐものではない。

勝雄には、一度目にした氏名や住所を網膜に焼き付けるように記憶してしまえる特技がある。ノートなどなくとも被害者の所在を摑むのは容易《たやす》いだろうというのが、捜査本部の一致した見方だった。

やがて二人は院内薬局の前に到着した。カルテ室はその隣に併設されている。

「どうぞ」

結月に先導されて部屋の中に入る。煤《すす》けたような色のキャビネットはそのままだった。

急いでサ行のファイルを繰る。佐藤姓が三人いるが、いずれも尚久とは同姓の別人だ。やはり勝雄は、御前崎の作成したリストに基づいて犯行を重ねているということなのか。

安堵と失望を同時に覚えた。

念のために頭文字がサからソまでの患者を携帯端末で写し取っておく。可能性は少なくなったが、次の犠牲者候補としてマークする必要が生じるかも知れない。

「手掛かりになりそうですか？」

「まだ分かりません。手掛かりになると分かっていたら、俺より先に目端の利く刑事たちが大挙して押し寄せて来ますよ」

「それは謙遜？　わたしの目には古手川さんがすごく敏腕に見えるのだけれど」

「買い被りもいいところです」

社交辞令でも卑下でもなく、それが本音だった。

あれからいくつかの事件に携わった。その度に人間の闇を垣間見、絶望と希望を繰り返し味わった。しかしそれで人を見る目が肥えたのか、刑事としての観察眼に磨きが掛かったのかと問われても即答はできない。

先のカエル男事件で、古手川は従来の固定観念を完膚なきまでに粉砕された。現状は何を以て人を信じればいいのか、指針を失くしている。そんな刑事が有能であるはずがないではないか。ただ少しでも可能性のある場所に頭を突っ込んでいるだけだ。

「迷惑ついでに彼の部屋も見せてもらえませんか」

「えっ。でも当真くんの私物は全て引き払ってますよ」

「新しい入居者がいないのならお願いします」

結月は訝《いぶか》しげだったが、それでも頷いてみせた。

二人で医院を出て、隣に建つ小さなアパートに向かう。今でも記憶は鮮やかだ。二階の左端が勝雄の部屋だった。

鍵を開けて中に入る。以前はカーテンが閉め切られ、蛍光灯も寿命切れ寸前だったのでひどく暗い印象しかなかったのだが、今はまるで別の部屋だった。カーテンは全て取り払われ、窓からの陽光が部屋全体を白く照らし出している。天井や壁のシミが露わになり、築年数の古さを物語っている。六畳間にぽつんと置いてあった勝雄愛用の書き物机も撤去されており、狭苦しいはずのワンルームがやけに広々と感じられる。

それでも安手のフローリングにはうっすらと血痕が残っていた。後から拭いても消しきれなかったのだろう。その痕跡を消し去るためにフローリングを張り替えるまでの予算はなかったとみえる。

血痕は紛れもなく古手川のものだった。勝雄が確保された際、古手川はこの部屋で殺されかけたのだ。

残された血痕を見ていると、あの時に受けた激痛が不意に甦った。骨が修復され皮膚が新しくなっても、身体の芯まで届くような痛みはいつでも再生可能だった。

あの痛みを思い出す度に心が疼く。

信じていた者に裏切られる痛み。

信じていたことが幻想であることを知らされる虚しさ。

そして何よりも恐怖だ。警察手帳も手錠も通用しない圧倒的な暴力。繰り出される拳や蹴りに反撃できず、襲い掛かる恐怖にただ自分の意識が喪失するのを祈った。

「大丈夫ですか。顔、真っ青ですよ」

横にいた結月に声を掛けられ、古手川はやっと我に返る。

勝雄が逮捕された直後、この部屋は飯能署の捜査員によって隅々まで捜索されている。結月の話によれば、その後で更に不充分ながらハウスクリーニングされている。この場所にもう物的証拠はない。

あるのは絶望と恐怖の残滓《ざんし》だけだった。

翌日曜日、古手川が捜査本部に入ると、渡瀬が人でも殴りかねないような表情で新聞を睨んでいた。いつも苦虫を噛み潰したような顔をしているが、今朝はひたすら凶暴でしかない。

後ろから新聞を覗き込んで不機嫌の原因が分かった。

埼玉日報朝刊の第一面。

〈カエル男　ふたたび〉

『二十日、熊谷市御稜威ケ原のプリント工場で発生した事件について、同十六日に松戸市白河町で発生した爆発事件との関連を調べていた埼玉県警と千葉県警の合同捜査本部は、両方の現場から重要な手掛かりである紙片を発見した。紙片には稚拙な文字と文章による犯行声明文が記されており、合同捜査本部は……』

そのカット見出しとリードを読んでいると、古手川まで眉間に皺が寄りそうだった。

畜生、と思わず声が洩れた。

埼玉日報のスクープだった。

御前崎邸とプリント工場で紙片が見つかった事実は、まだ会見の場でも公表していない。それどころか両県警が合同捜査本部を設置したこともマスコミには伏せてある。理由はただ一つ、カエル男の存在をまだ公にしたくなかったからだ。

だがプリント工場の事件からまだ三日しか経っていないというのに、もう露見してしまった。明らかに情報が漏洩したか、もしくは埼玉日報の中に格別鼻の利く記者がいるに違いない。

途端に思い出したくない記者のにやけ顔が浮かんだ。

「班長、これは……」

「〈ネズミ〉だ。記事を読めば一目瞭然だ。この粘液質で扇情的な文章はあいつの落款《らっかん》みたいなもんだからな」

埼玉日報社会部記者尾上善二《おのうえぜんじ》、通称〈ネズミ〉。どんな場所にも潜り込み、どんな場所からでもネタを咥《くわ》えてくるベテラン記者だ。前回のカエル男事件では、この男の書いた記事のせいで市民が要らぬ不安に怯え、結果としてパニックに近い事態を引き起こした。

「あのクソ野郎、確信犯だ。手前ェのやってることの波及効果を承知の上でこんな記事を書きやがった」

渡瀬は腹立たしげに新聞を机に叩きつける。

古手川はその新聞を拾い上げて、記事の続きに目を通す。粘液質で扇情的という渡瀬の指摘はなるほどその通りで、確証はないまでも二つの事件を新たなカエル男事件の始まりと匂わせている。

『昨年暮れに起きた飯能市連続殺人では、被害者が五十音順のア行から狙われた。今回の犯行声明文ではサ行から始まることが示唆されており……』

今度は名前がシで始まる者が狙われる――婉曲《えんきょく》な書き方が尚更おぞましさを募らせる。回りくどく読者を脅しているのと同じだ。

古手川は改めてカエル男の本質を垣間見た思いだった。カエル男の恐ろしさとは本人自身の残虐さも然《さ》ることながら、事件とは直接関係のない世間やマスコミを巻き込みながら恐怖を増幅させてしまうところだ。

「これで全国紙が必ず後追い記事を書く。明日の朝刊はめでたくカエル男の復活祭だ」

「また、飯能みたいなことが起きるんですかね」

「あの時はまだ地域限定だったからパニックになっても抑え込むことができた。所詮《しょせん》コップの中の嵐だ。しかしな、今度のカエル男の行動範囲は飯能市どころか埼玉・千葉両県、下手したらそれ以上にも及ぶ可能性をこのクソ新聞が暴露しやがった」

渡瀬はまだ腹立ちが収まらないらしい。このまま新聞を手渡せば、破り捨てるか唾でも吐き掛けそうな勢いだ。

「でも班長。範囲が拡大したってことは、その分だけ自分の狙われる恐怖が薄れるんじゃないんですか。同じシから始まる名前にしたって、埼玉に千葉と単純計算しても数倍になるんですから」

「お前はあんな目に遭って、まだ恐怖の正体が分からねえのか」

渡瀬は古手川を睨む。

「恐怖っていうのは未知と無防備の所産だ。襲ってくるものの正体が分からないから怖い。正体が判明しても防御のしようがないから怖い。確かに狙われる確率は半分になるが、それで平静さを取り戻せるかというと話は別だ」

「どうしてですか」

「確率は論理だが、恐怖は感情だからだ。カエル男の記事を読み、テレビで犠牲者の惨状を意識に刷り込まれ、その上で暗闇の中に放り出されてみろ。よほどの能天気ならいざ知らず、大抵の人間は身構える。切迫した感情に打ち克《か》てるほどの論理性を備えた人間なんてのはごく少数なんだ。お前だって、そんなことは百も承知のはずだ」

そうだ。古手川はごくりと唾を呑《の》み込んだ。脳裏には警察署を襲撃した暴徒たちの姿が甦る。途端に身体中で痛みの記憶が呼び覚まされる。あの時、殴打された痛覚はそうそう忘れられるものではない。

恐怖に駆られ、身の危険に怯える者はあっという間に自制心を失う。自己防衛は全ての動物にとっての本能だからだ。人間もその例外ではない。

「伝染病と一緒なんだよ」

渡瀬は吐き捨てるように言う。

「誰かが伝染病に罹る。マスコミで報道され、その感染経路も明らかにならず治療の方法も見つからないとなれば、まず外出を控えるようになるだろう。恐怖はどんどん拡散していくが、それでも薄まる訳じゃない」

言わんとすることは理解できた。

性別も、資産の多寡も、美醜も、日頃の行いも、住んでいる場所も、肉体的特徴も、健常者と障碍者の別もない。

ただ名前だけで自分が犠牲者のリストに挙げられると知れば、どんな人間も不条理に戸惑い、理不尽さに怒り、救いのなさに慄く。しかも逃げ場はない。さすがに海外に飛べば安心を得られるだろうが、殺人鬼怖さに航空チケットを買い求める者はおそらく少数だ。

「埼玉日報に限らず、新聞や週刊誌は読者の不安を煽ってなんぼだ。安全を呼び掛けるどころか恐怖の拡大に一役買っている」

「報道を自粛するように……って、それは無理な話か」

「犯人の狙いは数人に過ぎない。だが、事件が拡大することで被害者となり得る人間が増え、同時に俺たちが追い掛ける容疑者も増えていきやがる」

渡瀬はそれを最後に黙り込んだ。

古手川には分かる。渡瀬が黙り込んだのは不機嫌なばかりではなく、危惧があるからに違いない。

去年のカエル男事件の再現だった。

捜査本部が犯人の特定に手をこまねいている間にも、犯人は犯行を繰り返し、マスコミ報道は過熱し、市民は警察に不信感を抱く。

不安は伝染病だと渡瀬は言った。市民の間に感染した恐怖は、やがて社会不安を巻き起こす。そうなれば警察はただ犯人を追っているだけでは済まなくなる。次の犠牲者は自分かも知れないと保護を求める者、逆に自分が犯人なのだと名乗り出る者、そして警察の無能さを糾弾する者――。そうした雑用に対処できるのもやはり警察官でしかなく、結果的に捜査本部のマンパワーが割かれ、機能は停滞し、捜査が思い通り進まなくなる。捜査が進まなければ、犯行は更に重ねられ、社会不安が増大する。まさしく負のスパイラルだ。

伝染病の恐ろしさはその症状にあるのではない。感染する速さと範囲だ。仮に死亡に至る疾病であろうが、我が身には及ばないという保証がある限り人は平静を保っていられる。しかし、自分にも感染の危険が及ぶのを知った途端に慌て出し、避難場所を求め、退路を奪い合い、ワクチンに殺到する。

もう一つ重要なことがある。今度の場合、病原体自体が移動できるのだ。現に勝雄は御前崎の家まで電車を利用して移動したと見られている。言い換えれば、交通網の及ぶ限り、勝雄の行動範囲は無限に拡がっていく。

古手川は背筋に寒いものを感じた。

去年の事件は、それが飯能市内限定だったからまだよかった。それが埼玉と千葉両県、いや罷《まか》り間違って首都圏全域に拡大したら、いったいどうなることか。

渡瀬の予言通り、翌日の新聞は各紙とも一面にカエル男の復活を持ってきた。

〈よみがえる悪夢〉

〈模倣犯か　連続殺人鬼ふたたび〉

〈被害者拡大か〉

朝のワイドショーは事件の話でもちきりだった。コメンテーターと称する芸能人くずれ、何で生計を立てているのか分からない評論家、局のディレクターが大慌てでどこからか探してきたらしい犯罪心理学者、既に一線から退いて久しい元検事。そういった有象無象が、誰にでも思いつくことをさも深刻そうに述べる有様は醜悪でしかなかった。

『これって、前の事件でいったん疑われた容疑者が放免されて、そのまま放置されたってことですよね？　その人が犯人である可能性がある訳ですよね』

『もちろん、警察がその行方を追っているようですが、まだ容疑者とも断定していないようですね』

『前の事件は飯能市内だったけど、今度はひょっとしたら首都圏全域な訳でしょ。該当する名前の人はおちおち外出もできませんよね』

『いや、外出しなくても同じですよ。だって第一の事件の犠牲者になった御前崎教授は、自宅にいるところを狙われたんですからね』

『わあ、嫌だ。それなら自衛手段なんて何もないじゃないですか』

『極端なこと言っちゃえば北海道とか沖縄、いっそ海外に逃げるくらいのことをしないと安心できないですね。もっとも、警察が一刻も早く犯人を逮捕してくれれば、こんな心配しなくて済むんだけど』

『これはね、かなり難しいと思うんですよ、わたしは。というのは、今回、容疑者と目されている人物は特定の人間を標的にしていない。つまり名前だけが重要で、住所も年齢も社会的地位も関係ない。そうかといって、名前がシで始まる人なんて何万人もいる訳だから捜査する側としても範囲を絞り込めない。しかもわたしがある筋から入手した情報によれば、犯人は移動を繰り返している。こうした、定住地を持たない人間の捜索というのは実は大変困難なんですね。今は昔と違ってインターネットカフェだとか簡易宿泊所だとか、身分証明がなくても身を潜めていられる場所が沢山ありますから』

『あの、わたし思うんですけどね。皆さん、はっきり仰らないけど、今警察が追っかけているのは精神に障碍のある人ですよね。わたし、以前は社会福祉の仕事をしていて精神科に入院している人にお話を聞いたことがあるんです。そうしたらその患者さん手帳を見せびらかして、あ、それは精神障害者保健福祉手帳っていうんですけど、俺たちはこれを持っているから罪を犯しても犯罪にならないんだって堂々と言うんです』

『それは、ちょっと精神障碍者の人権に関わる問題だから、こういう場では言わない方がいいですよ』

『いや、こういう場だから言わないといけないと思うんですよ。以前、大阪の小学校に乱入して何人もの児童を殺傷した男がいましたよね。そいつ、精神病院から退院してきた男だったじゃないですか。もし、その男がずうっと病院に囲われていたら、罪のない子供たちも殺されずに済んだんですよ』

『いや、それについては触法精神障碍者の再犯を防止するために国会でも何度か議論されてはいるんですよ。しかし、たとえばそういった人たちをずっと管理するとなると事実上の保安処分ということになり、憲法の条文にもある基本的人権を侵しかねないのですよ』

『その基本的人権というのは、殺された子供たちを含め、何の罪もない我々一般市民にも当然ある訳でしょ。一度罪を犯したり、そういう犯罪行為をする惧《おそ》れのある人の人権とわたしたちの人権が同列に扱われているって、何か納得できないと思いません？』

　ワイドショー番組では無責任な言動が目立った。発言の後に司会者がお詫《わ》びの言葉を入れるのを忘れなかったが、そうした発言をしそうな者をわざわざ出演させたことに、番組制作側の意図が見え隠れした。

　人権問題が絡むため、大っぴらには議論さえできない問題。だが、だからこそ視聴者の耳目を集め易い。生温《なまぬる》い話では視聴率が取れない。一方で問題発言があってはＢＰＯ（放送倫理・番組向上機構）からの処分が怖い。それで境界線ぎりぎりの放送内容を目論んだのが丸分かりだった。

　その他の報道番組、新聞記事の論調は精神障碍者の問題を巧みに回避していた。埼玉日報がスクープを上げた時点で、各報道機関とも警察の追っている容疑者が当真勝雄であることを把握したようだが、決してその事実に触れようとはしなかった。

触法精神障碍者とは犯罪を行いながらも刑事責任を問われない精神障碍者を指す。刑法第三十九条で無罪あるいは減刑判決を言い渡された者だけではなく、起訴前精神鑑定で心神喪失と判定されて不起訴となった被疑者もこれに含まれる。各報道機関はこの触法精神障碍者の扱いにひどく神経質だった。

凶悪犯罪を撲滅するために可能な限り予防策を図る、というのは社会正義だ。一方、何によらず全ての人間を平等に扱い差別しないというのが基本的人権、別《わ》けても平等権の思想だ。

触法精神障碍者をどうするかという問題は、この社会正義と平等権のせめぎ合いでもある。そして近年この問題が度々取り上げられているのは、触法精神障碍者の再犯率が高くなったことに起因している。

コメンテーターの指摘を待つまでもなく、この問題は過去にも国会で幾度となく論議されてきた。しかし一向に関連法案が提出されることなく様子見状態が続いているのは、偏《ひとえ》に人権問題との兼ね合いが困難だからだ。そしてまた、触法精神障碍者の犯罪に神経を尖《とが》らせている市民にしてみれば、こうした立法府の腫れ物に触るような態度が尚更苛立ちを募らせる要因になっている。

ネットの世界ではそれが更に顕著だった。匿名掲示板は言うに及ばず、個人のブログ・ＳＮＳにおいても触法精神障碍者は隔離せよとの論調が際立っていた。古手川はちらりと見ただけだったが、それでも名前を隠したほとんどの主張は〈危ない人物は隔離しろ〉だの〈刑法第三十九条の廃止〉だのとヒステリックな主張を繰り返していた。だが一番恐ろしいのは、そのヒステリックな主張に正当性が内包されていることだった。つまり不特定多数の生命の安全を犠牲にしてまで、犯罪者ないし虞犯者《ぐはんしゃ》の人権を尊重すべきなのかどうかという素朴な疑問だ。

古手川はそれが一般市民の正直な気持ちだと思った。我が身だけではない。家族や護る者がいる立場の人間なら余計にそう考えるだろう。

煮え切らない立法府と人権問題に対峙するのを怖れるマスコミ、そして苛立ちを募らせる市民。まるで爆弾を抱えたような不穏さが漂う中、それでも当真勝雄の行方は杳《よう》として知れなかった。

4

渡瀬が古手川を運転手にして向かったのは浦和《うらわ》区高砂《たかさご》だった。さいたま地裁・さいたま拘置支所を擁する敷地からほんの目と鼻の先、中山道《なかせんどう》を直進すると、通りに面したビルの袖看板にはずらりと弁護士事務所の名前が並んでいる。

移動の手間暇が掛からないので、大抵どこの裁判所でも近くには弁護士事務所が偏在している。魚河岸の近くに寿司屋があるのと同じ理屈だが、さすがにこれだけ林立している様は壮観だった。

「当真勝雄についたのは清水幸也《しみずゆきや》って弁護士だ」

「あまり聞かない名前ですね」

「衛藤弁護士亡き後、人権派の旗頭を目指したものの、未だに身分はイソ弁のままだ。なかなかご指名が掛からないらしいな」

林立する弁護士ビルの一つを訪れる。そのビルの四階が目的の樫山《かしやま》法律事務所だった。なるほどプレートの下には、社員弁護士として清水幸也の名前があった。

受付で来意を告げて待たされること五分、ようやく清水弁護士が姿を現した。

「お待たせしました。弁護士の清水です」

齢は三十代前半、小柄で貧相な体格なのに相対する者を見下そうとしているので、自然に顎が上がっている。どことなく物欲しそうな目は、野心というよりもいじましさを感じさせる。ただし見下したような視線は渡瀬を直視するまでだった。暴力団幹部もかくやという渡瀬の人相を見るなり、清水弁護士は首を引っ込めた。

「当真勝雄の件でおいでになられたとか。しかし、わたしは何の話もできませんよ」

何が気に食わないのか、最初から拗《す》ねたものの言い方をする。

「おや、彼の身元引受人は清水先生じゃなかったんですかな」

「それはそうですが、彼は現在行方不明で連絡が取れない状況ですからねえ。こちらとしても委任契約を継続するのが危うくなっています」

「しかし解任届は出ていないようですな」

「本人がいなくては解任届も作れませんよ。まあ、辞任を告げる内容証明さえ出せばこちらの誠意も伝わるでしょう」

何が誠意なものか。聞いていて虫唾が走る。

現在、勝雄の現住所は不定となっている。直近住所である沢井歯科の寮に内容証明郵便を郵送しても受取人不在で保管期限が過ぎるだけだ。そして保管期限切れで返送されたら、また再送する。二度目の返送を経てから、今度は普通郵便で送る。たとえ相手が開封しようとしまいと、手続き上はそれで相手に辞任の意思を告げたことになる。要は勝雄本人の意思を確認することなく、早々に手を切りたいだけなのだ。

古手川の思いを知ってか知らずか、渡瀬の口調も皮肉を帯びていた。

「確か、前の事件が解決した直後、先生は記者会見でこんな風に仰っていませんでしたか。これは警察の重大なる人権侵害であり、必ずや依頼人と二人三脚で、県警本部の謝罪と損害賠償を勝ち取ってみせると」

「会見で言ったことは嘘でも誇張でもない。カエル男事件では、確かに彼は被害者であり、わたしは彼の権利を護るためには一身を賭《と》してもいいと考えていました。しかし、肝心要の本人が居所不明ではわたしだって動きようがないじゃありませんか」

自分に落ち度などは一切ないという物言いが、いちいちこちらの神経を逆撫でする。いくら警察と弁護士が日頃敵対関係にあるとしても、本人たちを目の前にした言葉としては適当ではない。語彙の豊富ではない古手川がそう思うのだから、世間一般には尚更だろう。こういう弁護士が旗振り役となる人権派とやらに、少なからず同情心が湧いた。

自分よりも人間観察が冷徹な渡瀬なら、もっと厳しい評価をしているに違いない。案の定、先刻までの凶暴な顔に侮蔑《ぶべつ》の色が混じっていた。

「お伺いしたいのは当真勝雄の近況です。彼の病状がどこまで改善されていたのか、また彼が退院後に何をしようとしていたのか、お訊きしたいと思いましてね。直前まで面会に行かれていた先生なら、ご存じでしょう」

実際、退院直前の勝雄がどうであったのか、医療施設に問い合わせをしたのは古手川だった。

回答は〈守秘義務によりお教えすることができません〉と、木で鼻を括《くく》ったようなものだった。

そうなれば事情を訊き出せるのは弁護人となった清水弁護士しかいなかった。

だが、清水弁護士は憤然として言った。

「そういう質問に即座に答えると思いますか。弁護士にも守秘義務はあるんですよ」

「先ほど委任契約は危うくなっていると仰いましたね」

「確かに危うくはなっている。しかし本人の意思が確認できない以上、弁護人としての立場は変わらない」

清水は滔々とまくし立てるが、顔では別のことを言っている。いやしくも弁護士である自分が、警察ごときに情報を渡してなるかというような子供じみた駄々を捏《こ》ねているだけにしか見えない。

肩書をプライドにし、尚且つ他人を見下げる道具にしている人間ほど滑稽で愚かしいものはない。清水弁護士はそういう人間だった。そして、そういう人間の扱い方を心得ているのが渡瀬という人間だった。

「なるほど。つまり現段階で、まだ先生と当真勝雄の間には委任という強い関係がある訳ですな」

「そうとっていただいて結構」

「では現在、千葉県警と埼玉県警が連続殺人事件の最重要参考人として当真勝雄を追跡していることはご存じですな」

渡瀬は姿勢を変えることもなければ表情を変えることもない。ただ話す速さを調整しただけだ。それなのに、清水弁護士は矢庭に慌て出した。

「もちろん、知っています。新聞やテレビでも騒いでいる」

「清水先生がその最重要参考人と密接な関係を持ち、直近の情報を握っているのなら、彼を匿っていても不思議じゃあない。そんなことは刑事でなくたって思いつくことだ」

「藪《やぶ》から棒に何を言い出すんですか」

清水弁護士は腰を浮かしかけた。

「わたしが犯人を隠匿しているというのか」

渡瀬は犯人とはひと言も言っていない。それを己の中で勝手に変換した時点で、この男の勝雄に対する心証は透けて見えた。ついでに虚勢の脆《もろ》さも晒《さら》された。

「あくまでも可能性を提示しただけです。警察の仕事というのは可能性の提示と排除の連続ですからな。ただ代理権の概念を持ち出すまでもなく、依頼人と弁護士の間には強固な絆《きずな》がある。千葉と埼玉両県に跨《また》がる二件の殺人事件に関与しているとされる人物ですからな。勢い、その代理人である清水先生が世間からの心無い集中砲火を浴びるのは運命共同体としては致し方ないところでしょうな」

「集中砲火？」

「埼玉日報をはじめとした地方紙とテレビ局は未だにカエル男事件の悪夢を憶えている。あの忌まわしい事件がまた繰り返されようとしている。その容疑者の盾になろうとする人間には、おそらく有形無形の石つぶてや矢が放たれる。今までも凶悪犯の弁護人になった先生たちにひどい嫌がらせをする有象無象が後を絶たなかったが、いやはや弁護士というのも因果な商売ですな。それに」

渡瀬は片方の口角を上げる。それだけで凶悪な顔に凄みが増した。

「この事務所のオーナーである樫山先生は実に剛毅な方ですな。そんな清水先生をこれまた一身で護ろうとされる」

オーナー弁護士の名前が出た途端、清水弁護士は顔色を一変させた。傲慢《ごうまん》と虚勢が剝げ落ち、その下から小心な勤め人の顔が現れた。それはそうだろう。いくら弁護士とはいえ、所詮社員弁護士の身だ。オーナーの機嫌を損ねて放り出されては元も子もない。

「わたしの説明不足だったようです」

清水弁護士はがらりと口調を改めた。

「弁護士が依頼人と委任関係を維持するのは紙切れ一枚ではなく、互いの信頼関係なのです。従ってどちらかが相手を信用できなくなった瞬間に、委任関係は終了します。解任届、辞任通知というのはあくまで手続き上の書類に過ぎません」

この男はさっき口にしたことと真逆のことを言っているのに気がつかないのだろうか——古手川はすっかり呆れてしまった。いかに弁護士が弁舌を駆使する仕事だとしても、これでは詐欺師の一歩手前ではないか。

そして渡瀬は相手の防御が緩んだ隙を決して見逃さない。

「では、先生と当真勝雄の間に交わされた契約は有名無実なものと解釈できますな」

「有名無実。そう、まさしくその通りです」

「では一般市民というお立場で教えていただければ有難い。先生が最近当真勝雄に面会されたのはいつでしたか」

「今年の七月中頃です」

勝雄が退院したのが十月末だから、およそ三カ月半の間、面会は途絶えていたということになる。

渡瀬の無言の抗議に気づいたのか、清水弁護士は弁解がましく言葉を続ける。

「お二人は彼の病状をご存じですよね？　こんな言い方は相応しくないかも知れないが、彼と意思疎通するのにひどく骨が折れました。こちらの言うことを満足に理解していたとも思えない。足の銃創は順調に回復していったものの、精神的な障碍が好転する訳ではありませんからね。そこでわたしは主治医の先生と相談した上で、しばらく彼の精神状態が落ち着くまで様子を見ることにしました。面談の間隔が空いてしまったのは、そういう事情によるものです」

これをやむを得ない事情と捉えるかどうかは人それぞれだろう。しかし、こちらが眉を顰《ひそ》めるほどの豹変《ひょうへん》ぶりを見た後では、単に面倒臭がって面談を引き延ばしていたようにしか思えない。

「しかし、さすがに退院の日は会いに行ったんじゃないのですか」

「それが……彼の退院は予定より二日ほど早かったんです。もちろん病院側から身元引受人であるわたしの許に連絡はあったのですが、事務員とのやり取りに齟齬《そご》が生じてしまい、退院日には出迎えることができませんでした。伝達ミスに気がついた時には既に退院した後で……」

この弁解も怪しいものだと古手川は思う。事件が終結してほぼ一年、大衆の興味が薄れた頃に勝雄の人権侵害を世間に訴えてどれほどのメリットがあるのか。本気で人権侵害と闘おうとしている弁護士ならいざ知らず、功名心で案件を選ぶような者にとって勝雄は既に賞味期限の切れた食材と一緒だ。

おそらく同じことを思ったのだろう。渡瀬の態度はますます不遜なものに変わる。

「じゃあ先生、最後に会った当真勝雄の印象はどうでした？　せめてそれくらいは教えてほしいですな」

「印象も何も、最初に会った時から全然変わりませんよ。凶暴とかではないのですが、わたしが何を話しても反応しない、時折口にすることと言ったら、『先生はずるい』とか『ぼくがカエル男だ』とか、半ば譫言《うわごと》に近いものでしたから」

古手川の胸が疼いた。

ぼくがカエル男だ――入院先でもまだ勝雄はそう主張し続けていたのか。あれだけ魂の支配者に翻弄され、いいように扱われていても尚、呪縛から解放されなかったのか。

「念のためにもう一度お訊きする。七月に面会して以降、彼とは一度も会っていないのですな」

「確かです」

「彼が他に立ち寄る先に心当たりはないのですな」

「そんなものがあれば、とっくの昔にわたし自身が会いに行ってますよ」

渡瀬は清水弁護士をひと睨みすると、だるそうに腰を上げた。どうやら嘘は吐いていないと判断したようだ。

「お役に立てずに申し訳なかったですね」

おためごかしのような言い草に神経が逆撫でされる。それでつい口にしてしまった。

「先生は金輪際、勝雄と会わない方がいいかも知れませんね」

「何ですって？」

「新聞にも出ていたでしょう。カエル男の遊びはサ行に移行しています。それでサから始まる名前の人物が犠牲になった。次はシの番なんですよ、清水先生」

渡瀬がぴくりと片方の眉を上げたが叱責する気配はなかった。

不意に清水弁護士の目が泳ぎ始めた。

*

ぶるり。

いきなり吹いてきた北風に、兵《へい》さんは思わず上半身を震わせた。

十一月も下旬になると急に空気が鋭くなった。荒川を渡る風が骨の髄まで沁み込む。買ってから五年目に突入したダウンジャケットは数カ所穴が開いている。今日は就寝時にもう一枚着込む必要がありそうだった。

さいたま市の荒川総合運動公園は広大で、片隅に百人規模のテント村があっても使用者の邪魔になることはない。美観を損なうのは仕方のないところだが、兵さんたちにとっては、ここが生活の拠点だ。美観がどうのこうのと言われても立ち退くことはできない。

新政権になって多少景気が上向いてきたと巷《ちまた》では言われているが、兵さんたちの生活は日に日に困窮する一方だった。毎日空き缶集めを続けているが、引き取り価格はじわじわと低くなっている。理由を訊くと円高だからという声が返ってくる。どうして円高になると引き取り価格が下がるのか訊きたかったが、あまりうるさくすると、他所で引き取ってもらえと言われるのがオチなので敢えて口答えはしない。

ちらとサッカー場に視線を移すと、試合を終えたばかりの小学生たちがピッチを出て行く最中だった。

その中の一人が息子によく似ていた。

しばらく眺めているとその男の子と視線が合った。男の子は汚物を見るような目をすると、すぐに走り去って行った。まあ、しょうがない。どんな形にしろ未来が待っている彼に、自分の姿は路傍の糞も同然だ。きっと目が合うことすら汚らわしいとでも思っているのだろう。

あの時分の人間は皆そうだ。自分が人生の敗残者になることなど想像もしていない。自分だけは安穏で芳醇《ほうじゅん》な人生が約束されていると信じて疑わない。それが幻想であるのを知るのは、もっと後だ。

ふと本物の息子の顔が頭を過《よぎ》る。

息子といってももう三十を過ぎている。結婚し、ひょっとしたら子供がいるかも知れない。最後に言葉を交わしたのは五年前か、それとも六年前だったか。

郷里に帰れば、あの朽ちた建売住宅にまだ女房も住んでいるはずだった。福沢諭吉が一枚あればすぐにでも帰省できる。それでも帰らないのは実際の距離以上に心が離れ、尚且つ家の敷居が高いためだ。仕送りをしなくなってからいったいどれだけ月日が経過したことか。今更おめおめと顔を出せる訳がない。大体あんな寂しい田舎に戻ったとして、今より生活が向上するとは限らない。近所の人間が向けるであろう侮蔑と嘲笑の目にも耐えられない。それに比べ、都会人の無関心さと街の賑やかさは心が安らぐ。

寒風に身を竦めると関節が軋《きし》んだ。六十代も半ばを過ぎると風が吹いただけで身体に堪《こた》えるのか、それとも日頃の栄養不足が原因なのか。おそらく両方だろう。

ホームレスの天敵は飢えと寒さだ。夏の暑さで死ぬホームレスはいないが、凍死や栄養失調で命を落とす者はざらにいる。生存本能が暖かなベッドと栄養満点の食事を欲している。実際さいたま市の自立支援センターなり巡回相談員なりに頼み込めば、そうした待遇も期待できない訳ではない。

しかし兵さんはまだ役所の世話になるつもりはなかった。いよいよとなれば縋《すが》りつくかも知れないが、今はまだその時ではない。世間がどう自分を見ているかはともかく、自己責任という言葉を忘れたことはない。今の境遇を選択したのは自分だ。それなのに平然と他人の世話になるのは抵抗がある。いや、兵さんだけではない。このテント村にはそういう強情張りが他に何人もいる。

兵さんは自分のテントに向かって歩き出す。たかがテントと馬鹿にするものではない。段ボールで三重の壁を拵《こしら》え、その外殻をブルーシートで包んでいるので少しくらいの風には耐えられる。もちろん隙間から蛇のように忍び込む冷気は遮断できないが、寝袋にすっぽり包まれていれば何とか夜は過ごせる。

今夜は久しぶりに鍋焼きうどんでも食べるとするか。確か賞味期限を二週間ほど過ぎた冷凍食品が残っていたはずだ。冬場で都合がいいのは冷蔵庫がなくとも保存に困らないことくらいだ。

テントに潜り、Amazonの空き箱の上にカセット式ガスコンロを載せる。Amazonの箱は堅固な作りなので、結構な重量にも耐えられる。台の代用品として最適だ。

ガスだけに留まらない。公園生活のライフラインには電気も含まれている。何も公園内の施設から電源コードを介して盗んでいる訳ではない。兵さんたちを専門にした業者からソーラーパネルを購入し、日中蓄電しておいた電池から電力を供給しているのだ。ただし蓄電量が微量であるため、長時間の暖房には適応しきれない。

兵さんはコンロのスイッチをひねる。ぼっという音とともに火が点《とも》り、兵さんは両手をその上に翳《かざ》す。やがてちろちろとした火が、凍てついた皮膚を解《ほぐ》し始めた。

テントの出入り口は開けている。コンロ台を出しているのは念のための用心だ。本来公園内で火を熾《おこ》すのは禁じられているが背に腹は代えられない。公園を巡回している警官も現場を発見したらやむなく警告するが、それ以外は見て見ぬふりをしてくれている。

ガスを節約するため弱火でアルミ容器を煮立てていると、ついと視界を横切る影があった。

またあの男だ。

中肉中背にも拘わらず猫背で歩いているので、尚更小さく見える。いつもジャンパーのフードを目深に被っているので人相も年齢も分からない。

男は二週間ほど前からこの運動公園を根城にしていた。ジャンパーはところどころが擦り切れ、ジーパンも泥だらけ、スニーカーも古びてすっかり褪色《たいしょく》している。明らかに新入りだが、まだ親しく話をした住人はいないようだった。

丸めた背中がひどく切なく見える。

「おおい、そこの人。その、フードを被ったあんた」

口を衝いて出たのは久しぶりに覚えた同情心からだった。人間というものは、寂しい時には優しくなれるものらしい。

男はゆっくりと立ち止まった。

「よかったらこっちに来ないかい。ちょうどコンロの火が温まったところなんだ」

声を掛けられた男は首だけをこちらに向けるだけで、まだ立ち止まっている。新入りにこういう者は多い。兵さん自身にも覚えがある。傷心のうちにここへ流れ着き、周囲の人間たちが何やら恐ろしげに映るため、声を掛けられただけで萎縮してしまうのだ。

生来のお節介に火が点いた。

ここに居ついた者の多くは過去を語りたがらない。過ぎた栄華の日々を嬉々として語る者も中にはいるが、ほんの例外に過ぎない。その他大勢にとって昔を懐かしむのは瘡蓋《かさぶた》を剥がすような行為だ。訊きたくもないし、訊かれたくもない。だから隣でテントを張っている者同士でも日常会話で済ましている。他人には触れず近づかず、それがテント生活の不文律だった。

それでも例外はある。泥濘《ぬかるみ》に足を踏み入れようとしている他人を止めようとするのは、人が持つ数少ない美点の一つだ。

「そんなところに突っ立ってるなよ」

兵さんは男に歩み寄り、その腕を取った。男は警戒心からか身体を硬くする。

「何も取って食やしねえよ。どうせ鍋温めてる最中で火ィ使ってるんだ。一人暖まろうが二人暖まろうが一緒だ。こっち来い」

抵抗があったのは一瞬だった。腕を強引に引っ張ると、男はおとなしく兵さんの後をついてくる。

「ほら、あたれよ」

コンロを挟んで自分の対面を勧める。男は戸惑う様子を見せながら腰を下ろし、両手を前に翳す。手に嵌《は》めているのは黒い手袋だ。着ている物に比べて手袋だけが妙に新しいのは、誰かからの貰い物だからだろうか。相変わらずフードを深く被り、こちらを真っ直ぐ見ようとしない。

まあいい。真っ直ぐ見ようとしないのは警戒心の表れだ。無理に睨めっこをしても仕方がない。

「ここんとこ急に寒くなりやがったな。特に朝晩が堪える。そういや、一昨日の朝なんか芝生の上に霜が降りてた。あんた見たかい」

そう問いかけたが男の反応はない。

「地球温暖化とか言ってるけどよ、どうせならこの時期はずっと温暖化してほしいもんだよな。このまま真冬になったら、カセット式ガスコンロやソーラーパネルだけじゃ寒さをしのげねえ。公園に寝泊まりするヤツの中には、あんまり寒さが厳しくなると支援センターに泣きついて宿泊するのも出てくるんだけどな。そこで厄介になっちまうと、すぐ職員が自立支援プログラムに入れとか、職業訓練セミナーに参加しろとかうるせえからよ。どうしても二の足を踏んじまうよな」

男に話していることは嘘ではない。実際に職員から声を掛けられたこともある。それを断ったのはあくまで兵さんの都合によるものだったが、敢えてこの話をしたのはそれとなくこの男に救済措置を教えたかったからだ。

「あんたは市の職員から声を掛けられたことはねえのか」

しかし男は俯いたまま、暖かい話にも前向きな話にも乗ってこようとしない。切羽詰まった様子が見えないのは、長い放浪生活が身に沁み込んでしまったか、既に自分の行く末に諦観を抱いているかのどちらかなのだろう。

「ま、支援センターに身を寄せたところで俺みたいに年食ったヤツには、まともな仕事なんて回ってこないだろうから自立支援もクソもないけどな。結局はセンターでも扱いに困って、ここに戻って来る羽目になる。それでも市の方じゃ、ちゃんと予算を執行したことになるから罪悪感はない。何のこたあない。自立支援センターの存在意義を証明するために、俺たちが短期間面倒を見てもらうってだけの話だ。考えてみりゃあ馬鹿らしいよな」

男は両手をコンロに翳した姿勢のまま動かずにいる。時折浅く頷いているので、こちらの話をまるっきり無視している訳でもないらしい。

「自立しろとか支援してやるとか、有難い話には違いないんだけどよ、こういう生活をしているヤツらの中にはそれを有難迷惑と受け取っているのも少なからずいるんだよ。施しを受けようとは思わない、かといってお上に刃向かうつもりもない。ただ放っておいてくれ、干渉しないでくれってな。公園やら河川敷を無断で使用しているだけで、いい加減後ろ暗いんだから、これ以上罪悪感を持たせねえで欲しい。まあ、何たって施設を管理しているのは役所だから、建前上放置しておく訳にはいかねえんだろうけど、世の中には放っておいた方がいいことも結構沢山あるってのを頭の片隅に置いておいてくれってんだ」

放っておいて欲しいというのは、テント村で暮らす者の大半がそうだと兵さんは思っている。そうでなければとっくの昔に、自立支援センターに泣きついている。

「それにしてもあんた無口だな。ひょっとして口が利けないのかい」

するど、男はゆるゆると首を横に振った。

「……苦手……なんだ」

くぐもった声だが確かにそう聞こえた。

なるほど喋るのも億劫《おっくう》だということか。そういう人間もまた、ここでは珍しくない。人と人の交わりを断つには口を開かないことが一番だからだ。

話をするのが苦手な人間に会話を強制するのは骨が折れる。兵さんは相手の相槌《あいづち》さえ確かめればいいと考えた。

そうこうするうちに鍋焼きうどんが沸騰してきた。コンロの火を止めて上蓋を剝がすと、もうもうと湯気が立ち上った。

「よかったら少し食べていくかい」

男はまた浅く頷いた。兵さんはテントの中から割り箸と紙皿を持ってきて、熱々のうどんを取り分ける。

「ほらよ」

うどんを盛りつけた皿を突き出してやると、男は遠慮がちに手を伸ばす。そして軽く頭を下げ、そのまま中身を啜《すす》り始めた。

言葉を発することはないものの、向かい合わせで同じ物を突《つつ》いているとそれだけで胸の中に小さな火が点る。鍋の霊験あらたかというところか。そう言えば、こんな風に誰かと一緒に飯を食ったのも久しぶりのことだった。世の中は何かと世知辛く吹く風は冷たいが、こうやって他人と触れ合うことで温もりを得ることができる。それを確認できただけでも、この男を誘ってよかったと思う。

男は黙々と箸を動かす。がっついているようには見えないのでそれほど飢えていた訳でもないらしい。

　兵さんもひと口啜ってみる。コシの強さをとやかく言うような代物ではない。それでもつるりと喉を通ると、身体の内側から温められるような気がした。

「関西の人間に言わせりゃ関東のうどんは不味いらしいけど、どうしてどうして結構いけるじゃないか。あんた、関西の人間かい」

　これにも返事はない。だが兵さんは気分を害することなく会話を続ける。言葉というのは不思議なものだ。相手の返事がなくとも、意思の疎通が確認できるだけでも安心感が生まれる。

「味の良し悪しはさておき、これからの季節はやっぱり鍋物だな。冷たいモノを身体に入れると、どんどん体温が低下していく。こいつが意外に厄介でな、身体の中が冷えるとなかなか寝つかれねえんだ。あんたは寝る時、ちゃんと防寒対策を取ってるかい？　生死に関わる問題だから、それだけは備えとかなきゃいけねえぞ」

　正直な話、同じテント村の住人が死のうがどうしようが知ったことではない。だがここまで話し込んでいると、ぎこちないながらも親近感が湧いてくる。

「それとな、いよいよとなったら手前が死んだ後のことも考えなきゃあな。必ず身分を証明するようなものを一つでいいから持っておいた方がいい。死体で見つかった時、身元が分かれば親族に連絡がいくからな。ところが戸籍を売ったりなんかして名前も捨てていたら、ちょっとばかり厄介だ。発見場所を管轄する役所の福祉課に回されて火葬された挙句、家族が引き取りに来るまでずっと保管される。確か四年だったかな。その保管期限が切れると、やっと共同墓地に埋葬される。惨めな話さ。身元不明だと碌《ろく》すっぽ成仏もできやしない」

男は空になった皿を丁寧に戻す。その仕草に好感が持てた。

「会ったばかりで本名を訊こうとは思わねえけど、これも何かの縁だ。顔を見掛けたら挨拶くらいはするとしようや。俺はここいらじゃ兵さんで通っている。あんたの通り名は何て言うんだ？」

それほど返事は期待していなかった。そしてまた案の定、男は沈黙を守り続けた。

三　轢く

1

十一月二十九日午前十時、ＪＲ神田《かんだ》駅。

夜勤勤務者からの引き継ぎを終えると、牧野《まきの》明人《あきひと》は一、二番ホームに駆け上がった。ホームに近づくと電車の走行音が大きくなる。構内の埃っぽい熱気が薄れ、代わりに尖った外気が鼻腔に浸入してきた。

既に通勤ラッシュのピークは過ぎ、ホームの監視は少し楽になる。駅員の業務は精算チェックから駅構内の清掃まで多岐に亘るが、ホームの監視は原則立っているだけなので一番疲れない。もっとも何らかの理由で電車が遅れた場合は、訳の分からない乗客が真っ先にクレームをつけてくるので痛し痒《かゆ》しといったところか。

ピークを過ぎたといってもまだホームは人でごった返している。一番ホームの京浜東北《けいひんとうほく》線はこの時間から十五時三十分頃までは神田駅を通過するため、東京方面に向かう客は全員隣の二番ホーム山手《やまのて》線に乗り込むからだ。

牧野は欠伸《あくび》を噛み殺しながら二番線の端を見守る。今から一時間半、こうして電車の発着を監視し続ける。視線は線路を、頭の中では先刻の朝礼で上司の滝川《たきがわ》が言ったことを反芻《はんすう》している。

『牧野ォ、昨日三番ホームにぶち撒けられてたゲロ、完全に拭き取ってなかっただろ。なってねえぞ、それでも正社員かよ。そんなこっちゃ委託社員の手前、示しがつかねえんだよ』

あの野郎、次の異動で他の駅に移ってくれないかな——構内業務は基本的に単純作業だ。楽と言えば楽だが、出面（出勤メンバー）は固定されているので、気の合わない人間が混じっているとそれだけでモチベーションが下がってしまう。牧野にとってはそれが滝川だった。

ホームの監視を終えると、自動精算機の保守であいつとペアを組まなければならない。さて、その苦痛な時間をどんな風にしてやり過ごそう。

真面目に仕事の話に終始しようか、それとも下ネタか何かでお茶を濁すか、いっそ必要最低限の返事だけして徹底的に無視を決め込むか——。

漫然と思いに耽《ふけ》っていると、後方に京浜東北線の快速電車が滑り込んできた。

悲鳴が起きたのはその直後だった。

女の甲高い声。しかし通過する電車の音に遮られてはっきりとは聞こえない。そして悲鳴と同時に何かが引き千切れるような音もした。

咄嗟《とっさ》に振り返ると、コート姿の若い女がすとんと腰を落としたところだった。

「どうしました」

急いで駆け寄ると、その女は歯の根が合わないように口を開け閉めする。

「……い、今、線路に人が飛び込んで……」

周囲を見回すと目撃者は彼女だけではなかったらしく、他にもサラリーマン風の男が青い顔をして立ち尽くしている。

やっちまったか。

即座に浮かんだ感想は人身事故の起きた驚きでもなければ、自殺した者への同情でもない。後で線路から肉片を回収する疎ましさだった。

錯覚かも知れないが、ぷんと生臭い血の臭いを嗅いだような気がした。

他の駅員が押したのだろう。ホーム内に非常ベルが鳴り響いた。

それに構内アナウンスが続く。

『業務連絡。一番ホーム、人身傷害発生。一番ホーム、人身傷害発生』

『ご利用のお客様にご案内申し上げます。只今、一番線ホームにて人身事故が発生しました。これより京浜東北線はしばらく運行を見合わせさせていただきます……』

通過した電車にも指令が届いたのか、線路の向こう側から警笛が聞こえてきた。

短急を数回、長緩を一回。

一度聴けばそうそう忘れることのない非常警笛だ。これを鳴らした時点で電車は線路上に停止するのが規則となっている。

牧野は半ば脊髄反射のように線路を見下ろし、そして後悔した。

急行電車の轢断《れきだん》力ほど凄まじいものはない。何しろ数百トンの鉄の塊が時速八十キロ以上で通過するのだ。自動車の車体が紙屑《かみくず》のようにひしゃげ、潰れ、引き千切られる。それが生身ならどうなるのか。

線路の上には人間であったモノの断片が広範囲に散乱していた。

手前のレールの上には数メートルに亘って血の線が描かれている。引き裂かれた衣服に混じり、枕木と道床には赤や黒、そして黄色の物体が粘り絡まりながら無残な姿を晒している。黒いのは髪の毛、黄色いのは腸の中に溜まっていた糞便か、それとも脂肪か。途端にむっとした悪臭が鼻を衝いた。動物性タンパク質独特の生臭さに、糞尿と胃液を混ぜたような臭いだった。

ぐえ。

後ろで誰かの嘔吐する気配がした。

二番線ホームに立っていた客の視線が、一斉に集中する。先を急ぐ者は名残惜しそうに、そうでない者はこちらに近づいて線路を見物しようとしている。

「皆さん、黄色い線まで離れてください」

牧野は人身事故が起きた際の処理マニュアルを記憶の棚から引っ張り出す。自分がまずすべきことは目撃者の確保だ。もうじき警察がやって来る。捜査員に証言してもらうため、事情を説明して駅事務所まで誘導しなければならない。

自殺かそれ以外かで事故の復旧速度は大きく違ってくる。自殺であれば線路内に飛び散ったお客様を「回収」するだけだが、事件性ありと判断された場合、警察の捜査でまる一日、その線の運行は止まったままとなる。そうなると切符の払い戻し、振替輸送の手続き、更には運転整理が延々と続き、当番非番を問わず駅員は二十四時間態勢で対応に追われる羽目になりかねない。

周囲の乗客に確認してみると、人が線路に飛び込んだのを目撃したのは悲鳴を上げた女と顔色を失くしていたサラリーマンの二人だけだった。牧野は二人を伴って事務所まで連れ帰った。

これで自分に課せられた仕事は一段落ついたと思った矢先、駅員の配置に動いていた滝川が自分に顔を向けた。

「何してんだよ、お前」

「えっ、だから目撃者の確保を」

「そんなことは見りゃ分かる。すぐに神田署の署員が到着するから、お前は線路に下りろ」

線路に下りる。つまり回収作業に当たれという意味だ。

「早くしろっ。新米じゃあるまいし、こういう時こそ一分一秒を争うのがまだ分かってないのかあっ」

そう言いながら自分は線路に向かうつもりはないらしい。

クソッタレめ。

牧野は胸の裡で毒づきながら、回収用のバケツと火ばさみを手に事務所を出た。

職員専用通路を通ってホーム脇から線路に出ると、先刻の異臭が更に濃厚になった。マスクをしていても嘔吐感が腹の底からせり上がってくる。ホームを見上げれば警察が到着しており、制服警官が駅員と一緒になって乗降客を整理している。ホーム下には数人の私服警官と鑑識係らしき捜査員が既に現場検証に取りかかっていた。

現場検証が終わるまでホーム下には近づけない。牧野たち回収班はホームの端から線路沿いに残留物を拾い集めていく。駅員業務の中でも最悪なのがこの回収作業だ。内容は近似しているものの、おぞましさ気持ち悪さは汚物処理の比ではない。轢断死体を隠語で「マグロ」と呼ぶが、実物を目の当たりにするとなるほどと納得する。具体的には赤身を無造作にすり潰したモノが臓物と一緒になって散らばっているという構図だ。ただし納得したからといって精神が穏やかになる訳ではなく、禍々《まがまが》しい空気で窒息しそうになる。ここに散乱しているのは動物の肉片ではなく、さっきまで自分と同じく息をしていた人間なのだ。それを思う度に、背筋がうそ寒くなる。

轢断した電車が速ければ速いほど肉片の散乱は広範囲に及ぶ。あれは急行電車だったから百メートル以上の行軍は覚悟しておく必要がある。

火ばさみで枕木と道床に付着した肉片と組織、それから衣服の切れ端を摘まみ上げ、それぞれ別のバケツに放り込む。もはや遺族に見せられるような有様ではないが、回収の目的はそれとは別にある。

恐怖とおぞましさに慣れてくると、今度は代わって怒りの感情が込み上げてくる。

何も俺の勤務する駅で飛び込まなくてもいいだろう。

自殺なら駅員や他の乗客に迷惑のかからないところでやってくれ。単なる事故なら、あの世とやらで反省しろ。転落事故の八割は泥酔か携帯端末を見ながらの不注意だ。そんな状態で線路ぎりぎりを歩けば危険なことくらい、幼稚園児でも分かる理屈だというのに。実態を知る者とすれば特に「ながらスマホ」が年々、転落原因の順位を更新している事実を公表して注意を喚起したいところだが、通信事業会社からの莫大な広告料を鑑みれば自ずと関係者の口は固くなる。線路の上でもカネが人命に優先している訳だが、その莫大な広告料の中から給料を貰っている身で口外できることではない。

嘔吐を堪えながら中腰のまま拾い続けるのは困難だ。数メートル歩いては休み、また作業を再開する。牧野がようやく回収作業を終了したのは午後二時を少し回った頃だった。

事務所に戻ると既に事情聴取が終わったらしく、目撃者二人の姿はどこにも見当たらない。

「ホトケさんは若い娘さんだった」

滝川は回収作業を労《ねぎら》うことなく話し掛けてくる。

「残留品の中に身分証明が残っていたらしい。名前は志保《しほ》美純《みじゅん》、二十五歳のＯＬだってよ」

「現場検証はこれで終わりですか」

「ああ。目撃者はいたものの、二人とも彼女が線路に身を躍らせた瞬間を見ただけだ。後ろから押されたという証言はしていない。構内の監視ビデオを見ても、乗降客でごった返している中の出来事で、しかも被害者の背が低いせいで肝心要の場面が人混みに紛れちまっている」

「じゃあ、まだ捜査が続くんですか」

「いや、警察は事件性なしで片づけるみたいだな」

「えっ」

「線路から携帯端末とイヤフォンの残骸が採取された。それがどういう意味かは分かるよな」

「音楽を聴きながら、目はスマホの画面を追っていた……」

「よくある話さ。視覚も聴覚も遮断してたら電車がホームに来たって気づきようもない。足元がちょっとふらついたり、人混みに押されたりすりゃあ線路に真っ逆さまだ。そのテの前例はいくつもあるからな。担当の刑事も納得顔で引き返した」

やはりそうだったか。くそっ、迷惑かけやがって。

「それはそうと、早く着替えて来い」

滝川は露骨に顔を顰めた。

「マグロの臭いが沁みついてるぞ。ああクセえクセえ」

部下に汚れ仕事を指示しておいてその態度はないだろう――文句が喉まで出掛かったが、すんでのところで飲み下した。

「マグロを片づけたらちゃんと報告書、書いとけよ」

「それも俺がやるんですか」

「目撃者の最短距離にいたのはお前だ。お前が書かなきゃ、いったい誰が書くって言うんだ」

返事をするのも億劫だったので、牧野は無言で事務所を後にした。

結局、その日の京浜東北線は六時間遅れで運転を再開したが、ほっとしたのは帰りの通勤客だけであり、牧野たち駅員の残務処理はその後も続いた。

まず振替輸送を打ち切ってから、券売機を平常運転に戻す。縺《もつ》れた糸を解すように、停止区間で止まっていた車両を優先して入庫させ、乗務員を速やかに交替させる。ダイヤの復旧にはコンピュータから弾き出された修正計画が不可欠だが、それ以上にマンパワーを必要とする。お蔭で神田駅の職員は碌に休憩時間も与えられないまま、夜を徹して復旧作業に当たることとなった。

明けて翌日の午前四時四十五分、牧野は眠い目をこすりながら事務所を出た。あと二時間頑張ればやっとまともな休憩が取れる。

始発直前の構内はさすがに人気がない。昨日の混乱ぶりがまるで嘘のように思える。忙しいだけならまだいい。振替輸送を充分に理解できない客からは理不尽な詰問を受けた。電車が止まる原因を作ったのは駅員ではないというのに、胸倉を摑む乱暴者までいた。どうしてクレームをつける客というのは、揃いも揃って人格が破綻しているのだろう。

始発前チェックでまず東口改札を見る。

異状なし――と思いかけた時、牧野は構内の円柱に奇妙なものを発見した。改装工事に伴う仮設の円柱にはホームの案内板が掲示されているのだが、その足元近くに何やら張り紙がしてあるのだ。事故や災害で運行に影響が出る場合は構内アナウンスの他、張り紙で告知する場合もあるが、こんな張り紙のことは一度も聞いていない。

神田駅構内の案内板はしょっちゅう掲示場所や内容を変更するため、利用客の評判がすこぶる悪い。最近では掲示する立場の駅員ですら無視を決め込んでいる。しかも昨日は終日ごった返していたので、そんな張り紙には誰も気づかなかったのだろう。牧野は円柱に近づいて腰を屈《かが》めた。張り紙に書かれていたのは、小学校の低学年が認《したた》めたような稚拙な文字だった。

でんしゃはすごいな。なんでもぺしゃんこにしちゃう。だからかえるをせんろにおとしてみたよ。ほねもにくもかわも、ぜんぶぺしゃんこになっちゃった。ひろいあつめるのがたいへんだ。

これと似たような文面を数週間前にニュースで見たばかりだ。

「カエル男……」

牧野はそう呟くなり、床に腰を落とした。

＊

ＪＲ神田駅にてカエル男の犯行声明が発見されたという報を受けて、渡瀬と古手川は神田署に向かう途中だった。

今度は東京都内か――ステアリングを握りながら、古手川は胸の裡で毒づいていた。これで犯人はとうとう活動範囲を首都圏全域に拡大した感がある。まだマスコミに発表されていないということだが、公表されればちょっとした騒ぎになるのは火を見るよりも明らかだった。

松戸市の事件、そして熊谷市の事件が報道された際もマスコミの扱いは地域限定というような扱い方だった。だからこそ全国版のニュースではまだしも距離を取った報道が可能だったのだ。それが遂に東京を巻き込んでしまった。カエル男は標的を名前で選ぶ。今回は「シ」で始まる志保美純という女性が殺害されたらしい。次は当然「ス」だ。都民千三百万人を加えて個別の恐怖が薄まるかといえば実際は逆であり、災厄の範囲が拡大すればその分脅威を覚える者も多くなる。要は自然災害のようなものだ。

ふと助手席を盗み見る。移動中の渡瀬は半眼で前方の景色を見ていることが多い。本人は沈思黙考しているつもりなのだろうが、人相が極端に凶暴であるため、悪巧みをしているようにしか見えない。

「何か訊きたそうだな」

初めての人間には因縁を吹っかけているようにしか聞こえないだろう。

「ひょっとして模倣犯ですかね」

「そう思う根拠は何だ」

「いや、ただ何となくですけど」

「お前は希望的観測に縋《すが》ろうとしているだけだ」

図星だった。

「模倣犯は模倣犯で鬱陶しい話だが、大抵の場合はすぐに捕まるようなチンケなヤツらだからそれほど深刻じゃない。だが本物が活動範囲を拡げたとしたなら厄介だ。ローラー作戦は使えなくなる。土地鑑のない場所で犯人がどう移動するか対策が立て難くなる。合同捜査になれば神田署のみならず警視庁の捜査員が動員されるだろうが、犬の数を増やせば獲物を仕留められる訳でもない」

「でも、警視庁の検挙率って平均八割を超えてるんですよ」

「これがあとの二割にならん可能性はどこにもない。第一その八割って数字も、担当する管理官の采配でずいぶんな開きがあるんだ」

古手川自身は警視庁との合同捜査に参加した経験がなかったが、刑事部捜査一課には十三人の管理官が置かれていることくらいは知っている。渡瀬の弁を借りれば、その十三人の中にも当たり外れがあるということだ。

「誰か問題な管理官でもいるんですか」

「管理官よりお前の方が問題だ」

渡瀬はこれも不機嫌そうに言う。その口調で分かる。やはり捜査の足を引っ張るような管理官が存在するのだ。

渡瀬班が県警随一の検挙率を誇っているのは、捜査一課長や管理官の思惑とは別に渡瀬が陣頭指揮を執っているからだ。警察手帳を咥えて生まれてきたようなこの男は長年の経験と動物的な勘、そして犯罪捜査にはおよそ不必要とさえ思える膨大な知識を駆使して犯人を追い詰めていく。認めたがらない人間も多いが、自分の上司は間違いなく優秀な刑事だ。そして優秀ではないその また上司は往々にしてその使い方を誤る。

埼玉県警に千葉県警、そして警視庁。三つの地域を跨《また》ぐ捜査に発展した今、各々の連携が重要であることは古手川にも理解できる。だが突出した能力は連携とそぐわない。これから乗り込む他管轄の現場で渡瀬が不協和音を奏でるのか、それとも意外な相乗効果を上げるのか、古手川には全く予想がつかなかった。

神田署で来意を告げると、早速刑事部屋に通された。カエル男の悪名と渡瀬の名前はここにも轟《とどろ》いているらしく、署内の緊張が古手川にも伝わってくる。

「やっとご到着か」

二人を出迎えたのは警視庁捜査一課の桐島《きりしま》という男だった。年齢は渡瀬と同年配、背格好も似ているが、能面のように表情の見えない顔をしている。

「あんたが担当だったのか、桐島さん」

「管理官の指名だからな。俺が現場を選ぶ訳じゃない。選ぶ権利があるんなら、誰が渡瀬警部殿と角突き合わせたがるものか」

「担当管理官は誰だ」

「鶴崎《つるざき》管理官だ」

吐き捨てるような物言いと、その名を聞いた渡瀬の顰め面で、その鶴崎某の風評が知れた。

「アレが担当者なら、あんたもとんだ災難だな」

「その言葉はそのまま警部に返してやろう。ずいぶん若く見えるが、横にいるのは子飼いか。それなら兄ちゃんもとんだ災難だ」

「埼玉県警捜査一課の古手川と言います」

古手川が軽く一礼すると、桐島は無表情のままひらひらと片手を振った。

「注意しといた方がいい。この警部殿について行こうとしても、並の刑事じゃすぐに息切れを起こす。置いて行かれるんならまだマシな方で、下手したら引き摺られて大怪我するぞ」

二人は知己のようだが、どうやら相性がよくないらしい。互いに距離を取り、決して必要以上に近づこうとしない。

「他所の新人の心配する暇があるくらいなら、さっさと状況を教えてくれ。駅に残されていた犯行声明は確かにカエル男のものだったのか」

ほれ、と桐島は一枚の紙片を差し出した。

特徴のある字、屈託がなさそうでその実温かみを感じさせない文体。

間違いなくあいつの手になるものと思えた。

「筆跡鑑定は？」

「まだ途中の段階だが、あんたはどう思うかね。カエル男とは昵懇《じっこん》の仲だそうじゃないか」

「こんなけったくその悪い字には、そうそうお目にかかれない。現場のどこに落ちていた」

「落ちてたんじゃない。改札口近くの柱に四隅をテープで留められていた」

「目立つ場所だな。目撃者はいるのか」

「人身事故が発生したのは午前十時頃だった。事故の影響で京浜東北線が止まり、乗換やら振替で構内はごった返していた。貼ってあった場所も膝から下だからな。現に今朝、当番の駅員が見つけるまで誰も気づかなかったらしい。人混みの中で屈み込んだのなら、貼っている瞬間を目撃したヤツも少ないだろうな」

「構内なら監視カメラも設置されているだろう」

「生憎《あいにく》だがカメラは改札の方向に固定されていて、柱はちょうど死角に入っている」

「ホームから突き落とされた瞬間くらいは映っているだろう」

「それもアウトだ。電車が入ってきた時、ホームは人で溢れ、背の低いガイ者は陰に隠れている。ガイ者が線路に落ちるのを目撃した利用客が二人いるが、それだって決定的瞬間を見た訳じゃない」

「ガイ者の身元は？」

「ごく普通のＯＬだ。新橋《しんばし》にある出版社に勤務していた」

「家族は」

「東京で一人暮らしだった。田舎は栃木《とちぎ》。昨日のうちに知らせてある」

「松戸市の御前崎教授、熊谷市の佐藤尚久との関連はもう調べたのか」

「それをこれから吟味《ぎんみ》しようって話なんだろ。第一回の捜査会議は」

「こっちはもう、会議なんざ飽きるほど開いてるんだがな」

「おい、今度はそっちが情報提供する番じゃないのか」

「二つの事件に関しては捜査資料を纏めて送信しておいたはずだが」

「纏めていない資料が、まだその頭の中に入っているだろう。それを開陳しろと言ってるんだ」

「あんたが知ったところで役には立たんよ」

「何だと」

「この頭の中にあるのは妄想と雑学だけだ。名にし負う警視庁捜一の班長さんには用のないものばかりだ」

　二人は激することもなければ胸倉を摑み合うでもない。しかし傍で聞いていると、居たたまれないほどの剣呑《けんのん》さがあった。

「頭の固い管理官なら、三人の被害者たちに共通するものを探せとか言い出すんだろうが、そんなものに振り回されていたら、徒《いたずら》に捜査員を右往左往させるだけだぞ」

「……どういうことだ」

「カエル男の判断基準は名前だけだ。志保美純が狙われたのは、彼女の名前がシで始まっているからだ」

「そんなたわけたことを信じろと真面目に言っているのか」

「現象面だけを見れば、少なくともそう解釈するのが妥当だろう」

「おい、カエル男ってのは本当に異常者なのか」

「肝心なのは、犯人がどうやって彼女が志保美純という名前だと知り得たかだ」

桐島は意表を突かれたように目を瞬《しばた》いた。

「一人暮らしの若い女なら電話帳に名前を載せていた訳でもあるまい。選挙の候補者みたいに名前入りのタスキを掛けている訳でもないしな」

つまり彼女が志保美純であるのを知り得た人間が犯人という理屈だった。

「俺だったら、三人の共通点を探すよりその方面から洗っていく」

無名などという嫌らしい言葉もあるが、実際の生活で本名を知られる機会は存外に多くない。古手川自身、その名前を知られているのは同級生と実家の近所、仕事の関係者くらいのものだ。渡瀬が指摘する通り、彼女の名前を知る者に目を向けるのは決して的外れではない。

気に食わない人間の言葉でも、その意見までを全否定する男ではないらしい。桐島は納得顔で軽く頷いてみせる。

「一つの糸口として進言してみよう」

「それからマスコミ対策だ」

「まだあるのか」

「前回、埼玉県警はそれでえらい目に遭った。聞いておいて損はない。記者クラブへの圧力でも記者個別への根回しでも何でもいい。とにかく一般市民の恐怖を徒に煽らないことだ。パニックを助長させれば、その分捜査は後手に回る。要らぬところに兵隊を割かれる」

古手川は苦々しさとともに思い出す。前回の事件で、狙われる対象の名前を持つ政治家や有力者たちが我が身可愛さに、警察へ保護を求めてきた。それで警備部が手薄になり、市民のパニックに対応しきれなかったという経緯がある。

「なかなか実感が湧かねえと思うがな、桐島さん。カエル男ってのは人の恐怖心が生み出す化け物なんだよ」

「化け物だと」

「神出鬼没の通り魔と言えば分かり易いか。普通、大通りで刃物を振り回す馬鹿がいればみんな逃げる。逃げられるのは相手の姿が見えているからだ。これがもし、見えない相手だったらどうだ？　暗闇の中から刃物を持った異常者が音もなく忍び寄って来るんだぞ。大の大人が冷静な判断力を失うのも無理はないと思わないか。カエル男の真意はともかく、ただ五十音順に沿って狙われるという理不尽さも手伝って恐怖は倍化する。シの次はス。都内だけで名前がスから始まる人間はいったい何人いる。鈴木、須藤、杉山、菅谷、角谷……まだまだあるぞ。特に鈴木なんてのは何十万人もいるんだろうな。そういう名前の市民が全員パニックに陥るとは思わん。しかし、その一パーセントでも冷静さを失くせば、あっという間に社会不安が起きる」

「ここは日本だぞ。最も社会秩序の保たれた国だ。そうそう暴動やらパニックやらが起きるものか。第一そんな国民性じゃない」

「社会秩序が保たれているのは、治安に対する信頼感があるからだ。警察がいつまで経っても連続殺人犯一人を逮捕できないとなれば、その信頼感もあっさり揺らぐ。それから国民性と言ったな。その国民が熱に浮かされたようにおよそ勝ち目のない戦争へ突入したのはわずか七十年前の話だぞ。バブル経済だって同じだ。誰も彼も土地と株は未来永劫《えいごう》値上がりし続けると、何の根拠もなく信じ切っていた。あんたが言うほど、この国の人間は冷静でもなければ賢くもない」

最後の件は身に覚えでもあるのか、桐島も唇を曲げるだけで敢えて反論しようとはしなかった。

「相も変わらず口が達者だな。何なら捜査会議の席上で管理官相手に一席ぶってくれても構わんぞ」

「聞く耳持たないヤツに熱弁振るうほど若くねえよ」

「とにかく警視庁との合同捜査だ。悪いが埼玉県警には後方支援に回ってもらう」

「それも勘弁だな」

渡瀬はやんわりと拒絶する。

「合同捜査本部の方針に逆らうつもりはないが、俺たちは俺たちで独自に動かせてもらう」

「あまり自分の検挙率に胡坐《あぐら》をかかん方がいいんじゃないのか。鶴崎管理官はそういうスタンドプレーに寛容な人間じゃないぞ」

「お膝元で犯行声明を出されて気負う気持ちも分からんじゃないが、俺たちもカエル男を相手にするのはこれが初めてじゃないんでな。犯人はあの管理官に理解できるほど底の浅い相手じゃない」

「犯人を相当買い被ってるんじゃないのか」

「もう三人も殺《や》られている。買い被っているんじゃない。あんたたちが見くびっているんだ」

束の間、桐島に表情らしきものが浮かんだが、すぐに消えた。普段から感情を表に出すまいと努めているのか、それが生来のものなのか、古手川には判断がつきかねた。

「鼻息が荒いのも結構だがこちらに向けるな。臭くてかなわん」

2

志保美純の両親は栃木市在住だったが、娘の遺体引き取りのため神田署を訪れていた。古手川はその神田署に直行しろと渡瀬から命じられた。

警視庁の桐島からああいう態度を示された直後だ。何の前触れもなく所轄に顔を出せばどんな扱いを受けるのか大体の見当はつくが、渡瀬は気にする風もない。

神田署に到着すると案の定、担当捜査員はいい顔をしなかったが、渡瀬の横暴さに勝てる者はいない。二言三言交わすと渋々志保美夫妻の待機する別室に案内してくれた。

「どうして純はこんな扱いを受けなきゃいけないんですか」

開口一番、母親の志保美奈津子《なつこ》は渡瀬に食ってかかった。

「電車に飛び込んだと連絡を受けて栃木から駆けつけてみると、今度はカエル男なんて訳の分からない猟奇犯に殺されたんだと言われました。いったいいつになったら娘を返してくれるんですか」

渡瀬は神田署の担当をじろりと睨むが、当の捜査員は気まずそうに視線を逸らすだけだった。

「た、ただでさえ遺体があんな状態なんです。少しでも早く荼毘《だび》に付してあげたいと思う親心が、そんなにわがままなんでしょうか。一般市民はそうまでして警察の捜査に協力しなきゃいけない義務があるんでしょうか」

「奈津子、やめなさい」

荒ぶる奈津子の肩を後ろから抱いたのは、父親の卓《すぐる》だ。

「殺されたからには犯人を是非とも逮捕してほしい。刑事さんたちもそのために頑張ってくれてるんだ。俺たちももう少し我慢しよう」

「でも、あんな姿になったままだなんて、純が不憫《ふびん》で不憫で……」

愁嘆場が苦手な古手川だが、奈津子の気持ちも分からないではない。

列車事故と墜落事故の遺体ほど酸鼻を極めるものはない。遺体というよりは肉の断片に過ぎないからだ。変わり果てた姿という形容はこういう場合にこそ相応しい。

今回の事件でも検視が済んだ段階で事故と判断されれば、即刻神田駅から遺体が両親に引き渡されたはずだった。ところが俄に事件性を帯びたので遺体は法医学教室に回されてしまったのだ。一刻も早く娘を成仏させてやりたいとする奈津子にしてみれば、堪《たま》ったものではないだろう。

「その点はあまり心配なさらずとも結構ですよ」

渡瀬はそう口にするが、ご面相が凶暴であるためか奈津子の顔に安堵の色は認められない。

「娘さんのご遺体はすぐにお戻しできるはずです。司法解剖というのも、一種形式じみたものですから」

これは渡瀬ならではの詭弁《きべん》だ。確かに事件性のある死体であれば司法解剖は形式の一過程だが、志保美純の遺体は既に轢断されて解剖の余地はない。法医学教室で検討されるのは、それこそ血液中に薬物が混入していないかどうかの確認くらいだろう。従って作業工程も少なく、遺体は早急に返却されるだろうという読みだ。

凶悪な顔つきだが、渡瀬の言葉には相応の説得力もある。夫の説得も功を奏したのか、奈津子もやっと冷静になった様子だった。

「質問することが神田署のそれと重複するかも知れませんが、お答えいただきたい。まず、これをご覧ください。二人の顔に見覚えはありませんか」

そう言って渡瀬が奈津子たちの目の前に置いたのは御前崎と佐藤尚久、つまり先に犠牲者となった二人の顔写真だ。

奈津子と卓は写真に見入っていたが、やがて顔を見合わせてから首を横に振った。

やはり二人との接点はなしか。

「東京近郊で、純さんの現住所を知っている人物はどれくらいいますか」

「東京近郊で、ですか……本人から聞いた話だと高校大学の同級生で、今はそちらに住んでいる方が何人かいたようですけど、わたしは数人しか聞いていません。パパは？」

「いや、面目ないが俺はあいつとそういう話をしなかったから……」

「でも刑事さん、どうしてそんなことを訊くんですか」

「犯人は誰でもいい訳じゃなかった。明らかに純さんを狙っていた。それには最低限、純さんの個人情報を知っておかなければなりません」

「純は、通り魔とかに無差別に狙われた訳ではないんですの？」

奈津子はまた最前と同じ顔に戻る。

「誰かが、あの子を純と知ってホームから突き落としたというんですか。そんな馬鹿な！　純は他人様から恨みを買うような子じゃありません」

また見慣れた光景が繰り広げられるのか──うんざりしかけたが、渡瀬が奈津子を制した。

「娘さんが狙われた理由は、その人となりではなく名前です」

「……えっ」

「また捜査上のことゆえ詳しくは申し上げられないが、純さんは容姿、現在に至るまでの行状、交友関係、その他諸々の要素には全く関係なく、ある偏執狂的な理由で犠牲者に選ばれたのです。その意味で通り魔の犯行というのは、必ずしも間違った解釈ではありませんな」

奈津子はまた夫と顔を見合わせ、今度は怒りを孕《はら》んだ目で睨んできた。

「それじゃあ納得できません。あんまり理不尽過ぎます！」

「殺人というのはね、お母さん」

渡瀬は一段と低い声で言う。

「殺された本人とその家族にとって、大抵理不尽なものです。有意義な死なんて、そうそうあるものじゃない」

志保美夫妻の知り得る限りで東京近郊に住む知人を書き出してもらう。夫妻への聴取はそれで終わった。

このまま捜査本部へとんぼ返りでは効率が悪いと考えていたが、やはり渡瀬の行動には隙がなかった。別室を出てひと息吐いた様子の捜査員を、もう一度呼び止めたのだ。

「ところで目撃者の聴取は終わっておりますか」

「はい。被害者の近辺で電車を待っていた主婦とサラリーマンの二名です」

「被害者の落下時はどんな具合でしたか」

「事件が発生した当時、京浜東北線は通過しかしません。それで東京方面へ向かう乗客は反対側山手線のホームに並びます。被害者はその最後列に並んでいた訳です。そして京浜東北線を電車が通過するその直前、線路へ後ろ向きに倒れていったという状況です。ただし目撃した二名も、短い悲鳴を聞いて視線を移した時には被害者が宙に舞っていたと証言しており、押された瞬間は見ておりません」

「列の最後尾が反対側のホームに達するほど混雑していた？」

「まあ、あの時間帯はそうなりますね。だからこそ、最初は単なる事故にしか見えなかったんです」

捜査員の声には弁解じみた響きがあった。だが渡瀬はふんと鼻を鳴らすだけで拘泥はしない。

「次に被害者の勤め先。当然、呼び出しはしているのでしょうな」

「それは、自分とは別の担当者が……」

「そちらも聴取できれば有難い。いや、再度呼びつけるのが叶わなければこちらから出向く」

横暴な上に遠慮知らず。おそらくこういう人間はどんな組織でも敬遠され、疎んじられるのだろうが、それでも生き残って辣腕を振るう例外も存在する。渡瀬はその生きた見本だった。

志保美純の勤め先は新橋にある〈風雅《ふうが》出版〉という会社だった。事件が伝わっているためか、受付で来意を告げるとすぐ応接室に通された。

ひどく畏《かしこ》まった態度でやって来た女性は、直属上司の矢島一枝《やじまかずえ》と名乗った。

「あのう、志保美さんの件については神田署の刑事さんに事情を説明したのですが……」

「いささか部署が違いましてな。質問事項が多少重複するかも知れませんが、ご寛恕《かんじょ》いただきたい」

寛恕も何もない。渡瀬の顔を見た瞬間から矢島は怯えきっているではないか。

「何でも御社は音楽関係の雑誌社と伺いましたが」

「ええ。楽譜だとか専門書とかを取り扱っております」

「それなら社員さんも音楽家のタマゴだった人が多いでしょう」

「全員ではありませんが、多いのは事実ですね。志保美さんもその一人でした」

「ほう、彼女もそうでしたか」

「過去形ですけれどね。彼女は都内の音大出身でした。ただご存じでしょうが、音大を卒業した者が全員音楽家になれる訳ではありません。音楽家になるためには突出した才能と恵まれた環境、そして運とコネがどうしても必要になります」

それを聞いて古手川は有働さゆりを思い出した。彼女には突出した才能もコネもあったが、念願のコンサート・ピアニストには遂になれずじまいだった。彼女に欠けていたものは環境と運だけだった。そう考えると、音楽の神はなかなか意地悪だ。何故、光り輝く才能だけで、自分に忠誠を誓った者を祝福してやろうとしないのだろう。

「つまり志保美さんには、そのどれかが足りなかったという訳ですな」

「どれか、ではなく全部ですね。音楽に対する熱意だけは人一倍ありましたけど。けれども、それは志保美さんに限ったことではありませんよ。彼女の場合は、出版とはいえ音楽に関わりのある職業に就けただけ、まだマシというものでしょう。かく言うわたしも名古屋《なごや》の音大出身者ですが、同期でめでたく音楽家になれたのはたったの五人だけ。それどころか一般企業に就職できただけでも幸せの部類ですよ」

「では志保美さんは運のいい方だった」

「音大卒業者の平均的な見方ではそうです。ただし彼女がそう思っていたとは限りません」

「仕事に不満でもありましたか」

「口にすることはありませんでしたね」

つまり不満な素振りは示していたという意味だ。それを明言しないのは死者への配慮なのか、それとも個人の印象だからなのか。

「では仕事以外で悩んでいる様子はなかったですかな」

「二十五歳の女性ですから、何も悩みがなかったとは思いません」

「言い方を変えましょう。自殺を考えるほど深刻な悩みです」

「それはなかったと思います。それほどの悩みだったら、いくら何でも周囲の人間が察知できたはずです」

わずかに憤った響きがあるのは、部下の心理状態は把握しているという自信の顕われだろう。相変わらず底意地の悪い男だと思う。矢島がそうした反応を見せることを予測した上での質問に違いなかった。

「なるほど、それではプライベートでの悩み。たとえば交友関係などのトラブルについても、追い詰められるような事態には発展していなかったと？」

「特に付き合っている人がいるとか聞いたことはありませんし」

「本人が気にしていなくても、誰かから恨まれているという場合がある」

「彼女に関しては、それも思い当たりません」

「誰にでも優しく、誰とでも打ち解けられた」

「いいえ。プライベートには立ち入らず、立ち入らせず。仕事と私生活に一線を引いている人でした。だから彼女に殊更好意を向ける者がいない一方、彼女を疎ましく思う者もいませんでした」

「では彼女の自宅、もしくはどんな経路で通勤していたかを知っている人はいますか」

「自宅に関しては個人情報ですので、人事課くらいしかデータ管理していないと思います。通勤経路についても定期券を申請する都合、総務課が把握している程度だと思います。見ている限り、彼女が誰かと一緒に退社したことはなかったように思いますしね」

「念のため、後で従業員名簿のようなものを拝見できますかね」

「……人事課に相談させてください」

確認後、従業員名簿は後日捜査本部宛てに送付されることになった。

「それとなく個人情報の保管状況を訊き出したのは、警視庁の桐島さんに言ったこととの確認でしたか」

社屋を出てから古手川は渡瀬に質問した。

「『肝心なのは、犯人がどうやって彼女が志保美純という名前だと知り得たかだ』」

渡瀬の言葉そのままに再現すると、本人がじろりとこちらを睨んできた。

「そんな記憶力があるなら他で使え」

「班長は会社の記録から情報が洩れたと考えているんですか」

「あくまで可能性の一つだ」

「でも個人情報を盗み出すとしたら、会社のホストコンピュータにアクセスする必要があります。それは佐藤の場合も同じでしょう。でもコンピュータにアクセスするって行為自体、当真勝雄とはどうにも結びつきません」

「何も当真本人がキーを叩く必要はない。当真にも読解できるリストがあればそれでいいんだ」

「共犯者、もしくは情報提供者がいるってことですか」

「それも可能性の一つだ」

相変わらずこの男が何を考えているか分からない。

しかしその可能性が決して小さくないことだけは古手川にも分かる。

当真勝雄の自我は一般人よりも希薄だ。相応の知識と経験を持つ者なら、彼を操縦するのはさほど困難ではない。

できればそうあってほしいと思う。勝雄が快楽殺人の誘惑を覚えたとは考えたくない。

どこか切ない痛みを胸に感じながら、古手川はステアリングを握った。

ウマが合う合わないというのは本人同士でなくても分かることがある。ちょうど渡瀬と桐島がそんな風だった。

「何を考えているか分からんヤツと組むと、鬱陶しくてならん」

渡瀬はそう言うが、その台詞をそっくりそのまま返してやりたいと思う。

この気難しい上司がへそを曲げている理由は、案の定警視庁との情報共有が思うようにいかないからだった。県警からは前二件の捜査資料を細大洩らさず吸い上げる一方、志保美純の資料についてはこちらが請求しない限り碌に提供しようとしない。

それを見越した渡瀬が警視庁の別ルートから資料を取り寄せているからまだいいものの、これだけ各県警との連携が取れなければ捜査員を増員してもまるで意味がない。これは渡瀬の予測通りだったので、古手川は憮然としてこれを受け止める。

特に連携の悪さが露呈したのは合同捜査会議の席上だった。不文律通り警視庁の捜査員が前列に陣取り、県警の者たちはその後ろに配置されている。現場責任者の渡瀬も雛壇に顔を連ねているが、管理官を真横にしても平時の仏頂面は相変わらずだった。

「十一月二十九日、神田駅で志保美純が殺害された事件は、〈カエル男〉なる犯人の残した犯行声明文により三件目の連続殺人事件と判明した。鑑定の結果、筆跡が前の二件と一致したためである」

鶴崎管理官は少し甲高い声で話し始める。

「既に〈カエル男〉の正体は、先月末まで医療施設に収容されていた当真勝雄であることも判明している。だが、現在に至るまで当真の足取りは摑めていない。最初の事件が松戸市、次に熊谷市と県境を越えて犯行を重ねたため、緊急配備が後手後手に回ってしまい、遂に東京都民にまで累が及んだ」

この物言いに、早速古手川は抵抗を覚える。まるで千葉県警と埼玉県警が失策をしたと言わんばかりの言い草だ。県警捜査員たちの顔つきが一瞬強張ったのは錯覚ではないだろう。

「当真という男は知的障碍者であり、識字能力も平仮名が読解できる程度だという。それにも拘わらず県を跨いでの行動は油断ならざるものがある。ヤツをこのまま放置しておいては法治国家の名折れだ。各員それを念頭に置いた上で捜査に当たってもらいたい」

この論法にも古手川は頷けないものがある。障碍があるから犯行は困難であるとか行動範囲は狭いとか、偏見も甚だしい。この場合、勝雄の識字能力よりは殺傷能力を警戒すべきであり、字が読めないからといって相手を見くびっていたら、こちらの寝首をかかれてしまう。

「そして俄には信じ難いことだが、犯人は五十音順に犠牲者を選んでいるという。熊谷市の佐藤尚久に続いて東京都の志保美純。つまり次の犠牲者は〈ス〉で始まる名前の者になるらしい。これについては埼玉県警の渡瀬警部に話を聞きたい」

話を振られて、渡瀬は片方の眉を上げる。

「他には何の関連もなく、ただ五十音順というだけで犠牲者を渉猟する。本当に〈カエル男〉というのはそんな偏執狂なのか」

「偏執狂かどうかはともかく、律儀であることは間違いないでしょうな。松戸の御前崎教授を含めれば、この三人の間には何ら共通点がない。年齢・性別・出身地・居住地・仕事・学歴・交友関係・趣味と一致するものがおよそ見当たらない。繋ぐ線は五十音順という、その一点だけですから」

「そこにどんな意味があるというんだ」

犯人に直接訊いてみろ、と思う。渡瀬も同じことを考えたのか、「何せ情報が不足しています」と言葉を濁すだけだった。

「ふん、元より異常犯罪者の発想だ。人並みの理性や動機を求めてもしようがないか。異常者なら動機は考慮しなくていい。考慮すべきは次の犯罪を防止し、一刻も早く逮捕することだ」

「では首都圏全域、〈ス〉で始まる名前の人間全員に注意を喚起しますか」

渡瀬の皮肉交じりの提案に反応したのは桐島だった。

「そんなことをすれば不要なパニックを誘発する惧れがある。以前、埼玉県警はそれで痛い目に遭ったんじゃないのか」

「ああ、遭った。だから依然としてマスコミ各社には〈カエル男〉の関与を伏せてある。ただし記者クラブの面々には睨みが利くだろうが、一部地方紙や週刊誌はこの限りじゃない。鼻の利く記者は大所帯の捜査本部と被害者の名前から、連続性を勘繰るかも知れん。例の子供の悪戯書きみたいな犯行声明文を見た者が、口を滑らせる可能性だってある」

桐島は無表情のまま顔を逸らす。渡瀬の言葉を警告と受け取ったのか、それとも恫喝《どうかつ》と受け取ったのかは定かでない。

桐島よりも反応が顕著だったのは鶴崎だった。こちらは完全に恫喝と受け取ったようで、早くも焦燥の色を滲ませた。

「徒に市民の不安を煽る訳にはいかないし、名前が〈ス〉で始まる人間全員を監視することは不可能だ。我々がすべきことは一刻も早い犯人の検挙。それしかない」

おや、と古手川は思った。

断乎とした口調だが、言っていることは戦略も具体的な指示もなく、内容は皆無に等しい。管理官の口説としては無能の証のようなものだ。管理官にも色々なタイプはいるだろうが、己の無能さを露わにするような馬鹿正直がいるとは思えない。

おそらく鶴崎は何かを隠しているのだ。

雛壇の渡瀬と桐島を見る。桐島は相も変わらず無表情、渡瀬は完全に不貞腐れた様子で鶴崎から顔を背けている。この仕草には過去に何度もお目にかかった。一を聞いて十を知り、相手の言動に興味を失くした態度だった。

「では容疑者当真勝雄について」

これには松戸署の捜査員が立って答える。

「当真勝雄は七歳で父親と死別しております。十四歳の時、近所に住む幼女を監禁、暴力を加えた上で絞殺しました。現行犯逮捕されましたが、起訴前鑑定によってカナー症候群と診断され不起訴のまま措置入院。その時点で唯一の肉親であった母親当真日南子《ひなこ》は失踪しています。その三年後、担当医師が再犯の可能性なしと診断して、家庭裁判所が保護観察を決定しました。その後は有働さゆりという保護司が親代わりになっていたようですが、現在はこの有働さゆりも八王子医療刑務所に収容されているので、当真勝雄の親族と呼べる関係者は一人もいないことになります」

報告を聞きながら古手川はうそ寒さを覚えずにはいられなかった。勝雄の逮捕時に失踪したのなら、母親は息子を見限ったことになる。知的障碍があっても母親に去られた子供の絶望は同じだろう。勝雄がさゆりに傾倒していった理由の一つはおそらくそれだ。

「医療機関とはいえ、八王子も刑務所には違いないから、外部から易々侵入できるはずもない。つまり現状、当真勝雄の立ち寄り先はなしということか。母親のその後の行方はどうなっている」

「住民票には異動の形跡が見当たりません。調査を継続していますが、居所不明のままです」

「保護観察の頃にできた知人の類はどうだ」

「飯能市の沢井歯科に勤めていましたが、特に親しい同僚もいなかったようです。休日はずっと寮に閉じ籠もっていたようなので、尚更交友関係も乏しくなっています」

くそ、と鶴崎は洩らす。焦燥や困惑を部下たちに見せる段階で、この男の器量が知れた。

結局捜査会議は、当真勝雄を確保すべく彼の生活履歴を洗い出し立ち寄りそうな場所全てに捜査員を配置すること、県警の捜査員については地取りと鑑取りを継続するという、ありきたりの方針を伝達して終わった。

さも肩が凝ったというように首を回しながら渡瀬が雛壇から下りる。非難がましく桐島がそれを一瞥《いちべつ》するが、関わりたくないのかすぐに立ち去ってしまう。

「いいんですか、班長」

「何がだ」

「警視庁の管理官相手に上から目線で。聞いてる俺は気持ちよかったですけど、後でややこしいことになりゃしませんか」

「似合いもしない心配か」

「そういう訳じゃ……」

「放っとけ。あのテの男は遅かれ早かれ自分の功名心と経験値のなさで自滅する」

「あの管理官、何か隠してませんか。何かえらく焦っているように見えたんですけど」

渡瀬は少し意外そうな顔をした。

「お前にまで見透かされるようなら、あの男ますます後がないな」

やはり何かあったらしい。

「ネジを巻かれたんだ。下に居丈高になるヤツは大抵上からそうされるとテンパるようになっている」

「ネジ？」

「具体的に警視庁のお偉方だろうが発信源は法務省だ。このまま当真勝雄の犯行が続けば、あいつの措置入院と退院後の観察保護を決定した法務省に非難が集中するのは目に見えている。再犯するような危険人物をどうして野に放つような真似をするんだって、まあお定まりのご意見だな。それが嫌さに事件の早期解決を厳命してきたらしい」

らしい、ということは渡瀬がどこからか情報を引っ張ってきたのだろう。

いつもながら勝手なものだと思う。元服役囚や医療刑務所で特定の患者が再犯を起こすなど、誰に予想がつくものでもない。一方で服役囚たちの社会復帰を謳《うた》いながら、その同じ口で前科者の再犯を責め立てるのは一種の矛盾ではないのか。

「正直、刑務所や医療刑務所の設備が実状に合っているのなら、当真勝雄もおいそれとは退院できなかったのかも知れん」

「どういうことですか」

「ベッドにしても医師にしても職員にしても、その全てが足りない」

渡瀬は憤慨するかのように言う。

「この間、有働さゆりに面会に行っただろう。八刑の中を歩いてみてどう思った」

「広さの割に職員が少ないような気がしました」

「八刑だけじゃない。全国に四カ所ある医療刑務所はどこも予算不足、人手不足だ。あまり知られていないが、医療刑務所の給料は一般の病院に比べて低いし、第一患者の種類が一般人とは大きく異なる。設備も大学病院のように整っていない。当然、希望者は少ないし、実状に触れた者は別の職場を考え始める」

それも致し方ないところだと思う。医療刑務所という名前でも、勤めている医師や看護師は医療の人間であって警察官ではない。身の危険を感じても無理はない。

「そんな場所に三十九条絡みの患者やら病人の受刑者が次々に送り込まれる。そして厄介なことに精神障碍の多くは症状が治まったとしても、完治ではなく寛解だ。再発の可能性がゼロじゃない」

精神障碍を負った前科者は一生医療刑務所に収容しておけば、再犯を免れる——偏見と手前勝手な慎重論の論拠がここにある。

「ひでえ話だけど……まあ怖がる人間も多いですしね」

「実際に再犯事例があるから人権派を標榜する人間も腰が引ける。だが話の肝は倫理や感情論じゃない。要はゼニカネの問題だ。患者をずっと収容し続けていたら、どこの医療刑務所も溢れ返る。だからよほどの重症患者でない限り、長く収容しておくことはできん」

「寛解になっていなくても出所させなきゃいけない。それで再び犯罪を繰り返して世間を騒がせる……」

医療刑務所がその機能を果たしていないばかりか、前科者の再犯を助長しているのだとしたら、これほど皮肉な話もない。

「分かったか。法務省とすれば、幼女殺しの前歴がありながらみすみす保護観察処分にした当真勝雄が今また連続殺人の犯人として跋扈《ばっこ》している事実は失態以外の何物でもない。捜査本部の責任者にネジを巻きたくもなるだろうさ」

カエル男こと当真勝雄は法務省及び司法システムの汚点そのものという訳か。

不意に、胸奥に昏い感情が宿る。勝雄に対してではなく、権力やシステムという形の見えないものに対する不信感だった。

「気分が悪そうだな」

「少なくとも爽快じゃないです」

「じゃあ、もっと胸糞悪くなる話をしてやろう。これはまだ噂に過ぎないが、法務省が事件の早期解決を願っているのにはもう一つ別の事情もある」

「まだあるんですか」

「自省の不手際は他省の加点ポイントになる。あの世界が隙あらば天下り先を拵《こしら》えようとしているのは知ってるな。もし医療刑務所や更生保護施設が本来の機能を発揮していないことが明るみに出たら、法務省では力不足だからというんで各省の分捕り合いが始まる」

「まさか、そんな」

「馬鹿げた話だと思うか。確かにあの連中は一度手にした既得権益を絶対に手放そうとしないが、それでも特殊法人の監督官庁が変更になった前例はいくらでもある。言っとくが、あいつらの縄張り意識と覇権主義は警察内部のそれとは比べものにならねえからな」

さっき芽生えた不信感が憤怒に変わる。

犯罪を防ごうと、これ以上犠牲者を増やすまいと靴底を擦り減らしている現場の捜査員を、上の方では陣地争いの駒くらいにしか考えていない。

「そして情けないことに警察上層部も省庁の思惑で振り回される。あの、頭を振ればカランと音のするような管理官がその見本だ。そういうのが旗を振る軍隊はしばしば攻めどころを間違える。無駄弾を撃ち、不要な戦死者を増やす」

そう言い捨てるなり、渡瀬は大会議場を後にする。

あっと思った。

渡瀬が合同捜査本部から距離を置こうとしている理由はそれだったか。

その背中を追いながら、古手川はひどく愚痴りたい気分に陥る。

敵はカエル男だけではない。能無しの警察関係者も自分たちの障害物なのだ。

3

松戸市常盤平《ときわだいら》八丁目。

新京成線を挟んで南側がマンション群、北側に戸建て住宅が並ぶ閑静な住宅街だが、今日ばかりは勝手が違った。八丁目角にある家の前に、決して少なくない数の報道陣が屯《たむろ》していたからだ。隣と家の造りが同じなのは建売住宅だからだろう。それでも分譲から三十年近くは経過しており、すっかり褪色した壁は元の色が分からなくなっていた。

表札には〈古沢〉とあるが、観察力のある者ならそのプレートが家屋に比べても新しいことが分かるだろう。報道陣はその表札を囲むようにして群れを成している。

埼玉日報の尾上善二は、集団から少し離れた場所から古沢宅の動きを注視していた。あれだけマスコミが玄関前に陣取っていれば、出る者も出て来ない。それよりは一歩引いた距離から二階の動きに注意を払っていた方がいい。

医療刑務所に入院していた古沢冬樹が近々退院するというニュースが報道各社に伝わったのは、昨夜のことだった。本部広報課の正式発表でない情報は、大抵警察幹部もしくは関係者からのリークだ。ただし事件の被告人であったとしても、それが精神障碍者であった場合は別だ。下手をすれば人権侵害と糾弾されかねないので、警察関係者の口も重くなるのが普通だった。

それにも拘わらず古沢冬樹の退院情報が洩れたのは、古沢が純然たる精神障碍者ではないと信じる者の悪意が介在しているからだろう。

四年前の裁判のことはまだ記憶に新しい。法廷でやらかした古沢被告人と衛藤弁護士の三文芝居は今思い出しても噴飯ものだ。あからさまに刑法第三十九条の適用を狙い、法廷での受け答えはまるで当を得なかった。鑑定医は古沢を統合失調症と診断し、裁判所もその鑑定結果を採用した。後になって衛藤弁護士と鑑定医が旧知の間柄であったことが明るみに出たが、その時には既に検察も控訴を諦めて判決が確定していたのだ。

ご丁寧にも衛藤弁護士は、古沢被告人の精神障碍が幼児期の虐待に起因しているのではないかと意見を述べた。

曰く、被告人は幼少時、両親から邪魔者扱いされて犬の首輪で拘束されていたことがある。

曰く、被告人は一度も両親から愛していると言われた記憶がない。

曰く、今では完治しているが、被告人の身体には無数の暴行痕が存在していた――。

もちろん裁判官たちが弁護人の推論を採用することはなかったものの、そこで紹介された虐待の記録が裁判官たちの心証を大きく揺さぶったことは容易に想像がつく。

ところがこれも大嘘だった。古沢の家は一般的なサラリーマン家庭でしかも一人っ子だったから、両親からは相応の愛情を注いでもらっていた。古沢が反社会的傾向を帯びるのは中学卒業後であり、それも学業を怠け、進んで悪い仲間を作った挙句の身から出た錆《さび》だ。

だが法廷闘争上、こうすれば無罪が勝ち取れると衛藤が説得すると、古沢の両親はこの三文芝居の筋書きに同意した。

以上のことは全て判決確定後に判明したことだが、それが世論に与えた影響は皆無に等しい。鉄は熱いうちに打てという格言通り、現在進行形の事件でなければマスコミ大衆は反応しない。事件が沈静化してから新事実が発掘されても、大衆の興味は別の事件に移っているからだ。

その移り気を歯痒く感じるジャーナリストもいるが、尾上のスタンスは少し違う。尾上の場合は被告人側の策謀も、検察側と裁判所の早計さも、そして大衆の幼稚さも同じ比重で取材価値のあるものと考える。

弁護する側は被告人の人権を声高に叫び、検察と裁判所は真実よりも己の威信を誇示することに血道を上げ、そして大衆は事の是非よりも扇情性と分かり易さを求める。誰もが自分こそは正義と鼻息を荒くし、相手を見下すことしか考えていない。

尾上は、そんな彼らの愚かさを取材によって浮き彫りにしていくのが楽しくて堪らない。結局のところ人間には馬鹿と大馬鹿しかいない。そして尾上が大馬鹿についての記事を書けば、それを読んだ馬鹿が自尊心を膨らませるという寸法だ。尚、尾上は自身を理解している馬鹿だと自己評価している。

尾上が常に一歩下がった場所から事件を眺めるのは、取材ネタに翻弄されるマスコミを客観視したいからでもある。その視座から俯瞰《ふかん》すると、古沢宅に集った報道陣の思惑など嘲笑するには最適のネタだ。

無辜《むこ》の母子を惨殺しながら何の罪にも問われなかった人間が、一般社会に舞い戻って来る。殺《さつ》戮《りく》の臭いを病院の消毒液の臭いに紛らわせ、殺人鬼の顔を人畜無害の仮面で隠して帰って来る。それは多少なりとも想像力を持った人間なら、恐怖以外の何物でもないはずだ。隣に住んでいる者なら、直ちに転居を考えても不思議ではない。平凡な日常生活に、突如として野獣が飛び込んでくるようなものだ。

彼らはそんな恐怖を茶の間に届けようとしている。いつもは人権人権と高所から物を言っているマスコミ人種が、精神障碍者の危険性を炙《あぶ》り出そうとしている。

尾上はマスコミのその節操のなさが好きだった。公器の名に隠れた下世話さも、報道の使命という御旗の下に他人の家へ土足で踏み込む無神経さも大好きだった。魚はそうそう清廉な水に棲むことはできない。報道の世界がこれだけ薄汚れているからこそ、自分のような人間にも居場所がある。

さすがに古沢の退院がいつなのか正確な日にちまでは分からない。だから報道陣は本人が姿を現すまで、ここに粘るつもりだろう。

しばらく様子を眺めていると動きがあった。通りの向こう側から一台のパトカーがやって来たのだ。古沢を乗せているのかと勘繰った報道陣が、家の前で停まったパトカーにわらわらと集まる。

だが報道陣の期待を裏切り、中から出て来たのは二人の制服警官だけだった。おそらく古沢の両親か近隣住人が呼んだのだろう。すぐに報道陣と小競り合いを始めた。

「あのね、ここに屯されたり撮影機材を置かれると、ご近所が迷惑するんですよ」

「いや、我々には取材の自由が保障されていて」

「そのことと近所迷惑とは別の話なんです。大体あんたたち道路の使用許可、取ってないでしょ」

「取材するのに、いちいちそんなものが必要あるのか」

「そうだ。事件なんていつどこで起きるか、分からないじゃないか」

「でもねー、あんたたち完全に通行の邪魔しているんですよ」

「そんなもの迂回《うかい》すればいいだけの話だろう」

取材クルーの中で、気の短い者は警官に食ってかかる。

彼らを遠巻きにしながら尾上は考えてみる。警察を呼んだのは両親なのか、それとも近隣住人なのか。

近隣住人であればよほどの大音量でなければ警察を呼ぶことまではしない。第一、噂好きな近隣住人がこんなに美味しい話をわざわざ自分から潰すような真似はするまい。

となれば通報したのは両親であり、言い換えれば家の前に報道陣がいれば都合の悪いことがあるからだ。つまり古沢冬樹の退院が近いというのはガセではない。

尾上はいったん社用車の中に潜り込んで古沢宅を観察する。自分を含めてマスコミ人種は皆ハイエナだと自認しているが、ハイエナの中にも優秀な個体とそうでない個体が存在する。尾上が優秀かどうかはともかく、家の前で警官と罵り合っているのは間違いなく優秀ではない方だ。

加えて尾上にはカエル男事件を知っているというアドバンテージもある。一瞥したところあいつらは地元紙や週刊誌の記者が大半だから、飯能市限定で繰り広げられたあの事件を詳細まで知っている者も少なかろう。そして埼玉県内を主な取材対象としている尾上が松戸まで足を運んでいる理由もそこにある。

古沢冬樹こそは御前崎教授の仇敵《きゆうてき》だった。最愛の娘と孫を惨殺され、しかも刑法第三十九条のお蔭でまんまと罪を逃れている。教授にしてみれば憎んでも憎み足りない相手だ。

その教授も十一月十六日に殺害されてしまった。犯人は新たなるカエル男であり、その後も二件の連続殺人をやってのけている。そして折も折、今度は古沢冬樹が退院しようとしている。

両者の間に直接の関連はない。古沢がカエル男の獲物の一人と仮定しても、その名前を考慮すれば殺される順番は相当後になる。しかし全く無関係とは思えない。被害者が名前の五十音順に殺されているという事実だけを考えれば古沢とカエル男事件の関連は薄いが、しかし尾上の事件記者としての勘が古沢の動向から目を離すなと命令している。熊谷市の事件をカエル男と結びつけて第一報を流した尾上にすれば、その命令に背く理由はない。

プリント工場の事件では、例の犯行声明文について捜査本部は情報を秘匿していた。それを関係者への取材で嗅ぎつけたのは、尾上の手腕と嗅覚によるものだった。だから尾上は自分の勘がさほど的外れでないことも自覚している。

それにしても自分の記事を読んで一番立腹したのは埼玉県警の渡瀬だろう。それを思うと尾上の頬は自然に緩む。渡瀬の立場ではカエル男の関与を可能な限り隠したかったのだろうが、そうは問屋が卸さない。犯人側が劇場型犯罪を意図しているのなら、それに乗ってやるのが自分の務めというものだ。

正直に言えば、尾上は渡瀬という男が嫌いではない。昭和の遺物のような出で立ちも、風貌に似つかわしくない聡明さにも一目置いている。尾上が知る限り現役警察官としては最も優秀な男の一人だろう。

だが一番シンパシーを抱いているのはその能力ではなく、むしろ天邪鬼《あまじゃく》な人となりだ。おそらく渡瀬ほど司法の正義やら警察権力を信じていない者はいない。その点が、立場を異にする自分と大きく共通しているところだ。

だからこそ、渡瀬がカエル男にどう立ち向かうのかを見てみたい。司法の正義や大衆の善意を毛ほども信じていない男が、悪意ではち切れそうになった劇場型犯罪とどう向き合うのかを、高所から眺めていたい。

しばらく古沢宅を見ていると、結局警察には逆らえないと踏んだのか報道陣が次々に退却していく。これも尾上の読み通りだ。

やがて家の前からは人の姿が消えた。これで何らかの動きがあれば僥倖《ぎょうこう》だが、なくても尾上の方は構わない。待つことにも、ネタの到来を察知することにも自信がある。

小一時間も経過しただろうか。何も起こらないのでそろそろ帰ろうとした時、古沢宅の前にふらりと人影が現れた。

よれよれのジーンズに先端の捲《めく》れ上がったスニーカー。フードつきのジャンパーで顔が見えず、ひどく猫背なので背丈も分からない。分かるのは、その出で立ちからホームレスらしいということだけだ。

ホームレスに縄張りがあるとは思えないが、それでもこんな住宅地で彼らを見掛けるのは珍しい。

尾上は双眼鏡を取り出してホームレスに焦点を合わせた。

観察していると、何を思ったのかホームレスは古沢宅の前で立ち止まり、きょろきょろと辺りを見回した。そして道往く者もいないのを確かめると懐から割り箸を取り出し、郵便受けの中に突っ込んだ。

いったい何をしている？

尾上は目を凝らす。

そろそろと引き出された割り箸の先には郵便物が挟まれていた。ホームレスは郵便物をジャンパーの内側に放り込むと、何食わぬ様子で元来た道を引き返していく。

郵便物だけ盗んでいく泥棒というのは聞いたことがない。第一、近所には古沢宅よりも裕福そうな家がいくらでもあるではないか。単なる泥棒なら、古沢宅だけを狙った理由が理解できない。

俄然興味を掻き立てられた尾上はクルマから降り、ホームレスの後を尾行し始めた。刑事の尾行術には及びもつかないが、対象に気取られない程度には体得している。

ホームレスの足取りはひどくゆっくりとしている。土地鑑がないのかそれとも足腰が弱っているのか、一歩一歩がひどく緩慢だった。

ベージュ色のジャンパーは思いのほか目立たない。ゆったりとした動きも相俟ってホームレスは周囲の風景に溶け込んでしまっている。

大通りを出て直進して行くと、やがて新築のマンション群が見えてきた。敷地内には小さな公園があり、ホームレスはふらりと公園の中に入って行く。

公園の隅に設えられたベンチに腰を下ろす。そして懐からさっき拝借した郵便物を取り出し、内容を検《あらた》め始めた。最初から目的としたものがあるらしく、チラシや請求書の類は碌に見もしないで傍らのゴミ箱に放り込んでいく。

五、六通ほど検めただろうか。結局目ぼしいものはなかったと見え、郵便物は全てゴミ箱行きとなった。ホームレスはさして気落ちした風もなくベンチから立ち上がる。

ただのホームレスでないことは一連の行動ではっきりした。後は正体とその目的を知るだけだ。

尾上は尾行を続行する。

公園を出たホームレスは駅方向に向かわず、今来た道を引き返す。それも当然か。電車を活用するホームレスというのは聞いたことがない。

大通りから脇に入り、何度か角を曲がる。やはり土地鑑がないらしく、角を曲がる際にもいちいち躊躇しているようだ。

そのうちホームレスは大人一人がようやく通り抜けられるような裏道に入って行く。尾上も遅れじとその後を追う。

だが次の角を曲がった瞬間、尾上は呆気に取られた。

目の前は塀で行き止まり、しかもホームレスの姿は忽然《こつぜん》と消えていた。

そんな馬鹿な。

慌てて尾上は塀に駆け寄ろうとする。

その刹那、後頭部が鈍重な衝撃に襲われた。

尾上の意識はそこで途絶えた。

＊

神田署を出た途端、渡瀬と古手川は待ち構えていた報道陣に取り囲まれた。いや、正確に言えば渡瀬一人がつけ狙われていたようだった。

早速、女性記者の一人がICレコーダーを突き出してきた。

「埼玉県警の渡瀬警部ですね？　〈アフタヌーンJAPAN〉の朝倉《あさくら》と申します。神田駅での人身事故が殺人だったというのは本当なんでしょうか」

いきなり直球かよ。

見れば、朝倉と名乗った女性記者はまだ二十代そこそこ、野心と好奇心で両目をぎらぎらと光らせている。

古手川は上司の顔を窺うが、渡瀬は不機嫌そうなまま質問に答えようとしない。大抵の記者ならこの表情だけで質問を諦めるところだが、この女性記者は違った。

「既にカエル男という異常者の犯行であるという噂が流れていますが」

さすがに聞き捨てならなかったので、古手川は朝倉の前に進み出る。

「どこの誰が流している噂なのか、あんたは特定できるのか」

「それは、その……ネットでですけど」

「最近の記者さんはネット情報の後追いをしているのかい。気楽なもんだね。どうせ掲示板の無責任な書き込みか、匿名の益体《やくたい》もない呟きだろう。あんたたちはそんなものをまともに受け取っているのか」

「でもその中には、自分がカエル男の声明文を駅構内で発見したというツイッターもあるんですよ」

これには渡瀬も反応して、朝倉に不穏な視線を浴びせる。

カエル男の声明文については関係者全員に口止めをしている。それでも情報が洩れているのは、関係者の誰かが自慢げに吹聴したからに相違ない。話の内容から推せば、投稿主は駅員の牧野と思われる。

古手川は歯噛みする。いくら捜査本部で情報管理をしようが、どこからか話が洩れ、それを鋭敏に嗅ぎ取る者がいる。渡瀬の予感が見事に的中したという訳だ。

「第一、どうして埼玉県警の刑事さんが神田署から出て来るんですか。それこそ神田駅の事件が松戸や熊谷の事件と関連がある証拠じゃないですか」

朝倉の指摘はもっともだ。だが、ここでわざわざ肯定してやる謂《いわ》れもない。

「証拠なんて何もない。根も葉もない噂を無責任に広めるのがマスコミの仕事か」

「もしも噂じゃなかったら？　それこそ警察は市民に迫りくる危険を隠蔽《いんぺい》したことになりますよ」

元より古手川はマスコミ人種なるものの執拗さが嫌いだったが、朝倉の追及はその更に上をいく。

「こっちだって調べたんですよ。昨年、飯能市で発生した連続殺人事件を担当したのは渡瀬警部です。今回の事件も、その繋がりなんですよね？」

こちらがどんな顔をし、どんな受け答えをしようが、朝倉は無遠慮にＩＣレコーダーを突き出してくる。質問に答えるのが質問された者の義務だと信じて疑わないような態度が、どうにも嫌悪感を呼び起こす。

お前たちにはさぞかし甘い蜜のようなニュースに違いない。茶の間の暇人にも、パソコンや携帯端末を手にした野次馬どもにも恰好《かっこう》のご馳走だろう。

しかし五十音順の名前に該当する犠牲者候補は、新しい死体が出るまで眠れぬ夜を過ごすことになる。目には見えない巨大なロシアン・ルーレットが当たりを引くまで、極限の恐怖を味わうことになる。

古手川はこれ以上ないほど胸糞が悪くなる。これでは何もかも飯能市の時と一緒ではないか。

突き出されたＩＣレコーダーを邪険に振り払う。

「捜査中の事件だから」

「捜査中だから訊いているんです。とっくに解決した事件に、誰も関心なんて持ちませんよ」

そろそろ自制心に自信がなくなりかけた時、今まで無視を決め込んでいた渡瀬が朝倉に向き直った。

「お嬢ちゃん、調べたって言ったな。それは事件の関係者に会って話を訊いてきたのかい」

「いえ、それは当時の記録を閲覧して……」

「新聞や雑誌に載っていることが全てだと思わない方がいい。書かれていることが百パーセント真実だと思わない方がいい。あんたたちは自分でそう思ったことはないか」

渡瀬がそう問い掛けると、身に覚えでもあるのか朝倉を除いた記者の多くがばつの悪そうな顔をした。

「面子を見たら千葉や埼玉から出張っているのもいるようだ。折角だから埼玉日報あたりに訊いてみたらどうだい。誉めたかないが、あそこの記事が一番下世話で一番扇情的で、そして一番正確な記事だった」

するとと朝倉の横でファインダーを覗いていた男が、ついとカメラを外した。

「埼玉日報の尾上さんだったら無理ですよ」

「〈ネズミ〉がどうした？　どっかに出張でもしているのか」

「いや、昨日何者かに襲撃されて病院に担ぎ込まれてますよ」

渡瀬は片方の眉を上げげた。

「襲撃されただと」

「ええ。取材途中だったのかどうか、住宅街のど真ん中、それも真っ昼間に襲われたみたいですよ。確か、まだ意識が回復してないんじゃないかな」

「犯人は」

「まだ捕まってません」

「どこで襲われた」

「松戸市の常盤平、でしたかね」

場所を聞くなり渡瀬は群がる報道陣を掻き分け、歩調を速めた。

「松戸署に行く」

「班長、急にどうしたんですか」

「常盤平には古沢冬樹の家がある」

「古沢……ああ、御前崎教授の娘と孫を殺した犯人」

「〈ネズミ〉はねちっこい取材はするが、決して我が身を呈するような真似はしない。そいつが襲われたってことは、犯人にとって相当危ない水域まで首を突っ込んだ証拠だ」

白昼堂々、それも住宅街での襲撃。確かに物盗りの可能性は少ない。

二人はクルマに乗り込んで松戸署に急行した。

松戸署に到着すると帯刀が出迎えてくれた。訊けば、ちょうど尾上の襲撃事件を担当しているとのことだった。

「それにしても、あの記者が渡瀬さんと昵懇だったとは知りませんでした」

「昵懇と言うより、ただの腐れ縁ですよ。それで被害の状況はどうなんですか」

「後頭部をブロックの欠片で強打されたようですね。CT検査では頭蓋骨が陥没骨折しており、骨片が脳の一部を圧迫していました。病院では骨片の除去手術をしましたが、本人の意識はまだ戻っていませんね。しかし、仮に本人が意識を取り戻したとしてもあまり手掛かりらしいものは得られんと思いますよ」

帯刀は諦めろというように首を振る。

「争った形跡はなく、いきなり背後から一撃。おそらく振り返る暇もなかったでしょうね。もちろん鑑識が現場や凶器のブロック片から証拠を採取しようとしていますが、成果は捗々《はかばか》しくありません」

「現場は常盤平でしたな」

「ええ、ここですね」

帯刀は捜査資料から周辺地図を示した。現場は表通りから三つ裏に入った通りで、道幅がかなり狭い。

「地図を見る限り赤道《あかみち》のようですな」

「ええ、分譲する際に隣接する地主との交渉が上手くいかなかったんでしょう。あの辺りじゃ、よく見掛けますよ。で、殴られたのが袋小路の真ん前。ここを見てください」

帯刀が指したのは、袋小路の手前にある細い路地だった。

「被害者が後頭部を一撃されている状況から、追い掛けられての襲撃じゃない。おそらく被害者は犯人を追跡中に袋小路に迷い込み、この脇道に潜んでいた犯人に背後から殴打された……多分そういうことだったと思います」

「目撃者はいましたか」

「何せ、こんなに細い道がブロック塀に覆われているので死角になっているんですな。ただ被害者が襲撃に遭う直前、八丁目の路上に社用車を停めているのは目撃されています」

帯刀の指が道路の一点を指す。その地点からは古沢の家を見ることができる。

「取材対象は古沢冬樹でしょうな」

「間違いなく。でも家に押し掛けた記者の話では、玄関先には来ていなかったようですね」

「まず一歩離れた場所から全体を俯瞰する。それがあいつのやり方ですよ」

「襲撃現場以外での目撃者は？」

「これはいました。大通りを歩いていた被害者を近所の主婦が見掛けています。やはり被害者は何者かを尾行していた模様ですね」

「いったい誰を尾行していたんだ……」

「それについては気になる情報があります」

帯刀は別の資料を繰る。

「同時間帯、やはり八丁目から駅方向に向かう怪しい人物が目撃されています。まあ怪しいといっても近所では見掛けない人物という程度ですが」

「どんな人物ですか」

「フードつきの汚れたジャンパーによれよれのジーンズ、それから爪先の捲れ上がったスニーカー。つまりホームレスですね。フードを目深に被っていたせいで人相は分からなかったそうです。それに、このホームレスと被害者が絡んでいたという情報もないので、関連があるのかどうかも不明です」

「人相が分からないのなら、背丈とか身体つきはどうでしたか」

「ひどく背を丸めていたようですし、着ている服もぶかぶかで体格も不明確。ただし、ひどくゆっくりとした歩き方だったとのことです。まあ、元気そうに歩くホームレスも珍しいと思いますが」

果たしてそのホームレスは尾上の襲撃に関与しているのだろうか――。密かに渡瀬の表情を窺うが、いつもの不機嫌そうな顔を崩していない。

「古沢冬樹の家にマスコミが集まっているのは、彼の退院が近いと関係者筋がリークしたからなんでしょうが……これも襲撃事件と関連あるんですかね」

「関連がないとしたら襲撃犯は大胆なヤツでしょうな。近所にマスコミが大挙して押し掛けているのに、白昼堂々人を殴るんですからな。少なくとも計画的な犯行では有り得ない」

もう訊くことは訊いたという風に渡瀬が頭を下げると、帯刀がこう付け加えた。

「何なら被害者の容態をご覧になりますか？　被害者が担ぎ込まれた救急病院はすぐそこですよ」

帯刀の言う通り、件の病院は通りを挟んだ斜向《はす》かいにあった。

渡瀬は行くとも言わず、病院に向かう。古手川は敢えて何の口出しもしなかった。

受付で渡瀬が身分を示して来意を告げると、すんなり病室に案内された。おそらく松戸署の刑事が何度も行き来しているからだろう。

尾上の病室は集中治療室ではなく一般病棟だった。絶対安静には違いないが、そこまでの配慮は不要になったということか。

担当医師の同行で病室に入ると、ベッドの上に尾上が横たわっていた。頭を包帯で覆われ、ぴくりとも動かない。

「手術自体は成功したのですが、まだ意識は回復しません」

医師の口調はひどく事務的だった。

「頭蓋骨が陥没した際に、脳を圧迫した可能性があります。右後頭部損傷で髄膜が破損していたので、細菌が頭蓋内に侵入したかも知れないのですが、こればかりは経過を見なければ判断しづらいですな」

「細菌が侵入していたとしたら、どうなりますかね」

「感染症を起こして脳に重大な損傷を与えかねません」

ふん、と渡瀬は鼻を鳴らす。

「ここに運び込まれるまで、患者は何か言っていましたか」

「いや。現場に倒れているのを発見されてから今に至るまで、一度も意識が回復していませんからね。そのことは松戸署の刑事さんにもお伝えしましたよ」

「外傷について、先生のご意見は何かありますかな。たとえば加えられた力からある程度犯人を特定できるとか」

「損傷部位は後頭部ですが、患者自身が短軀《たんく》ですからね。犯人の背格好を類推するのは困難でしょう。それに凶器は大人の拳より一回り大きなブロック片と聞いています。それくらいであればさほどの腕力も要りませんから、犯人の性別も判断できない」

つまり、ここでもないない尽くしという訳だ。

「有難うございました」

渡瀬は軽く一礼すると踵を返した。古手川がその後を追おうとすると、背後から医師が声を掛けた。

「あなた方といい、松戸署の刑事さんといい、冷たいものですね。犯人特定の情報を欲しがるだけで、患者さんには声の一つも掛けようとなさらない」

非難めいた言葉に渡瀬が振り返る。

「励ましの声でも掛けてやれと？　先生、生憎《あいにく》だがこの男にそんな気遣いは不要だ。この男は声援なんかなくたって必ず意識を取り戻しますよ。賭けたっていい」

「何か根拠でもあるのですか」

「これだけ人に憎まれるヤツはあっさり死にやしない。わたしと同じくね」

4

十二月に入ってから、窓の外の景色が少し変わった。病室から見える、名前も知らない樹は葉を全て落とし毛細血管のような姿を晒している。

有働さゆりの行動範囲は極端に狭い。一日に一度、個室と音楽室を往復するだけだ。それでも移動する分、目にする景色は多くなる。個室から出られない患者のことを思えばさゆりは恵まれた方だった。

収容されていた頃は四六時中拘束衣を着せられていたが、暴れるのを止《や》めてピアノ演奏に集中したら、個室でも自由を奪われることはなくなった。

逮捕され、拘置所に拘留されていた頃から鍵盤と遠ざかっていた。さゆりのようにピアノ教師を務めていた奏者は一日でも休むと、元の調子に戻るまで一週間はかかる。この刑務所に収監されてから一日も欠かさずピアノに向かっているが、それでも完全復調には程遠い。本来であればピアノのある部屋で寝起きしたいところだが、刑務所の規則でそれはできないと突っぱねられた。

風が窓ガラスをがたがたと鳴らす。

いったい外の空気はどんな匂いがするのか。そしてどんな肌触りなのか。空調で管理された医療刑務所の中は、いつも鉄錆のような臭いしかしない。感触もどろりとしている。

不意にさゆりを呼ぶ声がした。

病室にはさゆり以外に誰もいない。それでも確かに声が聞こえる。

ひどく懐かしい声が自分を呼んでいる。靄《もや》がかかった中から自分の名前を呼んでいる。

これは誰の声なのだろう――記憶をまさぐってみるが、像がなかなか結びつかない。

必死になって考えていると、そこへ闖入者《ちんにゅうしゃ》が現れた。

「有働さん、お薬の時間ですよ」

自分の担当看護師だった。名前は百合川《ゆりかわ》とかいったか。

何か言わなきゃ。

「今日はいい天気ね」

時折陽が射すものの、空は曇天気味だ。だが他に当たり障りのない話題を思いつかなかった。

格子が入っている分だけ窓からの視界は狭いが、もう少し広ければと望むのは贅沢《ぜいたく》というものだろう。格子は入所者の脱走を防ぐ以上に、飛び降りを防ぐ意味合いがある。

百合川看護師は窓の外をちらりと見てから戸惑いの表情を見せたが、それも一瞬だった。

「ええ、そうですね」

医療刑務所の看護師の八割は百合川のように女性が占めている。これは一般の病院でも同様だろうが、各地の刑務官に募集をかけ、准看護師の資格を取得させてから配属しているのだ。だからだろうか、ナース服を着ていても、彼女たちからは刑務官と同じ臭いがする。

もっとも給与をはじめとした待遇に不満があるのか、医療刑務所は慢性的な人手不足らしい。刑務所側もそれに対応し不足分は一般病院に応援を求めているが、やはり普通の病院とは患者への接し方が異なるせいか長続きしない。

「少し寒くなったような気がします」

「そう？　病棟のエアコンの設定を弄《いじ》った記録はないんですけど……後で調べてみますね」

さゆりがまだ危険な患者と見做《みな》されていた頃は、百合川が一人でやって来ることはなかった。受診の間は絶えずもう一人の刑務官の監視つきで、しかも医療に関すること以外は何も話そうとしなかった。病院である前に、やはりここは刑務所なのだ。

その環境が変わったのは、やはり音楽療法が開始されてからだった。

長らく鍵盤から遠ざかっていたとはいえ演奏で生計を立てていたのだから、聴衆を釘《くぎ》づけにすることくらいはできる。現に古手川と御子柴は演奏を聴いている最中、身じろぎ一つしなかったではないか。

さゆりの紡ぎ出すメロディは入所者のみならず、医師や刑務官といった職員にも効果があったようで、演奏技術が回復するに従って待遇が改善された。最近はピアノを前にしている時以外は借りてきた猫のようにしているので、こうして受診する際にも刑務官の監視はなくなった。慢性的な人手不足に悩む医療刑務所は、刑務官の配置すら効率性を考慮しなければならなくなったようだ。

いずれにしても受診の間、百合川と二人きりになれるのは有難かった。立っているだけとはいえ、むくつけき刑務官が横にいたのでは落ち着くものも落ち着かない。

「ねえ、百合川さん」

「はい」

百合川はごく自然に返事をするが、これも最近になってからだ。最初は名前を呼ぶと怪訝《けげん》そうな顔をされた。後になって訊いてみると、刑務官の時分から看守さんとか先生とかで呼ばれていたために慣れていなかったらしい。

「いつも注射してくれるのは、何のお薬なの」

「気持ちが落ち着くお薬ですよ」

精神安定剤ならそう言えばいいのに、取り決めでもあるのか百合川は誤魔化す。

「そのお薬を打つと何だか頭がぼんやりしてくるから、あまり好きじゃないんだけど」

「お薬が好きな人なんてあまりいませんよ」

「打たなきゃダメなの？」

「治りたかったら、先生とわたしの指示に従ってください」

「治ったら、外に出してくれるの」

注射の用意をする手が止まる。

「……それはまた他の人が決めることですから。わたしの判断じゃありません」

百合川は困惑したようだが、それもまた一瞬で消した。

困惑の理由は分かっている。

だがさゆりは敢えて触れずに話を続ける。

「外に出たい」

「お散歩ですか。でもここではちょっと難しいかも知れませんね」

「退院したいのよ」

「外の生活はまだ無理です。有働さん、あまり困らせないでください」

さゆりは正面から百合川を見据える。こうすると彼女が目を泳がせるのも承知している。

「第一、退院しても……」

「退院しても、何?」

「……いえ、何でもありません。でも、ここの居心地もそんなに悪くないと思いますよ。というか、ここのスタッフも他の患者さんも、さゆりさんのピアノが気に入ってるんです。あ、もちろんわたしもですよ」

口調ががらりと変わっている。演奏を褒めると、さゆりの機嫌がよくなることを知っているのだ。

「ほら、この間弁護士さんが接見に来ていた時に弾いていた曲。いつもより激しい曲で不安がる人もいたけど、わたしは大好きになりました。あれ、何て曲なんですか」

「ベートーヴェンのピアノソナタ〈熱情〉」

「〈熱情〉。あー、わたしクラシックもピアノも知らないけど、確かに熱情って感じの曲ですよね。

何ていうか、自分の心の奥底が揺さぶられるって感じ。いつもはもっと静かでうっとりするような曲なのに、どうしてあの日に限って〈熱情〉だったんですか」

「リクエスト。来ていた人たちのうち、二人がベートーヴェン、好きだったから」

「その場でリクエストに応えられるのがスゴいなあ。あれっていつも目の前に楽譜がある訳じゃないんでしょ」

「暗譜といって、全部頭と指で憶えてしまうの。譜面台にスコアを載せておくのは、もしもの時の備えみたいなものよ。演奏と一緒にページを捲る人もいるけど、わたしはほとんど見ない」

「やっぱりスゴい！　でも頭で憶えるというのは分かるけど、指で憶えるってどういう意味なの」

「意味も何もその通りのことよ。頭で別のことを考えていても、指が勝手に譜面通り弾いてくれるの」

「あんなに長い曲を？」

「百合川さんだって注射の打ち方や脈の測り方なんて、いちいち考えながらやってないでしょ。それと同じよ」

「同じじゃない、同じじゃない」

　百合川は慌てたように首と手を振る。

「だって准看護師の資格を取得して仕事覚えるには数年しかかからないけど、おカネ取れるような演奏するまでにはどんなに短くても十年以上、それも九九を覚えるより前から始めなきゃ意味ないって聞いたことがあります。それに医療行為は慣れでできるけど、音楽とかの芸術って、やっぱり才能の世界じゃないですか」

「それは百合川さんの単なる思い込み。こんなもの才能でも何でもないわ。強いて言えば口ずさめる歌を持っているかどうか」

「口ずさめる歌?」

「百合川さんは歌、好き?」

「それはノーミュージック、ノーライフで、通勤途中はいつもｉＰｏｄ聴いているけど……」

「好きな音楽のメロディを思い出すと身体を動かしたくなるでしょ。それを指先でやるだけのことよ。試しにやってみましょうか」

「えっ」

「ピアノ初体験の子に演奏のコツを教える方法があるの。これだけで、その子が演奏に向いているかそうでないかが分かる。まず両手を出してみて」

教師口調がそうさせたのか、百合川は言われるままにベッドの縁に腰を据え、両手を差し出す。

さゆりはその両手の上に自分の手を置く。

「あなたの好きな歌を口ずさむようにして、指を動かしてみて」

これも言われた通り、百合川は十指をたどたどしく上下に動かす。

しばらくその動きを手の平に感じたさゆりは、ゆるゆると首を振る。

「まだ緊張しているわね、ちょっといい?」

さゆりはベッドから起き出すとゆっくり百合川の背後に回り、もう一度その手に自分の手を乗せた。

「これなら前にわたしがいないから緊張しなくて済むでしょ。はい、もう一度やってみて」

百合川はまた指を動かし始める。

「今度は目を閉じてみて。その音楽と自分が一体化するイメージを思い浮かべて」

肩越しに覗き込むと、百合川は素直に目を閉じていた。

今だ。

さゆりは背後から右腕を首に回す。咄嗟のことに相手は叫ぶ間もない。そして自重をかけて百合川を床に引き摺り下ろす。

「ぐうっ」

すかさず左手で相手の口を塞ぐ。刑務官だから多少武術のたしなみはあるだろうが、床に腰を下ろした体勢で背後から襲われれば為す術がない。抵抗しても両手が後ろに回らない。ばたばたと無駄な動きをしているうちにも、さゆりの腕が頸《けい》動脈を絞め上げ続ける。

一分、二分。

百合川の動きが次第に緩慢になっていく。

そしてようやく相手は動くのを止めた。

念のためだ。さゆりはそれからも絞める力を緩めなかった。強い打鍵を売りにしていた頃から腕の力には自信がある。

やがて腕の力を抜くと、百合川は人形のように崩れ落ちた。

死んだかどうかはどうでもいい。しばらくの間、動かないでいてくれれば問題ない。

その時、またどこからか自分を呼ぶ声が聞こえた。

行かなくちゃ――。

さゆりは百合川からナース服を剝ぎ取り、自分で着る。一糸纏わぬ裸に剝いた百合川をベッドの下に押し込み、ストッキングで手首とベッドの脚を結わえる。パジャマの端を丸めて口の中に丸め入れる。

死んでいればそれでよし。万が一息を吹き返したとしても、これならすぐに助けを呼ぶことはできまい。

着替えてから何気なくポケットに手を突っ込むと、指先が何かに触れた。

ロッカーの鍵らしかった。

病室を出て、何食わぬ顔で廊下を歩く。医療施設の中でナース姿は景色の一部だ。百合川から聞いていた通り臨時雇いの看護師が混じっているせいか、ナース服を着ているだけで誰もさゆりを気にも留めようとしない。

しばらく歩いていると若い刑務官が向こう側から歩いて来た。

すみません、と言いながらさゆりは自分から近づいて行く。

「昨日から臨時に採用された者なのですが、迷ってしまって……更衣室はどっちだったでしょうか」

刑務官は親切に場所を教えてくれた。刑務官の説明に従って廊下を曲がると、更衣室はすぐに見つかった。

ポケットから鍵を取り出す。鍵にはご丁寧にナンバーが振られているので、ロッカーの位置も分かる。

ロッカーの中には百合川の私服の他、ハンドバッグも仕舞われていた。バッグを検めると化粧ポーチにスマートフォン、札入れにパスケースまで揃っている。

早速、私服に着替える。ナース服を着た時にも感じたが、どうも百合川は自分よりサイズが小さく、ボタンを留めると息苦しくなる。まあ、いい。外に出てから自分に合う服を買えば済む話だ。

化粧なんて何カ月ぶりだろう。

さゆりはポーチから口紅とアイシャドーを取り出し、自分の顔に塗り始める。やや濃いめのメイク。それだけで印象は激変した。

コンパクトの中の顔に満足すると、さゆりはロッカーを閉めて更衣室を出た。

壁の案内表示で玄関の場所は分かる。私服に着替えたさゆりは、もう誰の注目も浴びることはなかった。

玄関ドアを開けた瞬間、尖った空気が肌を刺した。その痛みが存外に心地いい。

先生――。

また、あの声が自分を呼んでいる。

さゆりは声に導かれるようにして医療刑務所の正門を出て行った。

＊

「八刑は、いったい何をやってたんだ！」

有働さゆりが八王子医療刑務所を脱走したという知らせを聞くなり、古手川は周囲に当たり散らした。もっともカエル男の捜査が始まってから古手川は渡瀬につきっきりなので、当たり散らす相手は一人しかいない。現場に直行している今になっても、古手川の愚痴は一向に止まらない。

「いくら医療施設といっても刑務所でしょう。刑務所から囚人が脱走だなんて、職務怠慢もいいところだ。人手不足も理由にならない。職員がだらけきっている証拠だ」

最初に一報を聞いた時には、思わず近くの椅子を蹴り飛ばした。さゆりの看護を担当するのは刑務官だと聞いて安心していた矢先の出来事だった。

「刑務官だから逮捕術くらいは体得しているはずなのに、素人のそれも女にいいようにされるなんて。いい物笑いのタネじゃないか」

前回病室を訪れた際には、自分とあのクソ弁護士に懐かしいピアノを披露してくれた。記憶も逮捕される直前で停止しているようで、ひどく穏やかだった。

それが、まさか看護師を襲い、変装したまま脱走を図るとは。どう考えても突発的な行動とは思えない。予《かね》てより計画された作戦だ。

では、自分たちに見せたあの振る舞いは演技だったというのだろうか。あのピアノは見せかけの演奏だったというのだろうか。

「大体、小康状態が続いていたからといって監視を緩めるなんてどうかしている。患者である前に犯罪者なんだ。個室も含めて電子ロックにするとか、洩れなく警備員を立たせるとかできなかったのかよ」

さゆりに対する愛憎が半ばし、脱走した本人よりも逃がした刑務所側の方にどうしても矛先が向かう。

「法務省も予算ケチりゃいいってもんじゃないでしょう。官僚の給料キープしておくより行刑施設の拡充にカネ使うのが本筋なのに」

渡瀬と訪れた時、その警備の薄さに驚いたものだったが、こんなことになるくらいだったら、何故あの時に疎ましがられても警戒を厳重にするよう具申しなかったのか。

「職員の給料が少なくて人が集まらないのなら給料上げてやれよ。施設の警備体制が不充分なら最新式の防犯設備を導入しろよ。何のために国民から税金吸い取ってやがんだ」

助手席でしばらく腕組みをしていた渡瀬は、やがてぼそりと言った。

「古手川」

「何ですか」

「うるさい」

それから八王子医療刑務所に到着するまで、古手川は一切発言を許されなかった。

現場はひどく騒然としていた。

今まで古手川が見てきたどんな現場よりも警官が溢れ、そしてどんな現場よりも殺気立っていた。十重二十重に取り巻く報道陣と野次馬は厳重な規制線に阻まれ、蟻《あり》一匹とて足を踏み入れることもできない。建物を撮《うつ》そうとするカメラまで排除されている。かつてない拒絶ぶりに報道陣からは不満の声が上がっているが、警官たちはまるで聞く耳を持とうとしない。建物に入ろうとする古手川たちの目の前では、警官と記者が小競り合いをしている最中だった。

「何だよ、写真撮るくらいいいじゃないか！」

「ここは行刑施設の一つだ。撮影するのなら捜査本部の許可をもらってからにしてくれ」

「報道の自由を知らないのか。これは国家権力の横暴だぞ！」

「そうかそうか。抗議するなら広報を通してくれ。俺たちは上の命令に従っているだけなんでな」

「凶悪犯が脱獄したんだろ！　我々に情報公開して注意を促すのが治安ってもんじゃないのかあっ」

中に入れば少しは静かになると思ったが、病棟にも警官と鑑識課の人間が大挙して押し寄せていた。ジャンパーのエンブレムを見ると、八王子署の人間ばかりか警視庁の捜査員まで入り混じっている。通常の捜査現場ではない。どの顔にも余裕が感じられず、何かに追われるように忙《せわ》しく動き回っている。

「班長、これは……」

「仮にも刑務所と名のつく施設から囚人が脱獄したんだ。現時点で八王子署と警視庁の面目は丸潰れ、尻に火が点いているのさ。だから焦りまくっている。その上、外の世界に舞い戻った有働さゆりがまたぞろ事件なんぞ起こしてみろ。獰猛《どうもう》な獣を野に放ったとかの責任で何人の首が飛ぶと思う。だから怯えまくっている」

そうか、と古手川は頰を叩かれたような気分になる。

あの、メロディを己が言葉とし、聴く者の心を搔き乱さずにはおかないピアニストは、自分や御子柴のような者以外にはやはり精神障碍を負った殺人者でしかないのだ。

「でも班長。こんだけテンパってる八王子署や警視庁の刑事たちの中に首突っ込んでいって、俺たちは邪魔者扱いにされませんか」

「何を言ってる」

渡瀬は今更と言わんばかりの口調だった。

「邪魔者扱いじゃなくて、れっきとした邪魔者だ。俺たちはカエル男の事件で動いているが、八王子署にしてみれば有働さゆり脱走という単独した事件だからな。手前ェの管轄の赤っ恥を他所の刑事に踏み込まれて、泰然としてられるヤツは多くない」

「じゃあ」

例のごとく天上天下唯我独尊のように振る舞うのか——という言葉は慌てて呑み込んだ。

「いいや、筋は通しておく」

警官の一人を捕まえて訊いてみると、現場で陣頭指揮を執っているのは八王子署強行犯係を束ねる警部だという。現場に顔を出すような警部職は渡瀬くらいのものだと思っていたが、少し考えてみれば警部職にある者まで現場に引っ張り出さなければならない事案という意味なのだ。

神矢《かみや》という警部はすぐに分かった。さゆりの入っていた病室で部下たちを怒鳴りつけている男がそうだった。

「埼玉県警の捜一？」

神矢は胡散臭そうに渡瀬たちを見る。渡瀬が事情を説明したが、尖った視線は一向に緩まない。なるほどお世辞にも泰然とした振る舞いとは言えない。

「あなたたちには管轄外の事件だろう」

「説明した通り、有働さゆりはこっちの事件の関係者だ」

「だからといって容疑者でもないでしょう。外部とは非接触だったから参考人にもなるまい」

「今まではな」

「何だと」

「外に出た有働さゆりがカエル男と接触しない可能性は、どこにもない。そしてそうなった場合、ウチの握っている情報がどういう価値を持ってくるか想像つきませんかな」

何が筋は通しておく、だ。

横にいた古手川は放っておくことにした。この種の交渉事をやらせたら、渡瀬に敵う者などまずいない。案の定、神矢は食いついてきた。

「……他府県警の介入は上が認めない」

「介入じゃない。単なる情報交換だ。言っておくがこの若いのは、以前の事件でずっと有働さゆりに張りついていた。それこそ捜査資料にないことまで熟知している」

途端に、神矢の古手川を見る目が変わった。

班長、あんた俺を交渉材料にするつもりか――。

「ついでに言えば、今回の看護師より前に襲撃された経験を持っている。彼女についての経験値だけは高い」

だけ、というのが気に障ったが敢えて反論はしない。

「しかしあんたたちが提供できる情報は、この場で鑑識が這い回った成果と訊き込みしかない。それだって、本人の行き先を特定できるような有力なものじゃあるまい。さて、情報交換して得なのはどっちかね」

神矢の中で功利主義と虚栄心が闘っているように見えた。そして、それを見逃す渡瀬でもなかった。

「このまま放置すれば、あの女は必ず災厄をもたらす。百歩譲って何も事件を起こさなくても、心神喪失とされた囚人をおめおめ逃がしたんだ。本日中に身柄を確保できたとしても責任追及は免れない。一日遅れたら一人、二日遅れたら二人糾弾される責任者が出てくる。現場を指揮する人間にとって、今この瞬間が最重要じゃないのか」

横で聞いていて古手川はいつもながら呆れる。この男は容疑者どころか身内まで平然と恐喝している。

神矢がその軍門に降《くだ》るには十秒も要しなかった。

「話が済んだら出て行ってくれますか」

「元よりそのつもりだ」

神矢はいったん決断すれば行動の早い男だった。

「有働さゆりに襲撃された看護師は別室にいます」

ついて来い、という風に神矢は先に立って歩き出した。

「意識は回復しているのか」

「頸動脈もそうだが気管も圧迫されていて、発見が遅れていたら危なかったらしい。本人の証言によれば、ピアノの弾き方を教えてやると言われて背後に回られた。それで後ろから首を絞められた。身体を密着された状態で絞められたので抵抗する術がなかったとのことです。有働さゆりは彼女から服を奪い、看護師になりすまして病棟を抜け出した後、ロッカーで私服に着替えて堂々と正門から出て行きました」

「回診の際は刑務官が同席する決まりじゃなかったのか」

「看護師の数も刑務官の数も圧倒的に不足していて、有働さゆりのように手間の掛からない入所者には警備が手薄だったようです」

「手間の掛からない、ねえ」

つい古手川は皮肉を洩らす。これに神矢が情けなさそうな声で応える。

「あなたたちの思っていることは、八王子署の人間も全員そう思っている。渡瀬警部の言う通り、事件がどう収斂《しゅうれん》しようが所長以下、処遇部長、医療部長の引責は免れんでしょう」

「あながち、そればかりでもない」

渡瀬の言葉に神矢が片方の眉を上げる。

「どういう意味ですか」

「有働さゆりは一審判決を受けた直後から様子がおかしくなり、ここに収容された。だが、もし心神喪失を疑わなければ、もっと警戒厳重な小菅《こすげ》の拘置所あたりに収容される運びだった」

「渡瀬警部……ひょっとしてあなたは有働さゆりが詐病を使ったと言うつもりですか」

「もちろん本当に心神喪失だったのが、音楽療法が功を奏して一時的に寛解状態になったのかも知れない。ただ、あの女が我々の考えている以上に狡猾《こうかつ》である可能性を無視しない方がいい」

「医療刑務所への送致は精神科医の診断によるものだったのですよ」

「同じ患者を診ても、医師によって見解が異なる。精神科というのは、つまりそういう分野だ。それに医者が患者よりも賢いというのはただの思い込みに過ぎない。逃げた相手をただの精神病患者と捉えない方がいい。なまじああいうキャラクターだし癒やし効果のあるピアノを弾く天真爛漫な印象があるが、有働さゆりは前回の事件で四人の人間を手に掛けている事実を忘れないことだ」

神矢に向けた言葉が古手川にも突き刺さる。いや、むしろこれは自分に向けられた警告だった。

有働さゆりがサイコキラーであることを忘れるな。

そんなことは分かっている。

分かっているはずだった。

別室で身体を横たえていたのは百合川という女性看護師だった。すっかり回復した様子で、ベッドから起き上がっている。

「本当に迂闊《うかつ》でした」

百合川は面目なさそうに肩を落とす。

「ピアノの弾き方を教えてあげるって、その誘い方がとても自然だったので、つい背中を預けて……いいえ、これは言い訳でした。わたしの油断が全ての原因です」

「盗られたバッグの中には何が入っていたのかね」

「化粧ポーチと札入れとパスケース、それとスマホです」

神矢が弁解がましく割って入る。

「現在、パスに登録された情報から利用履歴を洗い出しています」

ＩＣチップの埋め込まれたパスならば、過去に遡《さかのぼ》って利用履歴が洗える。入退場の場所と時刻で使用者の位置をある程度特定できる。

ただし使用していればの話だ。

「札入れの中に現金は」

「確か二万ちょっと入っていたはずです」

「それならタクシーで移動する手もある」

「もちろんJR八王子駅と京王片倉《けいおうかたくら》駅は言うに及ばず、主要な幹線道路には検問を置いた。各タクシー会社にも手配した。水も漏らさぬ配備を敷いていますよ」

「しかしウチを含めて周辺の本部に一報が伝えられたのは、事件が発生してから四時間も経過した後だった」

「お恥ずかしい話、お膝元の八王子署に知らせが入ったのもそれくらいのタイムラグがありました」

神矢は自嘲気味に笑った。

「八刑が通報を遅らせたんです。理由は言わずもがなでしょう」

不祥事隠し——刑務所勤務の職員を総動員して捜索に当たったものの、万策尽きて八王子署に通報したという訳か。

クソッタレめ。

古手川が舌打ちするのを神矢と百合川が見咎《とが》めるが、口には出さない。

「緊急配備も四時間経過した後では大した効果はないでしょうな。四時間もあれば神戸辺りまで行ける。自販機で切符を買われたら追跡しようもない」

渡瀬の言ったことはとうに織り込んでいたのだろう。神矢と百合川は悔しそうに唇を噛んでいた。

その日の午後になって有働さゆり脱走のニュースがようやく解禁されると、八王子市内を中心に市民の間には不安が広まった。

各小学校と幼稚園は急遽集団下校を決定し、児童たちには八王子署の警護がついた。

夕刊紙とニュース番組は挙《こぞ》ってさゆりの顔写真を流した。普段は加害者、殊に精神障碍を患っている刑事被告人の扱いに慎重なマスコミも、市民の注意を促すという大義名分の下、その軛《くびき》を自ら外したようだった。

高まる警察への不信と抗議。燎原《りょうげん》の火のように広がる責任追及の声。

だが一方、さゆりの行方は杳として知れなかった。

四
破砕する

1

十二月三日。

診療を終えた末松健三《すえまつけんぞう》は宿直の同僚に挨拶して病院を出た。

時刻は午後十時三十分。駅前だというのに、もう店舗は明かりを消し、道往く者もまばらだ。駐車場ばかりがやけに目立つ駅前通りは明らかに再開発に失敗した見本で、賑やかで派手なことが好きな末松には、ひたすら鬱陶しい景色でしかない。

自己資金さえあれば、誰か目端の利く者が出資してくれれば、もっと人通りの多い場所に開業してやるのに。通りを歩く度、怨嗟のように繰り返す呪文だが、未だに願いは叶えられない。

これからは肉体の病気よりは心の病気が流行るに違いない。いくぶん打算的な考えで精神科医になったものの、末松の考えそうなことは他の医者も考える。実際、心療内科に通院する患者は増えたものの気づいてみれば精神科医も年々多くなっており、競争原理の下で末松が浮上するのは困難になった。

いったいどこから計算が狂ったのか。

あれこれと考えてみるが、そもそも自身の人望のなさから目を背けているので正確な判断などできるはずもない。一度ならずマスコミの注目を浴びた過去をいつまでも鼻にかけ、謙虚さも誠実さもない者にシンパシーを抱く者などいないのに、自分が孤立しているのは周囲の無理解のせいだと決めつけている。

午後十一時近くになれば開いているのは居酒屋くらいだが、サラリーマンや学生に紛れて安酒を呷《あお》るのは末松のプライドが許さない。毎度のことで味気ないが、一人きりの部屋でブランデーでも傾けるとするか。

畜生、とまた毒づきたくなる。

こんなはずではなかった。

思い描いていた未来の自分は都内に自分の名を冠した医院を持ち、見目麗しき妻を娶《めと》り、バルコニーの広い高級マンションに住んでいたはずなのに、現実は未だ独身でしがない勤務医、しかも片田舎で不遇を託《かこ》っている。

マスコミの注目を浴びていた時は、ようやく自分に運が向いてきたと思った。カメラの砲列、向けられたマイクの数々は将来を保証してくれる証だった。しかし運が向いてきたというのは一種の勘違いであり、末松に当てられていたスポット・ライトはすぐ別の対象を照らし出した。

運命の女神は末松に微笑まなかったのだ。

畜生、ともう一度毒づく。

俺のせいじゃない。

決して俺の訴求力が乏しかった訳じゃない。

衛藤が手柄を独り占めにしたからだ。法廷で折角末松が熱演したというのに、あいつの弁論が全部持っていってしまった。

結局衛藤は日頃の行いが悪かったのか、それとも人の恨みを買ったのかひどく残忍な方法で殺されたが、全くいい気味だ。あれでほんの少しだけ溜飲が下がった。

仕方がない。今夜もまたあいつの死亡記事を肴《さかな》に呑むとするか——そんなことを考えながら表通りから脇道に入る。すると次第に光源が乏しくなり、駐車場が多いのも手伝って人影が完全に途切れる。

いや、違った。

十メートルほど前方、縁石に腰を据えて背を丸くした人影が一つ。

最初はぎょっとしたが、その風体からどうやらホームレスと分かった。ジャンパーのフードで顔を覆い、よれよれのジーンズと爪先の捲れ上がったスニーカー。その傍らには空き缶を満載した小ぶりのリヤカーまで置いてある。

ホームレスなど珍しくもないが、いつも自分が通う道で見掛けるのは不快極まりない。明日からは違う道を歩こうか。

足早にその前を通り過ぎようとした時、異変が生じた。ホームレスの上体が崩れ、路上に倒れ伏したのだ。

それだけではない。ホームレスの右手がいきなりズボンの裾を摑んできたので、末松は無理に立ち止まらざるを得なかった。

「おい、こら」

摑まれた足を引いてみるが、ホームレスは摑んだ手を緩めようとしない。

「放せったら」

一瞬、突き飛ばしてやり過ごそうかと思った。だが、わずかな職業意識が思い留まらせた。

もしも行き倒れだった場合、そして仮にホームレスが息を吹き返した場合、自分を見捨てていった人間を憶えていたらどうする。罷《まか》り間違って警察が捜査し、その見下げ果てた人間が現役の医師と知ったら、世間はどんな反応を示すのか。決まっている、皆が皆、善人面をして末松を叩くのだ。

容態が悪ければ、医者として最低限の応急処置を施した上で救急車を呼べばいい。それで自分はお役御免になる。

瞬く間にメリットとデメリットを比較し、末松はホームレスに屈み込む。ホームレス特有の、雑巾が腐ったような臭気が鼻を衝く。

大丈夫か、と声を掛けようとしたその時だった。

突然、ホームレスが末松の背後に回り込んだ。

何が起きたのか判断もつかず、末松の反応が遅れる。

次の瞬間、後頭部に衝撃が走った。

鼻の中がきな臭くなり、息が止まる。

視界と思考が急速に窄《すぼ》まる。

間もなく意識が薄らいできた。

遠くから音がする。

無機質で乱暴な機械音だ。

ゆっくり目蓋を開くと、星の瞬く夜空が頭上にある。鼻腔には草いきれと機械油の臭いが忍び込んでくる。

途端に後頭部の痛みが甦り、末松は叫び声を上げそうになる。

だがくぐもった声しか出せない。

口中に異物感がある。舌先を伸ばしてみると、何やらコンクリートのようにざらついた布地を探り当てた。鉄錆に似た味がした。

今にも朦朧《もうろう》としそうな意識を必死に繋ぎ止めていると、ようやく頬が風の感触を伝えた。やはり屋外にいるらしい。

がたがたと身体中が振動しているのは、運搬されているからだと分かった。地面の状況が直接伝わってくるので乗り心地のいいものでないことは確かだ。

少し首を曲げると、ビニール袋に詰め込まれた空き缶が視界に入った。

徐々に甦る記憶の中に小ぶりのリヤカーの姿があった。そうだ、あのリヤカーで運ばれているのだ。

身を捩《よじ》らせてみるが身体が思うようにならない。どうやら簀《す》巻《ま》きにされているようだ。節々で抵抗を感じるのは、おそらく縄のようなもので拘束されているからだろう。ジャケットも靴も脱がされている。

痛みに耐えながらやっとの思いで首を上げると、視界の端にリヤカーを引く者の頭が見えた。

どこへ連れていく気だ。

何をするつもりだ。

大声で訊《たず》ねようとしたが、猿轡《さるぐつわ》のために全く声が出せない。首をわずかに振るだけで激痛が走る。

風で屋外であること、草いきれでどこかの野原であることは察知できるが、情報はそれだけだ。気を失ってから何時間が経過したのか、それすらも曖昧になっている。

後頭部の衝撃はおそらく殴打によるものだ。素手にしろ道具にしろ、手加減は感じられなかった。加えて荷物を運ぶような粗雑な扱いに、気遣いなど微塵も感じられない。

改めてぞっとした。何をされるかは判然としないが、無事には帰されないのは察しがつく。

早速、末松は命乞いの文言を考え始める。

カネが目当てなら財布ごと渡してしまおう。

相手がむしゃくしゃしているだけなら、おとなしく殴られよう。無抵抗で足蹴にもされよう。その代わりに殺すのだけは思い留まってもらおう。願いが聞き届けられるのなら真っ裸の土下座でも何でもしよう。相手の機嫌を損ねないためなら、進んで靴の裏を舐《な》めてもいい。

三度声を出そうとするが、空しい努力に終わる。唾液が溜まったせいで味覚が甦り、突っ込まれた布の味がより仔細《しさい》に分かってくる。鉄錆に混じっているのは、紛れもなく人間の汗が古くなった塩味だ。反射的に嘔吐感を催したが、逆流した胃の中身が鼻に詰まると窒息するので、慌てて喉元で止める。食道から酸味が立ち上り、涙が溢れ出た。

不意に恐怖が訪れた。相手の意図が全く分からない。そもそも何故、自分がこんな目に遭っているのか。選ばれたのか、それとも無作為だったのか。

不安が恐怖を加速させる。もし口中に捻じ込まれていなければ、歯の根が合わずにかたかた鳴っていただろう。額と腋《わき》の下からは嫌な汗が大量に噴き出している。

やがて唐突に振動が治まった。リヤカーが停止したのだ。

すぐにホームレスの手が伸びてくると覚悟したがそうはならず、しばらくの間末松は放置されていた。

再度首を上げてみるが、リヤカーの壁に阻まれて周囲の状況を窺うことはできない。聞こえるのは何やらがちゃがちゃがちゃと鎖が擦れる音だ。

扉の軋む音の後、ぱたぱたと間の抜けた足音が近づいてきた。咄嗟に爪先の捲れたスニーカーを思い出し、身体中が硬直した。それでも末松に手が伸びることはなく、またリヤカーが移動し始める。

真上を見上げていると、末松を乗せたリヤカーは屋根のある建物の中に入っていく。建物といっても相変わらず風を感じるので、壁の存在は感じない。同様に草の匂いもそのままだ。

ここはどこだ。

いったい何の施設だ。

恐怖と焦燥に混乱する五感の中で比較的正常を保っている嗅覚が、おが屑の臭いを嗅ぎ分けた。

製材所か、それとも建材の集積場か。

しばらく進んでから、またリヤカーが止まる。

止まらないでくれ、と願った。

移動しているうちは生命の保証がある。それが終われば処刑の時間だ。

怖ろしさに腹が冷える。恐怖とは人の身体から温度を奪うものだと思い知る。

ピンと張った糸のように神経を尖らせていると、ぶん、という低い音が生まれた。図体の大きい機械が目覚めたような起動音だ。

次に聞こえてきた音は更に不気味だった。

獰猛《どうもう》な肉食獣の唸《うな》りにも似た、ゆったりと低い作動音。そして軋みながら移動するベルトコンベアーの音。

何の機械だ。

俺をどうするつもりだ。

ひたすら身を縮めていると、ひどく緩慢な動きでホームレスが姿を見せた。末松はここを先途と命乞いの言葉を並べようとする。

だが捻《ね》じ込まれた布の猿轡で一向に声にはならない。声の代わりに涙が出るばかりだ。せめてもの意思表示にと身を捩らせてみるが、これも上手くいかない。

ホームレスは末松の悪足《わるあ》掻《が》きなどまるで気に留める様子もなく、その身体を肩に抱え上げる。

リヤカーから運び出されて自分のいる場所が分かった。積み上げられた廃材とコンクリート床に散乱するおが屑。やはり製材所らしい。ただし作業場というよりは資材置き場の用途らしく、屋根は簡便な造りで何本かの支柱が支えており、壁はない。

ホームレスが進んで行く先に音源があった。機械の全貌を目の当たりにした瞬間、末松は大きく目を見開いた。

天に向かって逆ハの字に大きく開いた投入口。排出口からは長いベルトが伸び、きしきしと流れている。

更に近づくと、投入口の中心が明らかになる。左右両側で回転軸がゆっくりと回り、間に挟まる物を粉々に破砕していく仕組みだ。さっき聞いた肉食獣の唸り声は、軸の回転音だった。

瞬時にホームレスの意図を理解し、末松の頭は沸騰する。

やめてくれ。

分泌を司る神経が破綻したのか、恐怖しか感じないにも拘わらず涙と鼻水だけが滂沱《ぼうだ》と流れ出る。どれだけ抵抗してもホームレスは意に介する様子もなく、一歩一歩破砕機に近づいて行く。

抱えにくいのに敢えて頭を前に持ってきたのは、地獄の釜《かま》を自分に見せつけたかったからとしか思えない。

やめてくれ！

願いは空しかった。

ホームレスは末松の身体を百八十度回転させ、爪先から破砕機の中に放り込んだ。

のろのろとした動きであっても、二つの回転軸は決して獲物を逃がしはしなかった。末松の左足をがっちりと捉え、軸の間へと巻き込んでいく。

がき。

靴下ごと小指が嚙み砕かれ、末松は声にならない叫びを上げた。

がきがしがきがし。

鋼鉄の歯と牙《きば》が末節骨、中節骨、基節骨の順に肉と骨を砕いていく。脳髄に処理不能なまでの激痛が届き、末松は意識を失いそうになる。

だが都合よく失神することもできない。回転軸は着実に爪先を呑み込み、やがて愉《たの》しむかのように中足骨、そして足根骨をも潰し始めた。

がしがきががぐしがががぐしがががか。

薄皮が裂け、肉が潰れ、骨の砕けていくのが痛覚と絶望の音で脳に伝わる。思考の片隅で、早く気絶したいと願うものの、脳髄に伝達できる信号に上限でもあるのか五感は途切れながら維持されている。

頼む。

もう殺してくれ。

顔に自分の血飛沫《ちしぶき》が掛かる。ぬらりとした粘着性の感触。目に入ったのか、右の視界が赤く斑に染まる。

やがて左足首から先は完全に咀嚼《そしやく》され、破砕機は遂に腓骨《ひこつ》と脛骨《けいこつ》を嚙み砕き始める。

めきめきめきぐしがががががが。

殺してくれ殺してくれ今すぐどうかお願いです殺してくださ い殺して。

末松の声にならない絶叫は、それから数分間に亘って続けられた。

2

十二月四日午前五時四十八分、事件の一報を受けた古手川は助手席の渡瀬とともに現場に向かう。場所はさいたま市岩槻《いわつき》区岩槻大字《おおあざ》、元荒川沿いの製材所だった。

〈カエル男が絡んでいるらしい〉死体が発見されたとの通報を受け、渡瀬班に招集が掛かったのが午前四時十三分。古手川も就寝中を叩き起こされたクチだが、被害者の名前が〈ス〉で始まることを聞いた刹那、眠気はどこかに吹き飛んだ。

「確か末松っていう名前でしたね。でも、それだけでカエル男の犯行と決めつけていいんですか」

「例の犯行声明が現場に残されていたそうだ」

渡瀬は半眼のままで答える。傍目《はため》には半分寝ているように見えるだろうが、付き合いの長い古手川には衝動を懸命に抑えているとしか思えない。

まだ碌に詳細を知らされていないが、渡瀬の方から話そうとしない限り問い質しても無駄なことは承知している。それきり古手川は口を閉ざして運転に専念した。

現場ではまだ夜も明けきらないというのに、所轄である岩槻署の捜査員たちが先に到着していた。製材所といっても工場らしき建物は百メートルも離れた場所にあり、ブルーシートで覆われているのは原っぱの上に建ったトタン屋根だけの小屋だ。

所轄の動きが妙に緩慢だった。いくら朝早くとはいえ、ひと固まりになって話しているだけで機敏さなど微塵も感じられない。それでも渡瀬は悪態一つ吐くことなく、彼らの輪に近づいて行く。

途端に草いきれに混じって異臭が鼻腔に飛び込んできた。おが屑と血と肉の臭い。古手川は血飛沫で朱に染まった殺害現場を覚悟する。

現場の指揮を執っていたのは強行犯係の鷺山《さぎやま》という男で、渡瀬にはひどく緊張した顔を見せた。

「渡瀬さん。死体、ご覧になりますか」

分かりきったことを訊くものだと思った。

「もう検視は終わったんですか」

「一応は……しかし、アレはちょっと」

「見なきゃ話にならんでしょう」

「朝飯が食えなくなりますぜ」

気後れするように鷺山はブルーシートを捲って渡瀬たちを誘う。

初見の古手川にも、それが廃材を粉砕する装置であるのが分かった。ところが逆ハの字に開いた投入口を見た途端に思考が飛んだ。

中には男が上半身だけを晒していた。

鳩尾《みぞおち》辺りから下は二つの回転軸に巻き込まれて先が見えないが、欠損しているのは間違いない。残った上半身は薄汚れた布で簀巻き状にされていたようだが、その布も解れかかって死体の破砕面を露わにしている。

おそらく破砕の過程で飛散したのだろう。回転軸を中心として四方八方に肉片と内臓を飛び散らせて、投入口を色とりどりに染めている。血は言うに及ばず、本人の顔にも掛かっている。内容物も混じっており、肉の焦げたような臭いに糞便のそれが重なり、刺激臭と化している。

古手川は猛烈な臭いに思わず目を逸らしたものの、逸らした方向は更に凄惨だった。静止したベルトの上に、肉体であったモノの欠片が延々と続いている。衣服に皮膚に肉、そして脂肪も骨も完全に粉微塵にされておぞましいミンチ状の川が流れている。

不意に嫌な音が耳に入ってきた。ぴたぴたと規則正しく時を刻む雫の音。

ぴちゃん。

ぴちゃん。

凝視して音の正体が判明した。ベルトの両端から夥《おびただ》しい量の血と体液が斑に混ざり合って滴り落ちているのだ。

まさか渡瀬の前で視線を背ける訳にもいかず、そのままでいたら胃の中身が逆流してきた。古手川は嘔吐する寸前、喉元で抑え込む。

「第一死体発見者兼通報者は製材所の主人ですよ」

古手川の慌てぶりを一瞥して、鷺山が話し出す。

「あの通り、製材の工場と居宅は離れた場所にあります。午前四時頃に破砕機の音で目が覚め、ここに駆けつけて死体を発見したという経緯です」

鷺山の話を聞きながら、渡瀬は死体を見下ろして微動だにしない。時々、この男は感覚の一部が麻痺しているのではないかと疑う。

「検視官の見立てはどうですか。見たところ死後裂断にしては出血が多いようだが」

「切断面に生活反応があったそうです。死後じゃありません。この男は生きながら裁断されたんですよ」

渡瀬の眉間の皺が一層深くなる。いや、おそらくは自分も顔を顰めているに違いないが、表情筋が反応する以前に心が拒否反応を示している。

およそ鈍感な人間でも、生きたまま、しかも爪先からゆっくりと砕かれるのがどれほどの恐怖と絶望なのかは容易に想像がつく。

「生きたままなら助けを呼ぶこともできたでしょう」

「今は外してありますが、発見当初は口の中に乾いた雑巾を捻じ込まれていましたからね。さっきまでベルトに乗っていた残骸を分類していたんですが、衣服に混じって明らかに拘束するために使用されたと思しきロープも採取されました」

あの凄まじい残骸の中からロープの断片を採取する所轄捜査員の気持ちを考えると、同情を禁じ得ない。

「他に採取されたものは」

「とりあえずはこれですよ。破砕機の下に置いてありました」

鷺山が差し出したのはポリ袋に入った一枚の紙片だ。


どれだけやったらかえるはしぬのかな。

つまさきからゆっくりぜんしんをつぶしてみたらわかるかな。じっけんしてみよう。すりこぎでいっしょうけんめいすりつぶすよ。いきものがだんだんえのぐみたいになっていくよ。これでえをかいてみようかな。


もはやすっかり見慣れた文字と文章だが、今回が最悪の部類に思える。文脈から推せば、ベルトの上に広げられた血みどろの曼荼羅《まんだら》模様はカエル男の芸術作品ということだ。

「低速の回転軸だな、これは」

ぼそりと渡瀬が呟いた言葉を、鷺山が訊き返す。

「これは二軸破砕機の中でもトルクの強い機種ですな。普通の木材チッパーは綺麗に切断するのが機能ですが、こいつは建築金物が混入した廃材を処理するのが売りだから折ったり引き裂いたりが主な仕事です。そういう仕事なら高速回転よりも低速回転の方が向いている」

例によっての雑学披露だ。慣れた古手川は頷くだけだが、鷺山はぎょっとしたような目で渡瀬を見る。

「低速といってもそれで両軸から逃げられるこたぁない。見てみなさい。両軸とも刃が螺旋《らせん》状になっておるでしょう」

「はあ」

「螺旋状だからいったん巻き込まれたら最後、抜け出しようがない。仮に被害者の両手が自由になったとしても自分で足を切断する以外に助かる道はない。そして低速回転だから破砕力の強さに反比例して作動音は静かになる。母屋があれだけ離れていたら、下手すりゃ気づかれなかったかも知れん」

「気づかれなかった、とは？」

「この破砕機なら人一人擂《す》り潰すのに五分もかからん。それでなくても腹を潰された時点でとっくに死亡しているでしょう。犯人はそれを確認してからスイッチを切り、悠々と敷地から出て行った。進入路はあの金網の扉でしょう」

「ええ。鍵の代わりに針金で結わえているだけの代物です。まるで侵入してくれと言わんばかりの態勢です」

「破砕機以外は金物混じりのチップだけですから、盗んでいくようなモノもない。この破砕機にしたところで電源スイッチと始動ボタンは素人にも分かる造りになっている。何もかも犯人には好都合だったんだろう」

「渡瀬警部。今、犯人は被害者の死亡を確認してからスイッチを切ったと言われましたね。犯人は何故そんな手間をかけたんですか。わざわざ破砕機を停止させなくても、そのまま立ち去ればよかったじゃないですか」

「文言通りですよ。『どれだけやったらかえるはしぬのかな』」

実験と称し、遊び半分で人間を生きたまま擂《す》り潰した――。

今度こそ古手川は耐えきれず、ブルーシートの外へ飛び出した。草むらを駆け抜け、川が見えたところで盛大に吐いた。

異臭や変わり果てた死体に嘔吐したのではない。人間をまるでオモチャのように扱う悪意に生理がついていかなかったのだ。

気恥ずかしさを抱えて戻ると所轄の捜査員と目が合った。憐れむような視線を投げて寄越したのも、彼が同様に吐いたからだろうか。

渡瀬と鷺山の話はまだ続いていた。

「被害者の上着と靴、そしてカバンは敷地の外に放置してあったリヤカーの中から見つかりました。被害者は〈胡桃沢《くるみざわ》病院〉の勤務医、末松健三、三十五歳。〈胡桃沢病院〉というのは東岩槻の駅前に建つ総合病院で、ここからは十キロほど離れています」

「十キロ。リヤカーを引きながら歩いて三時間といったところですな」

「やはりリヤカーで運搬したとお考えですか」

「一連の事件にはホームレスの影が見え隠れしていましてね。ホームレスの姿をしていれば、夜中にリヤカーを引いているのを目撃しても、誰も何とも思わない。空き缶の山にでも埋めておけば人一人隠すなんざ屁でもない」

「服装から察するに病院からの帰宅途中に襲われた可能性が大です。事前にリヤカーを用意していたのなら、犯人は待ち伏せしていたんでしょうね」

鷺山は声を潜めた。

「渡瀬警部はさっきの犯行声明文を本物だと思われますか」

「十中八九間違いないでしょうな」

おや、と古手川は思った。粗野に見えて慎重居士である渡瀬にしては、ずいぶん思いきった発言だったからだ。

「やはり被害者の名前が〈ス〉で始まっているからですか」

「いや、それ以前に末松医師はカエル男の事件に間接的な関わりがありましてね。四年前、松戸で起きた母子殺害事件。逮捕されたのは当時十七歳の古沢冬樹だが、衛藤弁護士の要請した精神鑑定の結果、犯行時には統合失調症であったと判断され、彼には刑法第三十九条が適用された。その精神鑑定を担当したのが、以前より衛藤弁護士と知己の仲だった末松健三医師です」

古手川は息を呑んだ。

「今回、松戸市で御前崎教授の屋敷が爆破されたのが一連の事件の発端になった訳ですが、教授は末松先生に関わるデータをＢ５判の大学ノートに残していた可能性が非常に高い。犯人が爆破の時にその大学ノートを持ち去った可能性も同様にです。カエル男の渉猟対象がサ行に移った時、末松健三は格好の獲物になったでしょうな。被害者本人にその自覚があったかどうか、今となっては分かりませんが」

明らかに顔色の変わった鷺山をよそに、渡瀬は言葉を続ける。

「遺留品のリヤカーを見せていただけますか」

次に渡瀬と古手川が案内されたのは敷地の隅だった。空き缶を積み込まれたリヤカーはえらく年季の入ったもので、普通なら粗大ゴミに出すような代物に見える。ただしタイヤ周りや取っ手が補修されているので、持主にはまだまだ現役で通用するのだろう。

「こいつはあの破砕機と一緒に鑑識に運びます。何か警部の見ておくところはありますか」

破砕機も一緒に搬出するのかと驚いたが、考えてみれば死体は回転軸に絡め取られたままだから無理に引き剝がすことも適わない。ベルトに排出された肉片以外にも、破砕機内部に残留物があるはずだ。気の遠くなるような話だが、装置を分解して肉片やら脂肪分を取り除く作業も必要になってくる。想像するだけで落ち込むような作業だ。そして破砕機の持主としては、そんな曰《いわ》くのある装置は部品全部を洗浄してもらっても二度と手元には置いておきたくないに違いない。

しばらくの間渡瀬はリヤカーを観察していたが、やがて飽きたようにぷいと視線を外した。

「特にありませんな。タイヤの溝に残った土で、元々の保管場所を推測するのが関の山。おそらくはホームレスの溜まり場でしょう」

「それから、残念ながら新しい指紋は採取できなかったようです」

「でしょうな。この寒空だ。ホームレスでなくても手袋はするでしょうからね。盗んだ物だから、犯人由来の残留物が採取できる可能性は低いと言わざるを得ない」

まるで他人事のように答える渡瀬に、鷺山は戸惑いを隠せない様子だった。無理もないと思う。犯人に繋がる可能性を次々と排除していくやり方は、科学捜査に全幅の信頼を寄せる捜査員にとって乱暴に見えるかも知れない。

「行くぞ」

興味を失ったのか、渡瀬はクルマを停めた方向へ足を向ける。

「もう、いいんですか」

「もうもクソもあるか。県警本部からおっとり刀でやって来た刑事があんな醜態晒したんだ。必要なことだけ訊いたら逃げるようにして帰るさ」

顔から火が出るかと思った。

「あの程度の損傷にまだ慣れないのか」

「死体には何とか堪えましたよ」

「ふん、当真勝雄の心象風景に当てられたって訳か」

「あんなのは人間のすることじゃない」

「今更、寝惚《ねぼ》けたこと言ってんじゃねえ」

渡瀬は古手川を見ようともしなかった。

「人間だからあんなことをするんだ」

末松健三の死体は浦和医大法医学教室で司法解剖に回されたが、新たに判明した事実はさほど多くなかった。精々、末松の血糖値が高いことと体内から睡眠剤及びそれに類する薬物が一切検出されなかったことくらいだ。死因も出血多量によるショック死と推定する以外になく、つまりは末松が生きながら揺り潰されたことを証明しただけとなる。担当した光崎《みつざき》教授の弁を借りれば『解剖部位も医学的興趣も半分以下のつまらない執刀』だったらしい。

予想通りリヤカーからは不明指紋や不明毛髪が山のように採取されたが、鑑識からの報告ではまだ分類と分析には相当時間がかかるという。末松の拘束に使用された布とロープ、そして雑巾からは一様にオミナエシの花粉が採取された。オミナエシは多年草で花期は八月から十月、死体発見現場に程近い元荒川河川敷に多く繁殖する雑草であることから、これらは屋外に打ち棄てられていた物を再利用したとの見方が強まった。

リヤカーのタイヤ溝から採取された土を分析した結果も同様だった。まず土が灰色がかっていることから湿潤な場所であること、更にやはりオミナエシの花粉が微量に含まれていたことから布やロープと同様、元荒川河川敷付近で使用された可能性が高いとされた。ただし元荒川河川敷とひと口に言ってもおそろしく広範であり、これまた場所の特定には時間を要するとのことだった。

また現場に残されていたカエル男の犯行声明文は早速筆跡鑑定にかけられ、前の犯行現場に残っていたものの筆跡と一致した。

四日早朝、勤め先〈胡桃沢病院〉へ聴取に赴いたのは渡瀬と古手川だった。来意を告げると、末松の死を知らされた受付女性はたちまち顔色を変え、すぐ院長に取り次いでくれた。

院長の胡桃沢の慌て方も同様だった。白髪を後ろに撫でつけ堂々たる恰幅の男だったが、応接室に入って来た時にはすっかり泡を食っていた。

「末松健三さんは今朝、他殺死体で発見されましたよ」

こういう際、渡瀬の切り出し方はさすがとしか言いようがない。伝えていい範囲の情報だけを与えて、相手に考える余地を与えない。案の定、胡桃沢は気が抜けたように、すとんとソファに腰を落とした。

「今、他殺と言われましたね。それはもう確定したことなのですか」

「ええ。少なくとも事故や自殺の可能性は甚だ希薄と言わざるを得ません。単刀直入に伺いますが、病院における末松さんの人間関係はどんな具合だったのですか」

「それは末松先生を恨んでいる者が病院内にいるのか、という趣旨ですか」

「どのように取っていただいても構いません。それとも類い稀な人格者で皆さんの信望を集めていたのですかな」

「あまり死者の名誉を傷つけるのは性に合いません」

言ってしまってから胡桃沢は顔を顰めた。不意打ちにも等しい質問だったとはいえ、語るに落ちるとはこのことだ。

「被害者について正確な情報を提供するのは、名誉を傷つけることではないでしょう。捜査が進展すれば供養にもなります」

「ずいぶんとそちらに都合のいい理屈に聞こえますね」

「大抵の理屈はどこかの誰かに都合よくできているものです。我々警察に都合が良ければ、それを公益と呼びますがね」

「……末松先生を恨みに思う職員はおりませんでしたよ。妬まれたこともなかった」

「ついでに羨まれることもなかった。何も持たざる者に嫉妬する人間はいませんからな」

「仰る意味が……」

「末松先生は四年前、ある裁判で脚光を浴びた時期がありました」

胡桃沢の眉が微かに上がる。

「日本中が注目した裁判でしたから、末松先生自身にも結構な宣伝効果があったはずです。名前が売れ、クライアントが増えればご自身で開業する目も出てくる。それにも拘わらず、末松先生はずっとここの勤務医でいらした。欲がなかったのか、機を見る才能がなかったのか、それとも資金を集める信望がなかったのか」

底意地の悪い物言いだが、渡瀬のこれはリトマス試験紙のようなものだ。何色の反応を示すかで、相手が話題の主にどんな感情を抱いていたのかを瞬時に判断してしまう。

「あなたの言い方では、勤務医は何が何でも独立しなければならないようですな」

「ほう、末松先生は勤務医という立場に満足されていたと仰るのですか。かつて末松先生のインタビュー記事を拝見したことがありますが、この病院の名は一度も出ていませんでした。どちらかといえば自己主張の激しく、実現欲求があからさまな内容でしたな。ひょっとして、この病院を継ぐ気でいらっしゃったのかな」

すると胡桃沢は不快そうに唇を歪《ゆが》めた。

「わたしの病院を継ぐ？　ふん、わたしに娘などいないし、仮にいたとしても末松先生には到底任せられん」

「末松先生には何が足らなかったのでしょうか」

「今しがたあなたの指摘した全てのことです」

死者に対する遠慮は既に剝がれていた。

「医は仁術というのは今も廃れていない。功利主義、拝金主義に塗《まみ》れた人間を尊敬し、信頼する者はおりませんよ」

「それは末松先生のことですかな」

「特に彼を指している訳ではありません。ただの一般論です」

「しかし彼もまた、尊敬も信頼もされなかった。つまり恨まれるにも値しなかったということですか」

「医者にも色々いるということです」

「開業する気も失せていたのなら、さぞかし就業態度も真面目だったんでしょうな」

胡桃沢は口を不機嫌そうに曲げたままだ。

「真面目に勤務していただいていたら、心療内科ももう少し通院患者が多かったでしょう」

「真面目ではなかったと？」

「まあ、精神科には精神科特有の問題があります。肉体的な疾病や外傷と違って完治というのがありませんから」

「そうですな。寛解というのでしたね」

ほう、と胡桃沢は感心したような顔をする。

「症状が緩和し、日常生活に支障が出なくなったとしても、再発の可能性がある。だからこそ通院中はもちろん、その後のケアが必要な分野と聞いています」

「刑事さんにご理解いただけるのは有難いですな。左様、心療内科の診療というのは終わりがあってないようなものです。ところが末松先生の診療にはいささか乱暴というかムラっ気のようなものがあって、患者の方が長続きせずに、別の医院に移ってしまうケースが多々ありました」

　傍で聞いている古手川にも、胡桃沢の不満はよく理解できる。他の医療分野もそうだが、殊に精神科の治療では医師と患者の信頼度が重要になってくる。患者に信用されなくなった時点で主治医は失格と言ってもいい。

「当の本人は患者の回転数がよくなるとか嘯《うそぶ》いていたが、そんなものは医者の考え方ではない。パチンコ屋や喫茶店ではあるまいし」

「対立されていたんですか」

「対立などというようなものではありません。単なる意見の相違ですよ」

　それはそうだろうと思う。オーナー院長と一介の勤務医では立場も発言力も違う。対立構造が成立する以前に排除されるのがオチだろう。

　だが次の瞬間、渡瀬は全く別のことを考えていたのだと驚かされた。

「なるほど。それでは病院内に末松先生を恨んでいる者はいないにしても、かつての患者の中に存在している可能性が捨て切れませんな」

　この言葉は胡桃沢には相当意外だったらしく、彼は信じられないものを見るような目をした。

「あなたはまさか、通院患者のカルテを捜査資料に差し出せというのか」

　激昂寸前で抑えているといった風情だが、その程度で怯《ひる》むような渡瀬ではなかった。泰然とソファに腰を沈めたまま、顔色一つ変えようとしない。

「そんな命令をする権限は我々にありません。ただし胡桃沢さん。じきに新聞やテレビで報道されるでしょうが、末松先生は口にするのも憚《はばか》られるような殺され方をしていました。下世話な言い方をすれば、犯人の精神状態を疑わざるを得ないような殺害方法です。世間というのは口さがないものですからな。確たる証拠がなくても末松先生が心療内科を受け持っておられたという事実だけで、その通院患者さんたちを色眼鏡で見る者も出てくるでしょう」

そうなれば他の科の患者の足が遠のいてもおかしくない。人の噂も七十五日というが、七十五日も患者の足が遠のけば病院経営に深刻な打撃となる。

自分の口からは一切脅しと取られるような文言を発せず、それでいて最大の効果が得られるように仕向ける。改めて老獪《ろうかい》な男だと感心せずにいられない。

胡桃沢は難問を突きつけられた学生のように困惑と焦燥で顔を斑にする。

「今はまだその時期ではありませんが、いずれそういった情報が必要になる時がくるかも知れません。その際ご協力いただければ、事件解決に大きな寄与になるかも知れませんな。では、これで失礼します」

応接室を出ると、渡瀬は古手川に背を向けたままで呟いた。

「何か言いたそうな面してたな」

「あんな風に追い込まれたら誰だってああいう顔するんじゃないですかね」

「院長じゃない。お前がだ」

言葉に詰まった。相手をしていた胡桃沢のみならず、古手川の様子まで観察していたというのか。

「お前の考えてることは大方察しがつく。こっちだって、なりふり構ってられねえんだ」

一瞬、耳を疑った。

この男が珍しく焦燥を見せていた。


その後、渡瀬と古手川が病院の詰所で記録を確認したところ、十二月三日午後十時三十分に末松は病院を退出している。病院から末松の住むマンションまでは徒歩十分程度であり、ポストに三日配達分の郵便物が残存していたことから、どうやら帰宅途中に襲われたらしい。これについては情報を共有した岩槻署の捜査員が地取りを続けているものの、現段階で目ぼしい成果は得られていない。

しかし捜査本部を心底悩ませたのは、捜査の進捗状況とは別の要因だった。

どこからネタを引っ張ってきたのか、最初に末松の事件をカエル男と絡めて報道したのは、やはり地元紙の埼玉日報だ。最前線で筆を揮《ふる》っていた尾上は依然病院のベッドの上だが、それで記事をトップに持ってきたのは天晴《あっぱれ》という他にない。

古手川が読んでみても記事の文章は尾上のようなアクが感じられず、刺激的なキャプションも扇情的な文言もない。しかし、その反響には凄まじいものがあった。

爆発・溶解・轢断とおよそ尋常ではない事件が続き、その挙句に今回の破砕だ。無論、新聞紙面で具体的な描写はないものの、木材チッパーから死体が発見されたと記述した時点で、想像力逞《たくま》しい読者なら即座に状況を思い浮かべることができる。他紙に先んじて〈新たなカエル男第四の事件〉とキャプションを掲げた埼玉日報は、またもや市民の不安を煽るかたちで売り上げ部数を増やした。ただし、このスクープも後に続く騒乱の前哨《ぜんしょう》でしかなかった。

本当の恐怖はひたひたと、そして着実に迫っていたのだ。

最初に渡瀬班の一人がネットでそれを発見し、渡瀬に端末ごと報告した。いったい何事かと古手川が見守る中、刑事部屋に渡瀬の呪詛《じゅそ》が轟いた。

「案の定、やりやがったな。このクソ野郎」

声の調子からどうせ碌でもない代物と分かるが、知らんふりはできない。渡瀬の背後に回り、ディスプレイを覗き込んで仰《の》け反った。

何だ、これは。

表示されていたのは〈カエル男大活躍〉とタグのついたサイトで、四枚の画像が貼ってある。

NO．1は御前崎邸の肉片に塗れた爆発現場。

NO．2は薄黄色の液体で満たされたプールに浮かぶ佐藤の上半身。

NO．3は線路上に散乱した衣服と血肉の残骸。

そしてNO．4は投入口の縁から血が滴り落ちている破砕機のアップ。

一瞥した瞬間に実際の光景が甦り、ついでに嘔吐感も甦る。

いったい誰がいつこんな写真を撮影したのか――言いようのない怒りがふつふつと湧き上がる。言葉で煽るだけでも見下げ果てた行為だというのに、画像まで公開して悦に入るなど愉快犯どころか鬼畜の所業ではないか。

四枚の画像に対するコメント数は一四七五に上っている。サイトに掲載されたのは今から三時間ほど前だから、数だけでも相当な反響と思える。個別のコメントは内容が容易に想像でき、見る気も起こらなかった。

「班長、一刻も早く写真の出処を突き止めましょう」

古手川が肩越しに話し掛けると、渡瀬はぎろりと振り返った。

「これは現場にいた人間でなきゃ撮れない画です。だから映像を流したヤツは関係者の中に」

「早合点するな、馬鹿」

渡瀬の指がＮＯ．１と４の画像を交互に叩く。

「よく見ろ。１は別の部屋に肉片が飛散してあるように加工してある。４に至っては破砕機の色も機種も違う。滴り落ちている血液もコラージュだ」

指摘され、二枚の画像を凝視してみると、確かに記憶の中の光景と相違している。加工やコラージュの部分もよく見れば周辺から浮いている。

「２の画像は佐藤本人の首が映っているから本物。おそらく工場にいた従業員の誰かが熊谷署の到着する前に写して、投稿したんだ。３も同様だ。神田駅で事件が発生した際、線路上の死体の目撃者は何百人といた。そのうち何十人かはケータイで撮影して、やっぱり動画サイトに投稿した。このサイトを立ち上げたクソ野郎は既にネット上にあった２と３の画像を拝借して、１と４はでっち上げたんだ」

渡瀬は腹立たしげにディスプレイを手の甲で叩いてみせる。そこにサイトを立ち上げた管理人がいれば、同じように叩いただろうと思わせた。

「偽計業務妨害罪でも軽犯罪法でも構わん。２と３の画像を投稿したヤツらと１と４を捏造《ねつぞう》したネット馬鹿どもをふん捕まえてやる」

「でも班長、そんな雑魚《ざこ》に人員を投入している場合じゃ……」

「雑魚がやったことだが影響が大き過ぎる。見せしめだろうが一罰百戒だろうが、こういう阿呆は今すぐ叩いてやる。不安や恐怖がこれ以上拡散しないうちにだ。お前、飯能市で起こったことをもう忘れたのか」

忘れるはずもない。恐慌に陥った市民の暴動で、自分たちは庁舎に籠城させられる羽目になった。それればかりではなく、古手川自身も軽くない怪我を負った。

「あの時と同じ空気だ。対象となる場所と人間が拡大したから希薄に感じるかも知れんが、犯罪そのものじゃなく、カエル男の影に怯える市民たちの恐怖が事件をややこしくさせている。カエル男じゃなく、疑心暗鬼の生む妄想が別のことを呼び起こす」

「いや班長。あの時は色んな要因が重なったものだから……」

「俺が桐島に言った言葉を憶えているか。俺はこの国の人間を無条件に信じちゃいない。確かに日本人てのは基本的に礼儀正しいし、そう簡単に暴動を起こすような国民性は持っていない。しかしな、飯能市の例を持ち出すまでもなく一定の条件下に置かれたら、人は理性を失う。判断力を失う。自制心を失う」

「また、あんな暴動が起きるっていうんですか」

「局地的な暴動なら、まだいい。県警本部が本腰を入れりゃあ抑えきれない訳でもない。だがもし首都圏全域、いや日本全土に拡大したとしたらどうだ」

いくら何でも誇大妄想だ――そう笑い飛ばそうとしたが、渡瀬の表情がそれを許さなかった。

「人間はな、狂う時には自覚症状がないんだ。日本には大和魂があるから戦争には負けないとかいつまでも土地と株は高騰し続けるとか、少し考えりゃ世迷言や空論だと分かるはずなのに、いつの間にか鉄板の理論になっていやがる。開戦に諸手を挙げて賛同した連中も、その世迷言を口にしている時には本気で正しいと信じていた。いち個人でもバブルで踊った連中もいち自治体でもない。日本という国全体が虚構や歪曲《わいきょく》した理屈を信じていたんだ。それが今度のカエル男の事件で繰り返されないという保証はどこにもない」

笑い飛ばすのをやめて正解だと思った。

古手川は不意に思い出したのだ。健常者と障碍者を隔てる壁は思うほど高くも厚くもないことを。どんな意志堅固な人間であろうとも容易に向こう側に行けてしまうことを。いや、そもそもそんな壁があるのかどうかさえも胡乱《うろん》であることを。

ただし渡瀬の言うことも完全には理解できない。首都圏全域のみならず日本全土が異常な論理に囚われるというのは、いったい何を意味しているのだろうか。

ところが渡瀬の予言はその翌日から見事に的中した。

件のサイトは管理人への警告で翌日には削除されたものの、一度ネットに上がった情報はそれこそ光の速さで拡散する。すぐに同様サイトが複数立ち上がり、下世話な好奇心と猟奇趣味、そして〈セ〉や〈ソ〉から始まる名前を持つ者に対する挑発が始まった。

『もうさ、〈セ〉とか〈ソ〉とかの名前の人たちはどっかに集団移転すればよくね？　いっそのこと限界集落に放り込めば一石二鳥ＷＷＷＷＷ』

『俺の知り合いに瀬川康則《せがわやすのり》ってヤツがいるんだけど、カエル男さん、こいつ殺してやって。住所は世田谷区《せたがや》……』

『気に食わないだけで殺すってどーなの？　それよりアタシの方がもっと悲惨で、さいたま市の伊藤《いとう》開発に勤めている仙堂光也《せんどうみつや》という男が二股かけているの。殺すなら、こういうヤツを優先させるのがスジでしょうが！』

『検証。四つ目の事件で使用された凶器はタイガー社のSXⅡ型という二軸破砕機らしい。このSXⅡ型というのは低速高馬力が売り物で、鉄でも粉砕する代わりに軸の回転が遅いから生物を投げ込んでも、それほど派手に血飛沫は出ないはず。ネットに出回っているのはちょっとオーバーなコラだな。実際に人体を投入したらこーなるってシミュレーションした画像がコチラ。あ。気に入ったらランキングにポチして』

『関谷《せきや》、見てるか？　カエル男にちゃんとビビってるか？　今からお前の個人情報何から何までアップしてやっから、首洗って待っとけ』

『話が被害者の方に偏ってるけどさ、本来追い詰めるのはカエル男の方であってさ。こいつってそのテの病院から出所したばかりなんだろ？　そういうヤツを簡単に出すなってんだよ。それこそ時限爆弾を町に放ってるようなもんだぞ』

『関係者で有働ナントカって基地外も医療刑務所から脱走したんだろ。いったい精神病院とか医療刑務所とかまともに機能してんのかよ』

『これは司法システムにおける穴だよ。どんな残虐なことした犯人でも精神鑑定で異常者と判断されたら無罪になるわ、手厚く保護されるわ、具合よくなったら釈放されるわでいいことずくめだもんな。あ、そうそう、お前ら知らんかも知れんけど、昔はこういう精神障碍者の扱いって自由でさ。それこそ映画やドラマなんかでいくらでも出てたわけ。今なんてどこも怖がって、一瞬だって撮ろうとしないし』
『これは社会学者としてではなく和田仁則《わだひとのり》個人の意見として読んでほしいのだが、やはり刑法第三十九条絡みで入院措置を受けた触法精神障碍者は、免罪や減軽の代償として司法の管理下による長期入院を規定するべきではないかと考える。無論、人権派と称する論客は一斉に攻撃してくるだろうが、ここで問題となるのは憲法と法律の二項対立、つまりは〈公〉と〈私〉の対立である。憲法は個人の権利を護り、逆に法律は〈公〉を優先させて〈私〉の権利を制限する傾向にある。カエル男の事件で論議されなければならないのは、まさにこの部分であり、端的に言ってしまえば精神病患者一人の権利と無辜の市民数千万人の安全を天秤《てんびん》にかけるのかどうか。そして両者を比較した場合にどちらに秤《はかり》が傾くのかという問題なのである。憲法第十三条は個人の尊重（尊厳）、幸福追求権について規定したものだが、その前提条件として「公共の福祉に反しない限り」という但し書きがある。つまりかかる重大事件が発生し未だ解決していない状態で、かつて事件を起こした精神病患者およびその虞《おそ》れのある患者の自由を制限するのが「公共の福祉」に当たるのかどうかという判断である』
　ネットを中心としたカエル男への畏怖と現況のシステムに対する不安は、やがて現実社会でも燎原の火のように燃え広がっていくのだが、そうなる前に古手川は渡瀬とともに松戸の小比類宅へ向かっていた。
　グラフィックデザインの作業場を兼ねた自宅を訪ねると、小比類崇は渡瀬たちを待っていたと言う。

「殺されたのが末松健三だとニュースで見ました。だったら、必ずウチに来ると思っていましたよ。どうせ、わたしは容疑者扱いなんでしょう」

小比類は皮肉な笑いを浮かべる。それが挑発的に見えないのは、どこか諦観に似たものを感じさせるからだ。

「我々は必ずしもそう考えておりませんが、あなた自身がそう思われているのなら、その疑いを晴らすようご協力いただきたいですな」

「しかし渡瀬さん。義父亡き今、末松を憎んでいる者はわたしだけです。義父の大学ノートがなくても、古沢冬樹の精神鑑定結果を取り寄せていますからね。あの鑑定書には末松の勤務先が明記されています。今更隠し立てするつもりはありません。ついでにアリバイも言っておきましょう。立証が必要なのは何時から何時までですか」

「十二月三日の午後十時三十分から翌四日の午前四時までです」

「真夜中ですね。それじゃあ無理だな。その時間、わたしはずっと家の中にいました。ご覧の通り一人暮らしだからそれを証明してくれる者は誰もいない」

家族がいたとしても近親者の証言は証拠として成立しない――だが、それを小比類に伝えるのは、皮肉を通り越して暴言に近い。

「だから渡瀬さんがどう取り繕おうともわたしが最重要な容疑者になるのは変わりないでしょう。しかし実際にはわたしも辛いのですよ」

「容疑者扱いされることがですか」

「いいえ。末松健三をわたしの手で罰することができなかったのがです」

小比類は口惜しそうに笑ってみせる。

「刑事さんの前ですから殺したかったとまでは言いませんけどね。少なくとも精神科医というご立派な肩書を剝奪するくらいはしてやりたいと思っていましたよ。だからヤツをその身分のままで殺してくれた犯人に、少しだけ文句をつけたい気分です」

「その程度であなたの恨みは晴れるのですかな」

「法廷での立ち居振る舞いやその後の言動を見ていれば分かります。末松は衛藤弁護士と同じ種類の人間ですよ。功利主義、自己顕示欲と名誉欲の権化、虚言、卑劣漢。どんな括りでもいいが、要するに類は友を呼ぶというヤツですよ。そういう人間は地位や名誉を剝奪されるのを死ぬよりも嫌がる。地位と名誉だけが己の全てだからです。生き残っていた末松にどんな恥辱を与えてやるか。それを夢想するのが酒の肴でした。いや、ライフワークですかね」

「二人の関係はご存じでしたか」

「当時、週刊誌がすっぱ抜いていましたね。何でも大学の先輩後輩にあたるとかで。きっと、あいう腐った連中を輩出するシステムの大学なんでしょうね」

「坊主憎けりゃ袈裟まで憎い、ですか」

「何か憎まなきゃ、やってられませんよ……ちょっと失礼します」

そう言って小比類は中座し、戻って来た時はブランデーとグラス三客を手にしていた。

「失礼極まりないとは思いますが、ここから先の恨み言は酔っぱらってでもいないと、あなたたちに言質を取られかねない。あなたたちもどうですか」

勤務中ですから、とでも言って断るかと思えた渡瀬は、無遠慮に小比類からブランデーを取り上げた。

「手酌ですか。わたしがお注ぎするのに」

「やめときなさい。恨み辛みを酒で流し込んでも浄化する訳じゃない。却って身中の毒になるだけだ」

「被害者遺族でもないのに、知った風なことを言うんですね」

「そういう遺族を山ほど見てきたから言ってるんだ」

渡瀬がひと睨みすると、さすがに小比類もボトルに手を伸ばそうとはしなかった。

「あなたにはアリバイがない。しかし末松健三を殺害するほどの動機はない。それだけ聞けば充分だ」

「容疑者の証言を簡単に信じていいんですか」

「信じるかどうかは後で決める。それはこちらの仕事だ。あなたはこれ以上、悪意を拗《こじ》らせないことだ」

「仰っていることの意味が分かりませんが……」

「憎む相手というなら、まだ本丸というべき古沢が残っていますからな」

小比類はぴくりと眉を上下させた。

「警察官としてはくれぐれも自重をお願いするものです。それでは失礼」

渡瀬は立ち上がるとボトルを出窓に置き、すたすたと部屋を出て行く。古手川は追い掛けるのがやっとだった。

クルマに乗り込んでから訊いてみた。

「さっきのアレ、何だったんですか。もっと突っ込んだ質問するかと」

「あれ以上突っ込んでも何も出ん。末松の勤務先を知っていたのは自ら告白しているし、無理なアリバイを拵えようともしていない」

「小比類はシロですか」

返事なし。

「くれぐれも自重しろって言ったのは、これ以上罪を重ねるなという意味だったんですか」

「要らん深読みをするな。言ったことが全てだ。それよりも御前崎教授が残したという大学ノートの在り処を考えろ」

封印していた光景が甦る。

御前崎爆殺後、大学ノートを熱心に読み耽る勝雄の姿。愛娘と孫の仇敵として、あの教授なら必ず末松の勤務先データも書き記していたに違いない。

いや、待て。

自分はある人物を故意に容疑者の範疇《はんちゅう》から外している。

医療刑務所から脱走した有働さゆりが末松の殺人に関与している可能性はないのか。以前は師弟関係にあった二人だ。脱走したさゆりが勝雄と合流した線が皆無とは言い切れない。

「早く出せ」

ぶっきらぼうに言われ、急いでアクセルを踏み込む。

一番考えたくない、そして一番おぞましい可能性を思考の外に弾き出し、古手川はハンドルを握り続けた。

3

末松健三が死体で発見されてはや三日が経とうとしていたが、捜査は遅々として進展しなかった。現場から採取された下足痕のうち、犯人らしきものはすぐに特定できたものの、おそろしくパターンが摩耗したスニーカーであることと、その持ち主が中背であることが推定できた程度だ。岩槻署捜査員による地取りもまた難航した。犯行の時間帯と場所が災いして同時刻に付近を歩いていた者は皆無であり、何の目撃情報も得られなかった。犯人が犯行当日に偶然件の製材所を発見したとは考え難く、当然下見をしていたに違いないのだが、その目撃情報すらなかった。

訊き込みから得られた情報はない代わりに、そこから弾き出されたのは犯人が深夜に行動できる人間という条件だ。岩槻署強行犯係総出で拾い上げたにしては侘《わび》しいネタだったが、何もないよりはマシだ。

運搬に使用されたリヤカーについては比較的早い段階で持主が判明した。荒川総合運動公園のテント村を根城にする兵野舛助《ひょうのますすけ》、通称兵さんというホームレスで、彼への聴取には古手川が当たった。

「このリヤカー、確かにあなたのものなんですね」

岩槻署で保管している現物の写真を見るなり、兵さんは目を輝かせる。

「ああ、間違いないよ。タイヤ周りの補修は俺が自分でやったからな」

まだ碌に見もしないのに特異点を口にしたので、兵さんの証言には信憑性があった。

「大事な大事な商売道具だから、盗まれた時には途方に暮れてたんだ。ああーっ、見つかってよかった」

「いつ盗まれたんですか」

「二日の夜にかけてだな。三日の朝にはなくなっていた」

三日の夜十時三十分に末松の運搬に使われた事実を考えると、二日の夜に盗まれたという話は合点がいく。

「どこで見つかったんだい」

「東岩槻の川沿いです」

「へえ、結構遠いなあ。十キロ以上あるよな。こんなモノ、電車で運ぶ訳にいかないからよ。きっとそこまで引いていったんだろうな。近所を探しても見つからないのも道理か。で、いつ返してくれんだ」

「こちらの捜査が終了次第ですが、まだいつとは決まっていません」

「早くしてくれねえかな。こいつがねえと空き缶を集められねえよ」

ここは兵さんのために、許される範囲内で事情を説明してやるべきだろう。

「お節介だろうけど、このリヤカーはもう使わない方がいいですよ」

「どうして」

おそらく新聞やテレビ、そしてネットには縁のない生活をしているので、末松の事件は知らないのだろう。後になって知らされた場合、筋違いの恨みを買わないとも限らない。

「東岩槻の製材所で殺人がありました。このリヤカーはその被害者を運搬するために使用されました」

「げえっ」

兵さんはひと言呻《わめ》くと、持っていた写真を引き離した。

「ひょっとして血だらけになっていたんかよ」

「運んでから殺されたから流血の痕はありませんけどね」

「それでも、そんなのに使われたらいい気はしねえなあ……畜生め。刑事さん、もういいからそいつはそっちで処分してくれい。俺は別のリヤカー、調達するわ」

「簡単に調達できるんですか」

「警察で新品を買ってくれるのかよ」

まず予算は出ないだろうと告げると、兵さんは渋い顔を見せた。

「分かってるよ。お上にリヤカー新調してくれるような情があったら、俺たちをテント村から追い出そうなんてするはずないもんな」

「リヤカーはどこに置いていたんですか」

「俺のテントのすぐ脇につけていたよ」

「施錠とかせずに置いていたら、盗っていってくれと言ってるようなものじゃありませんか」

「ホームレスだからって色眼鏡で見んなよな。少なくとも誰かの所有物と分かっているモノを盗るような住人はいねえよ。盗ったところで、あんなモノ人目につくし、空き缶回収はリヤカーさえありゃできる仕事でもねえ。場所とか業者との交渉とか色々あるんだ」

「じゃあ盗んだ人間に心当たりとかありませんか」

すると兵さんは何やら言い難そうに顰め面を見せた。

「あんまり、人を疑いたくないんだよな。こういう生活をしていると尚更よ」

「あるんですね、心当たり」

古手川は逃がして堪るものかと兵さんに詰め寄る。

「話してください」

「気が進まないんだよ」

「あなたの気が進もうが進むまいが、こっちは人を疑うのが商売なんだ」

「おい、答えるのは俺だぞ。威張るんじゃねえよ」

分かり易い反応で助かる。こういう時の対処法は上司のやり方を側《そば》で見ているからお手のものだ。

「警察が追っているのは殺人犯だ。それもとびきり異常で危険なヤツだ。放っておけば必ず次の犠牲者が出る。そうなったら証言を渋るあなたも同罪ですよ」

「何を言い出すんだよ」

「犯人蔵匿罪ってのは庇っている相手が真犯人でなくても成立する。寒い季節になってきて留置場の暖房を恋しがるホームレスも多いけど、昨今の警察はどこも予算不足でね、経費節減となったら留置場の暖房なんか真っ先に切っている。想像するより居心地はよくない」

でまかせに近い話だが脅し文句にはこのくらいでちょうどいい。すると目論見通り、兵さんは顔色を変えてくれた。

「待てよ、待てったら。気が進まないとは言ったけど、捜査に協力しないなんてひと言も言ってないだろ。ちゃんと教えるからそんなに脅すない。あのな、ここ数週間ばかり前になるけどテント村に見掛けないヤツが紛れ込んでよ。まあ、向こうも一人っきりで勝手が分からないみたいだったから鍋焼きうどんとかご馳走してやったんだよ。ところがそいつ、リヤカーを盗まれた日から姿を消しちまったんだ」

「どんな男です。人相は」

「人相つったってフードを目深に被ってたからまともに顔は見てねえよ。古びたジャンパーに泥だらけのジーパン、履いていたスニーカーは色が剝げ落ちていた。中肉中背なのにいつも猫背で歩いていたよ。姿勢が悪いったらない。まあ、ここに寝泊まりしているヤツで、胸張って颯爽《さっそう》と歩いているヤツもいないんだけどよ」

間違いない。常盤平で記者の尾上を襲撃したホームレスと同じ服装、同じ背格好だ。

「その男、公園のどこに寝泊まりしていたんですか」

「さすがにそこまでは知らねえよ。俺はあいつの保護者じゃないんだし。ただ、前からここに住んでいる連中には優先権があって、寝やすい場所は大抵埋まっているよ」

「うどんご馳走したって言いましたね。その時、どんな話しましたか」

「話すのが苦手らしくてなあ。俺が訊いても『ああ』とか『うん』としか答えねえ。もっとも出身地とか身寄りとか、そんなことは訊くのも訊かれるのも嫌だろうしなあ」

兵さんの証言内容を基に、運動公園内で件のホームレスが寝泊まりした場所の捜索が開始された。

だがこれもまた兵さんの証言通り夜露をしのげるような場所は大抵先客に確保されており、しかも男の目撃情報は極端に少なかった。これはテント村の住人たちが警察への協力に消極的であったのと、そもそも男の風体が目立たなかったことに起因する。

いずれにしても運動公園自体が広範であり、テント村の住人をはじめ不特定多数の出入りが激しい場所であるため、特定人物の遺留品は確定困難な状況だった。

結局、古手川が咥えてきたのは、常盤平で尾上を襲撃した男と末松を拉致した男が同一人物らしいという感触だけだった。

「まるで野良猫を追い掛け回してるようなもんだ」

運動公園での捜索が遅々として進まないのに業を煮やした古手川は、つい愚痴をこぼす。

「首輪もついていない、一つところでじっとしていない、ありふれた毛並だから注意を引かない、おまけに気にするのは名前だけの雑食性ときている」

だが愚痴をこぼした相手が悪かった。傍にいた渡瀬は一刀両断に斬って捨てる。

「猫なら毛玉を吐いて証拠を残す。一緒にするな、単細胞」

捜査の進捗に苛立っていたのは現場の捜査員だけではない。栗栖課長に里中本部長はもちろんのこと、カエル男に巻き込まれたかたちの松戸署に神田署も上層部は焦燥に駆られていた。事件が己の管轄内だけで発生しているのならまだしも、これほど犯行が広範囲に及ぶと却って動きが取り辛くなる。ところが市民からの非難は日増しに強まる一方なので、ストレスは溜まるばかりとなる。

捜査の阻害原因は言うまでもなく所轄同士、県警同士の反目だ。あからさまな妨害こそないものの、各々の管轄内で発生した事案について情報共有が未だ円滑に行われていない。早い者勝ちとばかり各々のルートで当真勝雄を追っているフシさえ見え隠れする。

今までも各県警・所轄の確執が顔を覗かせることがあったが、その理由の一つにやはり警視庁の鶴崎管理官の存在が挙げられる。とにかくこの男の自己顕示欲は妄執とさえ思えるほどで、前の捜査会議でもそうだったのだが今回は更に独善が加わった。

「ついにカエル男の手は〈ス〉を頭文字に持つ市民にまで伸びた。前回あれほど犠牲者を増やすなと厳命したにも拘わらずこの体たらくだ。所轄の捜査員たちは揃いも揃って役立たずなのか」

末松健三がさいたま市内で殺害されたことによるあからさまな非難に、埼玉県警の面々が一斉に色を為す。所轄への叱責が捜査本部全体への発奮になるとでも考えているのなら、自分以上の単細胞だと古手川は思う。では古手川を単細胞呼ばわりした当の渡瀬はと見れば、眉の辺りをひくひくと動かしている。渡瀬の下で働いている者なら皆が知っている。これは癇癪《かんしゃく》玉が爆ぜるのをすんでのところで堪えている時の癖だ。

上司が怒りを自制しているのを見て、古手川の裡で爆発寸前だった憤怒が急速に冷えていく。周囲の県警捜査員も皆同じ反応を示しており、これが目的で眉を動かしたのならやはり老獪な上司と言わざるを得ない。

「報告では、常盤平で地方紙の記者を襲撃した者と風体が酷似しているらしい。つまり深夜のみならず白昼堂々とカエル男の跋扈を許している。こんなことで警察の威信が示せると思っているのかあっ」

自分の言葉に昂奮する気質なのか、喋るほどに鶴崎の声は一層甲高く、そして激烈になっていく。真横で聞いている桐島でさえが顔を顰めているのは、鶴崎への不快感と所轄に対する同情からのものだろう。

「まあ、この襲われた記者というのが、最初に一連の事件をカエル男に結びつけた男だそうだから自業自得というべきか。あの報道のせいで、いったいどれだけ捜査本部が迷惑をこうむったことか」

鶴崎の舌鋒を聞いていると、好感を持てなかった尾上が不憫《ふびん》にさえ思えてくる。

「四つもの連続殺人犯が大手を振って歩いているだけでも物騒極まりないのに、犠牲者はただ五十音順の名前だけで選ばれていると報道され、恐怖が倍加してしまった。諸君らも知っての通り、ネットはおろか現実の市民生活にまでカエル男の名前が喧伝《けんでん》されている。いいか、ヤツの名前が広まるのに比例して警察の威信が低下しているんだ。少しは恥と思え」

あんたに言われなくても分かっている――これは所轄に限らず前列に居並ぶ警視庁の捜査員も同じ気持ちなのだろう。重いのにぴりぴりとした空気が会議室に張り詰めている。この切っ先を感じられないのなら、鶴崎という男はよほどの鈍感か、さもなければ嗜虐《しぎやく》欲の権化に違いない。こんな男がいったいどうして管理官を務めていられるのか、古手川には不思議で仕方がない。

一方、鶴崎の愚痴には真実も含まれており、ここ数日の報道により首都圏ではカエル男の影に怯える者が急増した。それまでも県境を跨いだ連続殺人に薄気味悪さを感じる者が多数いたが、漠然とした不安にいきなり燃料を投下したのはやはりネットに拡散した末松の死体発見現場の画像だ。捏造《ねつぞう》したものと後から注意喚起されたが、拡散してしまった後では大した抑止力にならない。いや、末松が足の爪先からゆっくりと破砕されたのは事実なので、死体がどのように損傷しているかは受け取り手の想像によって更に膨らんだ。死にざまとしても後に残された遺体の有様を思えば、考え得る限り最悪の殺害方法だった。

普段から死は巧妙に隠されている。死体写真は封印され、可能な限り人目に触れないように隠蔽される。同族の死体は嫌悪感とともに抗い難い絶望を想起させるからだ。

捏造された画像は現物そのものが映っていなくとも容易に損傷した死体を想像させた。死体を見慣れているはずの古手川たちでさえあれだけの拒否反応を示したのだ。一般市民にはいったいどれほどの不安を与えたか。それを証明するかのように、名前が〈セ〉や〈ソ〉で始まる市民の一部が不安を訴えて警備会社と契約を結んだり、最寄りの警察署に保護を求めたりという事例が多く報告されている。まるで飯能市の騒乱をそのままなぞるような展開に、古手川は怖気《おじけ》を震う。

こうした市民の動きを上層部が看過するはずもなく、渡瀬から聞いた話では警察庁から警視庁へと異例の通達があったという。日頃から何かと反目し合う相手から非を問われて面白いはずもなく、警視庁トップの憤懣がそのまま鶴崎に落ちてきた構図だ。

鶴崎の愚痴が尚も続く。

「それに加えて八刑がとんでもない失態をやらかしてくれた。事もあろうに収容中の囚人を真っ昼間に脱走させてしまった。この囚人がカエル男こと当真勝雄の関係者であることで余計に世間を騒がせてしまっている」

有働さゆりの脱走は今回の連続殺人事件に直接の関係がなかったので、八王子署が捜査本部に合流することはなかった。もしこの場に八王子署の捜査員がいれば針の莚《むしろ》だったに違いない。

鶴崎は焦燥も露わに渡瀬を見る。

「前回の事件を担当した渡瀬警部。脱走した有働さゆりが当真勝雄と接触する可能性はあるだろうか」

「未知数ですな」

渡瀬は鶴崎に振り向こうともしない。ぶっきらぼうな物言いが古手川たちの耳に心地よく聞こえる。

「ただしカエル男の再登場に伴って有働さゆりが脱走したのを、単なる偶然と片づけるのは危険でしょうな」

「しかし有働さゆりは治療中の身で、外部のニュースとは断絶した環境にあったはずだ」

古手川は思わず息を止める。

症状が一進一退を繰り返していた時、さゆりに勝雄の居場所を訊ねたのは古手川ではないか。しかもその直前、病室でばったり出会った御子柴と自分は今回の事件について言葉を交わしていたではないか。

もし、脱走したさゆりが勝雄と接触したら。

いや、そもそもさゆりの脱走した理由が勝雄に会うためだったとしたら、その理由を作ってしまったのは自分ということになる。

何ということだ。災厄を鎮静化させるためにしたことが、却って火に油を注ぐ結果になったというのか。

古手川が自責の念に押し潰されそうになっているのを知ってか知らずか、渡瀬は顔色一つ変えようとしない。

「医療設備があるとはいえ、刑事施設には違いないですからな。病棟を普通に警察官が行き来しているし、看護師は刑務官。外部ではなく内部から当真勝雄の情報を得たかも知れません。いずれにしても問題なのは、今後でしょう。当真勝雄単独でも手をこまねいているというのに、有働さゆりまで加わったら間違いなく現場は混乱するでしょう。有働さゆりの行動範囲を考慮すれば八王子署だけに丸投げして済む話でもありますまい」

渡瀬の仏頂面が癪《しゃく》に障っていたのか、鶴崎は底意地の悪そうな顔をして話し掛ける。

「警部が有働さゆりと当真勝雄のコンビをそれほど怖れる理由は何かね。確かに物騒な二人組だが、所詮は女と二十歳そこそこのガキじゃないか」

「その、女とガキのペアが一つの街を恐怖に陥れた」

「場所が限定された地方都市だったからだよ。さっきから話を聞いていると、警部は過剰と言えるほど二人に怯えているように見える」

古手川は思わず異議申し立てを口走りそうになる。

地方都市がどうのという話ではない。渡瀬が怖れているのはあの二人が精神を病んでいるからではない。あの二人の行為によって、一般市民の中に潜んでいる攻撃性と嗜虐性が刺激されるからだ。

「渡瀬警部は優秀だからな。優秀ゆえに精神病患者の深淵まで覗き込んでいるんじゃないのかね」

渡瀬の沸点が低いことを承知している埼玉県警の面々は一様に腰を浮かしかける。合同捜査会議の席上、雛壇で乱闘が起こるはずもないが、渡瀬ならやりかねない。他の捜査員も剣呑な空気を察知したのか、息を詰めて壇上の二人を見つめる。

渡瀬は例の凶暴な表情のまま口角だけを上げてみせた。

「さすがは鶴崎管理官、慧眼《けいがん》ですな。今のご忠告、何より胸に沁みます」

言葉はしおらしいが、今にも殴り掛かっていきそうな面相なので威嚇としか取れない。鶴崎は一瞬怯えたように顔を引っ込める。

会議が終了すると、雛壇を離れた渡瀬は出口に向かって歩き出す。何か考えるところがあるのか古手川が歩み寄っても、まるで相手にしない。やはり今の鶴崎とのやり取りで相当に機嫌を損ねたのだろう。

「あの、班長。さっきは」

「話し掛けるな。急いでる」

「何に対して怒っているんですか。管理官に対してですか。有働さゆりへの俺の質問の仕方に対してですか」

「怒っているだと。誰がだ」

渡瀬はぎろりとこちらを見る。

どう好意的に解釈しても睨まれているようにしか思えない。古手川は罵倒か鉄拳が飛んでくるのを覚悟した。

だが返ってきたのは意外な言葉だった。

「聞いていなかったのか、馬鹿。あの管理官は途轍《とてつ》もなく素晴らしい示唆を与えてくれたんだ。この事件が解決したら、その一番の功労者は間違いなく鶴崎管理官だ」

「皮肉……ですよね」

「お前は皮肉と称賛の違いも分からんのか」

尊敬する上司には違いないが、たまに古手川にも理解できない時がある。ちょうどこの時の渡瀬がそうだった。


捜査会議の席上では何となくうやむやになったものの、少し前からカエル男事件を巡る一連の報道は新たなキャストの出現に湧いていた。

言わずと知れた脱走犯有働さゆりの登場だ。

さゆり以前にも囚人が刑務所を脱走した事件はあったが、一両日中に逮捕されている。だがさゆりの場合は未だに手掛かりさえなく、その事実が八王子市民を不安に陥れていた。ただの囚人ではない。収監前は四人もの人間を手に掛けた犯罪者だ。日頃は犯罪加害者の人権に過敏なマスコミもこの時ばかりは市民への注意喚起という大義名分を得てさゆりの顔写真を大々的に流したが、市民から得られた情報はいずれも確証のないものやデマばかりで捜査の進展には何ら寄与しなかった。

さゆりの夫については既に確認が取れている。今から三年も前、有働真一は外に女を作って家を出、現在は沖縄に住んでいる。呆れたことに書類上は未だ夫婦であり、理由を訊ねられた真一は電話口でこう訴えたという。

『自分が愛人を作ったのは、さゆりの抑圧された犯罪性向を感じ取り敬遠したのがきっかけだった』

次第にさゆりと距離が生じ遂に出奔したのだが、さゆりは頑として離婚協議に応じようとしなかったらしい。そして飯能市の事件が発生しさゆりは八王子医療刑務所に収監、離婚協議は宙に浮いたまま現在に至る。推移を考えればさゆりが縁の切れた真一の許を訪れる可能性は無きに等しかったが、いずれにしても本土から沖縄に向かうには飛行機かフェリーを利用するしかなく、那覇空港とフェリーの発着場を警戒していればさゆりの身柄は確保できる。捜査本部は沖縄県警に協力を要請し、真一の自宅を含む要所に警官を配備してもらった。

不安は苛立ちを誘い、苛立ちはいとも容易く他者への非難に向かう。本来、精神疾患と犯罪性向は別物であり区別して論じられるべきものであるはずなのに、有働さゆりという特異なキャラクターがそれを阻んだ。犯罪病理や心理学の専門家が両者を混同させるのは危険だと、メディアを通じて警告したが、誰かを糾弾して不安を紛らわせたい者たちにとっては雑音でしかなかった。加えてこれも逃亡中の当真勝雄も精神疾患を患っていることから、いつしかさゆりと勝雄は一つのペアとして語られることが多くなった。

最初に反応したのは八王子市内で幼い子供を持つ親たちだった。子供たちだけで登下校させるのは危険だと学校側に働き掛け、さゆりと勝雄が逮捕されるまでは通学路に警官が配備される運びになった。

ここまでは常識の範囲内だったのだが、警戒警護の要請は八王子市内の学校に留まらず、やがて周辺の小中学校にも及ぶようになる。お蔭で八王子署管内の警官たちは学童たちの警護に大挙動員され、肝心なさゆりの追跡に人員が不足する事態に陥ってしまった。

次に反応したのはネットに巣食う者たちだった。普段から匿名性の傘の下で自由を謳歌していた者、慎重に持論を述べる者、法体制の見地から警察や病院関係者の対応を批判する者など、立場や主張は違えども医療刑務所に収監されている受刑者に対する態度は驚くほど似通っていた。

『実際に行ったことあるけど八刑（あ、八王子医療刑務所のことね、一応）って刑務所の割に警戒が手薄な感じなんだよね。受刑者なんだけど病人でもある訳だし。その辺の配慮なのかな？』

『医療刑務所の警戒がお粗末だったのはあくまで予算不足という話だが、それは本末転倒で、大体犯罪者なのに手厚く治療するというのはいかがなものか。塀の外には善良でありながら生活保護に頼っている市民もいる訳で、どうしたって税金の無駄遣いにしか思えない』

『基地外に刃物って昔から言うじゃんｗｗｗｗｗ』

『そういう病気の人は一生病院から出しちゃダメだよ。完治しないからいつ再発するかも分からないんだしさ』

『これは刑法三十九条にも関わってくる話なんだけど、どうして異常者だって理由だけで無罪になったり減刑されたり手厚い看護されなきゃいかんワケ？　いや、日本の裁判が責任主義ってのは理解できるにしても、そのことと異常者を厚遇するのは別問題っしょ？　あいつらオレらの血税で食事したり療養してたりするワケよ。これって加害者の人権に配慮しすぎた弊害でしかないよ』

『巷では高齢者の長期入院をなかなか認めてくれない病院が増えた。医療費も値上がりし、貧乏人はおちおち病気にもなれない。ところが医療刑務所とかいう病院は心身に病気を抱えた受刑者に無料で治療を施してくれるらしい。自分もいよいよとなったら重大な犯罪をしでかしてその天国のような場所に収監された方がいいのかも知れない』

『どもです。俺、飯能に住んでて先のカエル男事件では飯能市民の反応（あっ韻を踏んでる？）

をこの目で目撃したんです。当時飯能署が三十九条の適用で実刑を免れた虞犯者リストを保有してるって噂があって、カエル男に狙われそうな市民が自衛のためにってリストの提出を要求したんです。それで警察がリストの存在を否定したもんだから一部の市民が暴徒化して、事もあろうに警察署を襲撃しちゃったと。まあこれがあの事件の経緯で、普段おとなしい一般市民が暴徒になるなんて信じられないってのが、他府県に住んでいる人の多数意見だったんだけど、この気持ちっていうか追い詰められた者の恐怖ってホント当事者でなかったら理解できない部分があって、現に俺いい歳したオッサンなんだけど、名前が〈エ〉で始まっていて、やっぱり夜道は絶対に一人で歩くまいって思ったもの。群集心理とかトランス状態とかを特別なものだと思っている人多いけど、ノリノリのコンサート会場に行くとそれに近いところはあるしさ。あなたたちの住んでいる街がいつ飯能市と同じになったとしても、それはちっとも不思議じゃないから』

　医療刑務所のあり方について一種タブー視していたメディアも、さゆりの脱走を契機として様々な媒体で取り上げ始めた。新聞・雑誌・テレビはもちろん、日弁連発行の会員誌までが受刑者の人権問題と市民の安全について小特集を組み、論議は百家争鳴の様相を呈する。

　デリケートな問題とは、裏を返せば今までほとんど俎上《そじょう》に載らなかったことを意味する。市民生活の安全をどこまで担保できるのか。また刑事施設ならびに受刑者に費やす予算は果たして適正であるのか。

　国民が危惧を抱いていることはそのまま政府への攻撃材料になる。機を見るに敏な野党党首が早速、国会での質問にこの条項を盛り込んだ。

「今般報道されております通り八王子医療刑務所から受刑者が脱走し、未だ逮捕に至っておりません。一般市民は連日眠れぬ夜を過ごしている訳でありますが、今回の事件発生に付随し、国民の中から現在の司法システムに対して少なからぬ疑義が湧き起こっております。それは人権的見地からしてもあまりに加害者寄りのシステムであるということと、更生プログラムの有効性についてであります。ご承知のように心身に障碍のある受刑者は全国四カ所の医療刑務所に収容されていますが、この施設の運営費、人件費、医療費、設備費諸々の概算は社会保障費に迫ろうという勢いです。しかし一方、その入所者の更生には時間がかかり、殊に精神疾患を抱えている者については完全な更生が望めないとの声もあります。わたしには決して受刑者の人権を侵害する意図はありませんが、こうした受刑者の治療や更生には充分な予算と充実した施設が用意されているものの、それが結果的に更生に繋がらないのであれば税金のムダ遣いにしかなりません。いや、ムダ遣いだけならまだしも、刑事施設が警察官僚や医療従事者の受け皿になっているという実態も報告されています。予算の節約が叫ばれている一方で、再犯率がじわじわと上昇している現実を公安委員長はどのように受け止めておられるのかお答えいただきたい」

答弁に立ったのは内閣府特命担当大臣を兼ねる国家公安委員会委員長だ。

『八王子医療刑務所から受刑者が脱走した件については遺憾な出来事ながら、目下関係部署が鋭意捜査中であることから、その成果を待ちたいと存じます。また医療刑務所に関わる年間予算と更生の有効性についてですが、質問の趣旨が効果なきところに予算を投ずべからずということでしたら、これは国際的な人権尊重の立場から否とお答えする以外にありません。犯罪者なのだから人権を軽視して構わないとか、収容施設にカネをかけるべきではないとか、それではどこかの独裁国家ではありませんか。(ここで野党側から猛烈な野次と怒号)無論、各刑事施設においては更なる更生プログラムの拡充に努め再犯率の低下を目指す所存ですが、いずれにしましても一朝一夕に結果の出るものではありませんので、性急な判断は厳に慎むべきと考えております』

国会での答弁は隔靴掻痒《かっかそうよう》の感が強く、公安委員長の外し方が巧妙だったことも手伝い、それ以上の論戦には発展しなかった。

しかしネットの巨大掲示板や各種メディア、そして国会答弁よりもはるかに訴求力があったのは某人気女優のインタビューだった。この女優は数年前、医療刑務所から出所したばかりの男性に長女を惨殺されたという過去があり、上品さよりは扇情を売り物にするネットニュースの質問に毅然とこう答えたのだ。

「そもそも他人を殺《あや》め、本来であれば確定囚であるはずの彼らに医療行為や延命治療をする必要がいったいどこにあるのでしょうか」

表立っては口にできない、そして誰もが心の奥底で燻《くすぶ》らせている思いをこの女優は明言した。凄惨な過去を持つ彼女には、その権利がある。彼女の知名度と正当性に裏打ちされた発言は、この後しばらく独り歩きをすることになる。

女優の発言に咬《か》みついたのは人権派を標榜する弁護士だった。自身のＳＮＳで反論を試みたところ、女優のインタビューに成功したネットニュースが二人の対談を実現させたのだ。

『まず、あなたがお子さんを亡くされたという事実には同情します。わたしはまだ独身ですが、自分の子供を殺されるというのがいかに悲劇なのかは容易に想像がつきます』

『それはどうも』

『しかし感情と社会制度は別個に論じられなければなりません。いくら凶悪な犯罪者といえども人間に変わりはありません。感情は否定するでしょうが、被害者も加害者も人権という点では同じ権利を有しているのです』

『殺されたわたしの子供と殺したあの男に同じ権利、ですか』

『日本国憲法では残虐な刑罰を禁じています。これは犯罪者であっても一般人と同じ扱いをすべきという憲法の精神が反映されているからです。そもそも法律というのは国家権力が個人の権利や自由を剝奪しないことを目的に、罪の内容と呼応する罰を制定したものである訳です。感情や、その時々の世情で罪と罰が決められてしまってはリンチと変わりありませんからね』

『わたしもリンチには反対です』

『ご理解いただいて恐縮です』

『でも医療刑務所を含め、刑事施設を完備したり受刑者が更生できるように国が努力しても再犯率が下がらないのなら、犯罪者の人権を護る建前で制定された法律は不充分ということになりませんか』

『そういう考え方もありますが、再犯率が下がらないという事実のみで社会不安を煽ってしまえば国の刑事裁判権が拡大し、裁判の厳罰化が進む一方になります』

『罰を厳しくして何がいけないのでしょうか』

『厳罰化すればするほど国家権力が肥大するからですよ！　恐怖の下では個人の自由はどうしても制限されます。独裁政治の構造そのものですよね。従って再犯率が改善されないからという近視眼的な見方はいったん忘れ、人権の普遍性を前面に出さなければ社会秩序が維持できなくなる惧れがあります。恐怖や憎悪は感情に過ぎません。制度は理論によって構築されるべきで、感情は自制心によって抑制するべきなのです』

『つまり家族を殺された恨みを忘れて、その犯人を自分と同じ人間として扱え……そういうことですね』

『そういうことになります』

『お言葉を返すようですが、人を殺した瞬間からその者は人でなくケダモノになり果てます。ケダモノに人権はありません』

『それはただの遺族感情で……』

『そうです、ただの遺族感情です。でも先生が仰っているのもただの理屈です。失礼ですけど先生の言葉はどれ一つとしてわたしの胸に入ってきません。それはきっと理屈に血が通っていないせいでしょうね。まるで下手な役者がシナリオを棒読みしているような印象しか受けないんです』

『わたしは役者じゃありませんから』

『シナリオを理解する以前に人の心を理解していないからですよ。少しだけキツいことを言いますとね、先生が家庭を持ち、お子さんを医療刑務所から出所したばかりの人間に殺された後でなければ、どんなに立派な理想論を述べられたところで説得力がないんですよ』

　二人の対決はネットで配信され、これも世間の関心を誘ってアクセス数を飛躍的に伸ばした。

　こうしてネットでも現実世界でも当真勝雄と有働さゆりのペアは恐怖の象徴として扱われた。

ただし古手川が感知したのは、いずれの反応も事件に乗じて馬鹿騒ぎをしようとする手合いが次第に減少していったことだ。

　他人事だからと笑い飛ばせるうちは余裕のある証拠だ。だが恐怖の臨界点を突破するとその余裕すらなくなる。哄笑《こうしょう》にしろ嘲笑にしろ、笑いの絶えた後には針の落ちた音さえ拾えるような静寂と、どんな光をも呑み込む闇が広がる。

四つの殺人と二人の殺人者の逃亡が報道されても、子供を持つ親以外には市民生活に変化があった訳ではない。

だが、確実に得体の知れない空気が首都圏を覆っていた。それは以前の飯能市の事件で、古手川が嫌というほど感じていた雰囲気に酷似していた。

4

件の女優の発言は医療刑務所の是非を問うものだったが、他方捜査本部への風当たりを一層強くするものとしても機能した。受刑者の人権擁護をあからさまに非難できないのならば、せめて無能な警察を叩きたいという代償行為だ。

まだカエル男を逮捕できないのは、脱走囚を確保できないのは警察がたるんでいるせいではないのか――捜査本部に寄せられる抗議電話は日毎苛烈さを増していく。抗議が恐怖の裏返しであることを承知していても、現場で働いている捜査員たちにはじわじわ精神的疲労の病因となっていく。

ただし精神的疲労の一番の原因は膠着《こうちゃく》状態に陥った捜査だった。四つの犯行現場から採取された証拠物件の総数は優に一千点を超えたが、当真勝雄の行方を特定できるものは未だに出てこない。

犠牲者を選ぶためのリストについても同様だ。捜査本部では御前崎の残していたB5判の大学ノートこそが犠牲者リストと考えているが、その内容も在り処も不明のままだ。次の標的が〈セ〉で始まる名前の人間であるのは分かっていても、候補者があまりに多過ぎて対策も打てない。せいぜい最寄りの警察署に駆け込んできた犠牲者候補の住まいを定期的に巡回するのが関の山だ。

更に医療刑務所を脱走した有働さゆりの行方もまた、手掛かりは皆無だった。脱走の発覚後に敷いた検問にも引っ掛からず、一件の目撃情報もない。考えられるのは着衣を奪った百合川看護師の所持していた現金二万円で切符を買い、既に首都圏から脱出してしまった可能性だ。そうなれば首都圏を中心に捜査を進めている本部からは手が届かない。周辺の他県警に捜査協力を依頼するよりない。

厄介なのは勝雄とさゆりが合流しても単独行動を取っても問題が残ることだ。殺人犯の師弟同士、ペアで行動されても脅威だが、別々に行動されてもこちらの捜査能力を分断される。まるでゲリラ兵を相手に闘っているようなものであり、なまじ組織化された警察にはこの上なく面倒な相手だった。

こうして捜査が暗礁に乗り上げる一方で、外部からの非難や中傷の声は大きくなる。皆、口には出さないものの、捜査員たちが萎縮してしまっているのは明らかで、兵隊が萎縮すれば態勢はどうしても膠着する。負のスパイラルの始まりだ。

膠着した組織は外部から度々攻撃を受けると外殻を硬化させるようになる。硬い殻に閉じ籠もれば、やがて起きるのは内部での確執と相場が決まっている。合同捜査本部の場合は、それが警視庁と埼玉県警の反目というかたちで顕在化した。

「ウチの捜査員を神田駅周辺の訊き込みに回すんですか」

合同捜査会場の席上、鶴崎から示された分担を聞くと、寝耳に水だったらしい渡瀬はすぐさまこれに咬みついた。

「熊谷市とさいたま市二つの現場はウチの管轄になる。ただでさえ限りのある捜査員を二分されて気息奄々《きそくえんえん》だ。これ以上他の現場に人員を投入できない」

席上で反旗を翻され、管理官の鶴崎もおめおめと自分の策定を引っ込める訳にもいかない。

「当真勝雄が衆人環視の中で殺人を決行したのは神田駅の現場だけだ」

「ホームの監視カメラには当真勝雄の姿もガイ者の姿も映っていない。二人とも周囲の利用者の陰に隠れている。ガイ者が線路に落ちるのを目撃したのも二人きりだったでしょう」

「名乗り出たのが二人だったというだけの話だ。志保美純を突き落とした当真勝雄がホームから構内をどういう経路で逃げて行ったのか、通勤客の中に必ず目撃者がいたはずだ」

事件の起きた時間帯は通勤ラッシュ時は過ぎていたとはいえ、ホームも構内もごった返していた。ただし監視ビデオにはその光景が収録されており、警視庁はそこに映っている利用客一人一人を特定した上で個別の訊き込みをしようというのだ。

だが、この作業は労多くして実り少ないことが事前に予想されている。仮に当真勝雄の目撃証言が得られたにしても、その証言内容が行動パターンの推測に役立つとは限らないからだ。どんな些細な手掛かりも無視しないという姿勢は一見正攻法とも取れるが、それは被疑者確保に有益と推測される場合だ。さほど価値があるとは思えない捜査に人員を投下するのは無駄に近いものがあり、露骨に言ってしまえば弁解するための仕事とも取れる。

渡瀬というのは横紙破りを平気でする男だが、無鉄砲でも猪突猛進でもない。深慮遠謀の末の強引さであり、効率性も確率も計算している。そういう渡瀬にしてみれば闇雲な捜査は無意味以外の何物でもない。

「通勤客なら同じ時間帯にやって来る。訊き込みには都合がいい。勤め先に急ぐ者も多いだろうが、質問内容が単純で一人一人を時間的に煩わせることもない。きっと協力してくれるさ」

「管理官。俺はそんなことを言っているんじゃない。犯人と思しきホームレス風の人物が目撃されたのは荒川総合運動公園河川敷のテント村だ。ローラー作戦を展開するのなら、そちらを優先すべきじゃないのか」

「無論、考えている」

己に対する反論がよほど気に食わないらしい。鶴崎は目尻の辺りに憤怒を滾らせて渡瀬を睨む。

「その場合、訊き込みの対象はテント村の住人になる。過去の強制撤去の例もあり警察に反感を持つ者もいる。いきおい一人当たりの聴取に費やす時間も長くなる。そちらにはウチの捜査員を担当させる」

つまり最新の、そして有益と思える情報の捜査は警視庁の人間にさせ、その他雑用に近い仕事は埼玉県警と千葉県警に振るという趣旨だった。

露骨な方針に埼玉県警以下所轄署の面々は表情を険しくする。警視庁の捜査員も居心地悪そうに顔を顰める。

「何か異論でもあるのか、渡瀬警部」

「割り振りの理由をお聞かせいただければ有難いですな」

「言うまでもなく各々の検挙率に応じた配置だ」

語るに落ちた瞬間だった。埼玉県警の中でも渡瀬班の連中は意地悪く笑う。警視庁の検挙率は平均して八割だが、渡瀬班のそれは九割を超える。こと検挙率だけなら渡瀬班に分がある。渡瀬も同じことを考えているのか、鶴崎の挑発めいた台詞にも眉一つ動かさない。

「なるほど適材適所ですか。それでは有働さゆりの追跡についてはどうします」

「両親は既に他界。身寄りと言えば沖縄在住の亭主だけだが、こちらは空港とフェリー発着場、亭主の自宅に警官が張っている。友人関係はほとんどないから無視しても構わない。所持金は襲った看護師の二万円だけで、長らく逃亡生活を続けられるものじゃない。いずれ資金が底をついたら、いよいよパスを買い物カードに使わなきゃならない。その時こそがチャンスだ」

百合川看護師が盗まれたパスは電子マネーを兼ねたＩＣカードだ。従って使用された時点で鉄道各社および電子マネー加盟店のホストコンピュータにデータが送信される。捜査本部はその瞬間を待ち構えているという寸法だった。

「こちらの目論見通りに動いてくれりゃあ苦労しないがね」

すると、またも鶴崎は目を剝いた。

「それは所持金の乏しい当真勝雄がずっと逃げ延びていることへの皮肉かね」

「そうじゃない。あの二人の行動力を軽視すべきじゃないと言っている」

「どうも渡瀬警部はあの殺人鬼コンビを買い被り過ぎているようだな」

お前の方がみくびり過ぎているんだ――二人のやり取りを聞いていると、しばらく鳴りを潜めていた向こうっ気が久々に頭を擡《もた》げてくる。

「買い被りかどうかはともかく、捜査員の配置がいささか偏っている気はしますな」

「効果が上がらなかったら、その都度調整していけばいいだけの話だ」

「捜査員は将棋の駒じゃない」

壇上のやり取りで会議室の空気が俄に緊迫してくる。まさか警視庁の管理官に県警の警部がこれほど刃向かうとは予想していなかったらしく、警視庁の捜査員たちも息を詰めるようにして事の成り行きを見守っている。

「兵隊が上司の指示に従わずに捜査をできるはずがない」

「指示に従わないと言ってるんじゃない。効率を考えてほしいと言っているんだ」

「これがわたしの策定した、最も効率的な人員配置だ。責任者に指名されたのはわたしだ。あなたの指図は受けない」

「指図じゃない。進言だ」

「とても、そんな謙《へりくだ》った言い方には聞こえないが」

合同捜査本部の指揮権は捜査本部の置かれた警察にある。今回の場合は埼玉県警本部であり、鶴崎が責任者に指名されているにしても公式的な指揮権者は里中本部長ということになる。

自ずと出席者の目は雛壇の末席に座る里中に注がれる。里中も己に調停役を求められているのは感じているらしく、渡瀬と鶴崎を迷惑そうに見ている。

そして渋々といった体で口を開く。

「まあ、渡瀬警部。ここは管理官の采配に一任しようじゃないか。どうせ凶悪犯といっても二十歳そこそこの若者と中年女の二人。今は運が味方しているようだが、そんなものは長続きするものじゃない。案外、呆気なく捕まるんじゃないのか」

飯能市の事件であれだけ痛い目に遭っておきながらその発言か――。

頭を擡げていた向こうっ気が自制心を駆逐し、気づいた時には口が開いていた。

「あの二人をあんまり甘く見ない方がいいっスよ」

半ば無意識のうちに声が出ていた。雛壇の鶴崎は言うに及ばず、出席している捜査員全員が自分に注目している。このまま言葉を濁すことも頭を過《よぎ》ったが、もう一人の自分が逃げを許してくれなかった。

「この中で、あの二人とタイマン張った人がいますか。俺はあります。お蔭で二回死にかけました」

言った途端、左足が疼いたような気がする。とっくに包帯は取れ、その時受けた傷も消えかかっているが、ふとした弾みで記憶に甦ることがある。今がちょうどその時だった。

「当真勝雄はその外見に拘わらず、とんでもない怪力の持主です。一対一の接近戦になったら、この中の誰が相手になってもマウントを取るのは難しいでしょうね。有働さゆりも同じです。外見はおっとりした普通の主婦ですけど、いったんキレたら猫顔負けの敏捷《びんしょう》性を発揮します。ナメてかかったら火傷どころか半死半生の目に遭いますんで、そこのところ、よろしくお願いします」

言い終えると、わずかばかりの爽快感と津波のような後悔が押し寄せてきた。鶴崎は射殺すような視線でこちらを睨んでいる。

まあ、いい。警視庁の管理官に睨まれたところでそれが何ほどのものというのか。

だが古手川は忘れていた。自分の隣に最も睨みの利く上司が座っていた。

ところが予想に反して渡瀬の反応は鈍い。不機嫌そうなのは今に始まったことではないが、どこか諦念さえ湛えて古手川を見下ろしている。

その静けさがひどく不気味だった。


捜査会議終了後に刑事部屋で待機していると、案の定渡瀬が凶悪な顔で古手川に近づいてきた。

「何かお達しがありましたか」

「課長からの通達だ。お前は外れろ」

「えっ」

「つい今しがた言われた。古手川和也巡査部長はカエル男の事件から外れ、他の案件を担当せよとのご命令だ」

古手川は思わず椅子から腰を浮かせる。

「理由は何ですか」

「手前ェの胸に訊いてみろ。捜査本部の責任者と指揮権者に大層な啖呵《たんか》を切ったんだ。まさか褒められるとでも思ったか」

「納得できません。栗栖課長なら、俺があの二人にどれだけ近いかを知っているはずでしょう。わざわざ犯人を熟知している刑事を外すなんて馬鹿げている」

「馬鹿はお前だ。担当を外せと言い出したのが鶴崎管理官なのが分からねえのか」

「余計に意味が分かりませんよ。警視庁の管理官が俺とどう関係するんですか」

憤懣遣る方ない様子で、渡瀬は自分のデスクに座る。

「警視総監から発破を掛けられたらしい。国会で取り上げられるくらいの関心事になっちまったし、矢面に立たされたのは国家公安委員長だ。そこから警察庁長官、警視総監っていう流れは見当つくよな。一刻も早く事件を解決しろとでも活を入れられたんだろう。追い詰められたヤツは疑心暗鬼に囚われる。自分に少しでも刃向かうヤツは排除しようとする。で、里中本部長に掛け合ったって筋だ。お前はあの二人を熟知しているのをアドバンテージか何かと思っているようだが、逆の見方をすれば下手したらシンパシーを抱いている可能性があるってことだ。そんな危険なヤツを本部の中に置いておいたら、それこそ獅子身中の虫みたいなものだからな。外したくなるのは当然だろうよ」

「あんな半死半生の目に遭わされた本人がシンパシーって、どんなギャグですか」

あまりの不合理さに笑えてくる。

「どんなかたちにせよ、被疑者と強い繋がりがあると、何かあった時に責任を問われる。有働さゆりの脱走でこれだけ世間の耳目を集めたんだ。万が一の事態になったら本部長以下、課長級までが処分対象にならんとも限らん」

「だったら俺を外すのは保身のためじゃないですか」

「あいつらにはカエル男や有働さゆりよりも怖いものがあるのさ」

「撤回してもらってきます」

踵を返した古手川の背中に、慣れた怒号が飛んできた。

「やめとけ、お前が単身乗り込んでどうにかなると思ってんのかあっ」

見えない手で両肩を鷲《わし》掴みされたように身体が動かない。

「もう決定事項だ」

ゆっくり向き直ると、何故か渡瀬は怒っている風に見えない。

「お前はこの事件から外された。だから俺がこの件で命令することはもう何もない。言っている意味は分かるよな。手前《てめ》ェは手前ェで、ちゃんとケジメをつけろ」

五
裁く

1

以前、渡瀬と訪問したので、御子柴の事務所が虎ノ門《とらのもん》にあるのは知っている。古手川は早速、クルマを都内に向けて走らせる。

いつもは助手席にふんぞり返っている渡瀬の姿も、今日はない。単独行動は前回のカエル男事件以来、しかもあの時は私用のつもりで動いていたのでマニュアル破りをしたという自覚もなかった。

だが今回は違う。捜査は二人ひと組という原則を無視し、古手川は一人で捜査に向かう。

俺がこの件で命令することはもう何もない。手前ェは手前ェで、ちゃんとケジメをつけろ——この単独捜査は渡瀬から告げられた言葉が起爆剤になっている。ここまで事件に首を突っ込んでおきながら途中退場など有り得ない。何より、この事件は自分のものだという拘泥が古手川を縛りつけている。

捜査から外すと告げられた時、危うくその場で課長に直訴しようとした。それを押し留めてくれた渡瀬が、何の意図もなく発した言葉とも思えない。

骨を拾ってくれるような優しさは期待していない。だが事件の推移を、指を咥えて見ているくらいなら動けと発破はかけてくれた。課長命令を遵守するかどうかも手前ェ次第。

ひょっとしたら、これは渡瀬が投げて寄越した試金石なのではないか。見逃すか、それとも食らいつくか。その処し方で刑事の資質を問われているような気がする。

該当するビルに到着し、エレベーターで三階まで上がる。今回、面会のアポイントは取っていない。単独行動ということもあるが、不意打ちした方が本音を引き出せる予感がある。

御子柴法律事務所はエレベーターを降りてすぐ左手にあった。以前訪問した際は事務所名のプレートが真ん中で割れていたが、今日は二カ所に割れ目が入り、テープで補修されている。プレートを掛ける度に悪戯されるとは、よほど恨まれているに違いない。

ノックして入室すると、ドア近くの椅子から女性事務員が立ち上がった。確か日下部《くさかべ》洋子《ようこ》とかいったか。悪名高い弁護士の事務所にまだ勤め続けているのは、よほど給料がいいのか、それとも何か含むところがあるのか。

洋子もこちらを思い出したという顔をしたが、古手川は御子柴の姿を探すべくオフィス全体を見回してその異状に気がついた。

部屋の隅に段ボール箱が山積みになっており、対してキャビネットの中はほとんど空になっている。ひと目で引っ越し作業の最中であるのが分かる。

パーテーションの向こうでのそりと動く影を見つけた。

「御子柴さん」

先生、と呼ぶ気にはなれなかった。洋子が慌てたように立ち塞がろうとするが、人影の反応の方が早かった。

「何だ、君か。面会の約束はしていなかったはずだが」

パーテーションから顔を覗かせた御子柴が、怪訝そうにこちらを見た。古手川は洋子の制止を振り切って御子柴に歩み寄る。

「予告したら会ってくれましたかね」

「そういう強引さはあの上司に習ったのか」

「見よう見まねだ」

「だろうな。渡瀬警部に比べたら詰めが甘い」

何を指して詰めが甘いのかは分からなかったが、褒められていないのは確かだ。

「どこの詰めが甘いって？」

「ゆっくり君の相手ができるかどうか、見て分からないのか」

近づいてみると、御子柴は自分のデスクの抽斗《ひきだし》を全開にして中身を出していた。

「引っ越しするのか」

「少なくとも夜逃げじゃない」

「ここは東京地裁が近いから便利じゃないのか」

「依頼人の住まいに近い方が便利だ」

それを聞いてぴんときた。御子柴の顧客といえば素性の怪しい人間か、さもなければ刑事被告人しかない。

「小菅の近くかな」

返事がないところをみると、当たらずとも遠からずといったところだろう。

そう言えば渡瀬から聞いたことがある。半年ほど前、御子柴はある裁判の弁護に立ったが、その過程で彼の旧悪が暴露されたらしい。いくら有能であっても、出自が〈死体配達人〉となれば当然のように客は離れていく。御子柴法律事務所は大手企業の顧問料で潤っていたはずだから、顧問の解約は事務所運営にとって壊滅的な打撃になる。つまりは虎ノ門のオフィスではテナント料の支払いも難しくなったということなのだろう。

最悪で最強の弁護士と謳われた男も、こうして栄華から転落する。ふと古手川は、御子柴に親近感を抱き始める自分に慌てた。

「事務所の移転がそんなに珍しいか。そこに突っ立ってられても邪魔だ。帰ってくれないか」

「あんたに訊きたいことがある」

「警察に何をどう協力したところで一円の得にもならん。とっとと帰れ」

「有働さゆりはどこに行った」

まるで呪文の言葉だった。

御子柴は手を止め、ゆっくりとこちらに向き直る。

「何の話だ」

「とぼけるな。彼女が八刑を脱走しているのはニュースで知っているはずだ。あんたは彼女の弁護人兼身元引受人だろう」

「だから彼女を匿っているというつもりか」

「あんたならやりかねない。依頼人の利益を護るためなら、犯罪の一つや二つ屁《へ》でもないだろう」

くだらん、と御子柴は吐き捨てる。

「どう考えたらそんな結論に辿《たど》り着く。傍若無人はともかく、論理性ではやはり渡瀬警部の足元にも及ばん。わたしが有働さゆりの弁護人兼身元引受人であることは八王子署だって承知している。彼女が脱走したその日に、この事務所とわたしのマンションを調べていったさ」

「警察が調べると分かっている場所に匿うような真似を、あんたがするものか」

「女一人別宅に囲っているとでも言うのか。結構な話だが、そんなに羽振りのいい弁護士が虎ノ門からどこへ引っ越すと思ってるんだ」

「あんたなら自分の住み処を売り払ってでも、彼女に塒《ねぐら》を提供する」

「いったい、どういう思考回路をしている。それは弁護人と依頼人の関係を超越しているぞ」

「その通りさ。あんたと有働さゆりは、ただの弁護人と依頼人の関係じゃない。俺と彼女がただの警官と容疑者の関係でないようにな」

御子柴の表情が一瞬、翳ったように見えた。

堅い扉が少しだけ隙間を見せたのなら、ここは押し広げなくてはいけない。

「八刑の音楽室で彼女が〈熱情〉を弾いた時、あんたは心安らかでいられなかった。横で見ていた俺なら分かる。きっと俺も同じ顔をしていただろうからな」

「訳の分からんことを」

「いや、あんたには分かっているはずだ。有働さゆりのピアノに関する限り、あんたと俺は同じ種類の聴衆なんだ。けったくそ悪いけどな」

御子柴はおよそ感情の読めない目でこちらを眺める。見つめ返そうとして古手川はぞっとした。悪徳で名を上げた弁護士の瞳は、まるで光の届かない底のようだった。ゆっくりと立ち上がり、洋子に目配せを飛ばす。おそらくそれが取り決められた合図なのだろう。洋子は心得た様子で、奥へと姿を消していった。

「そんなところに立っていられたら目障りだ」

おそらく座れという意味なのだろう。古手川は御子柴の前に椅子を引いてきて腰を下ろす。

「同じ種類の聴衆と言ったな。どういう意味かね。彼女のピアノが下手だとは言わんが、所詮町のピアノ教師の腕だ。コンサートを開くようなピアニストじゃない」

「だけど、俺はあの打鍵に惹かれる。どんなピアノであっても、有働さゆりの奏でる音に胸が鷲摑みにされる」

喋りながら自分の愚かさに腹が立つ。一度ならず罪を犯した男に同調を求める自分は、やはり未熟なのだろう。

それでも、御子柴とのたった一つの共通点を蔑《ないがし》ろにするつもりはなかった。さゆりの行動心理を最も知っているのが、御子柴であることには何の疑いも持っていない。

「テクニックの問題じゃない。作曲者ベートーヴェンに由来するものじゃない。彼女の過去を知ったから言う訳じゃないが、あれは罪人の歌だよ。他人の血に塗れた指が奏でる音楽だ。だから俺やあんたが惹きつけられるんじゃないのか」

はるか昔、自分を信頼していた親友を見放した時、古手川はひどい罪悪感に苛《さいな》まれた。その記憶は未だ胸の奥底に刻まれて消えない。右手の平に走る水平の二本傷を目にする度に、己の罪を掘り起こされる。

直接手を下さなくても、自分は人を一人殺している。しかも本来は護らなければならなかった人間を見殺しにしてしまった。直接手を下していない分、誰からも罰せられないので余計に罪は深い。

そしてまた御子柴も同じ罪人だ。こいつは近所の五歳児を手に掛け、少年法に護られて罪には問われなかった。今では弁護士などと澄ました顔をしているが、この男もまた罰せられなかった罪人なのだ。

「俺は昔、人を殺した」

古手川がそう告げた時、御子柴の眉が微かに上下した。

「まだ十歳だった。俺を頼る友だちがいてね。イジメの標的にされた時、関わり合いになるのが嫌で距離を取った。そいつは校舎の屋上から飛び降りた。即死だった」

「君が殺した訳じゃない」

「自殺の引き金は俺が引いた。同じことだ」

「ふん、つまり人を殺した罪悪感が彼女のピアノで増幅されるという解釈か。いや、彼女も少女期に年下の幼女を惨殺している。さしずめ殺人者のピアノに、同じ罪を抱いた者が共鳴するといったところか」

御子柴は唇の端を大きく歪ませた。

「凡庸な心理学者が聞いたら手を叩いて喜びそうな事例だな。ところが生憎、わたしは罪悪感や自己嫌悪とはまるで無縁の人間でね。他人の痛みも分からない」

「ついでに自分の痛みにも気づかないんじゃないのか」

「買い被るのは勝手だがな。わたしが有働さゆりのピアノに惹かれるのは刷り込みみたいなものだ。院生の頃、初めてまともに聴いた生演奏が彼女の弾く〈熱情〉だった。所謂原体験というヤツだ。それ以上でも以下でもない。君はわたしではないし、わたしは君ではない。だから、そんな風に素人が訳知り顔で講釈を垂れるな。お笑い草だぞ」

御子柴はさも馬鹿らしいというように、ひらひらと片手を振ってみせる。

「弁護人になったのも身元引受人になったのも、古くからの付き合いというだけの理由だ。何やらロマンチックな話を期待していると、そのうち有働さゆりに寝首をかかれるぞ」

「そうか、古くからの知り合いか。それならそれでもいい。彼女の居場所を教えろ。彼女が当真勝雄と接触したら、また悪夢が繰り返される」

「今だって充分に悪夢じゃないのか。罪なき善男善女にはな」

「もっとひどいことになる」

「刑事の癖に強迫観念か」

「一度ならず殺されかけたからな。強迫観念じゃない。れっきとした経験則だよ。第一、これは俺がどうとか、市民がどうとかいう話でもないはずだ」

「どういう意味だ」

古手川は相手の目を見据えた。

「有働さゆりと当真勝雄を救いたい」

「……本気か。二人とも専門医が束になってかかっても治らなかった異常者だぞ」

「だからといって放っておく訳にいくか。これ以上罪を重ねさせていい訳があるか」

御子柴の目は昏くて寒々としている。気味の悪さは相変わらずだが、渡瀬に盾突くよりは少しだけマシだ。古手川は顔をぐいと近づける。

「相手が相手だから、捜査本部も本気だ。罷り間違って二人のうちどちらかが凶器でも持っていようものなら、射殺命令だって下されるんだ。あんたはそんなかたちで彼女を葬りたいのか。もう一度、有働さゆりのピアノを聴いてみたいと思わないのか」

言葉を選ぶ余裕は既にない。古手川は思いつくまま考えつくままを口にしていた。交渉や論戦でこの男に勝てるはずもない。抜き身で感情をぶつけて、防御を崩すしかない。

「精神病は大抵完治しない。しかし寛解はできると聞いた。あの二人には、まだ平穏を取り戻すチャンスがあるんだ」

「寛解というのはわたしも知っている。だが所詮気休めみたいなものだ。人の中に巣食う獣は消せはしない。しばらく眠りに落ちていても、何かの弾みで覚醒し、また人を食らうぞ」

「有働さゆりが殺されてもいいのか」

「古手川くんよ。君はまだ幼いから知らんのだ。あの妙に真っ直ぐな警部の許にいるから気がつかないんだ。世の中にはな、葬られなければならない命だってある。救済も同情も必要としない人間だっているんだ」

御子柴は半ば嘲り半ば哀れむようにこちらを見る。

クソッタレめ。

まるで罪を犯したことを特権のように言いやがって。救われないことが名誉のように言いやがって。

「偉ぶってんじゃねえよ、このクソ弁護士」

古手川は顎を突き出して言う。

「そんなもの、あんたが決めることじゃないだろう。とにかく有働さゆりの居所を教えろ。話はそれからだ」

「直情径行に猪突猛進か。警部の苦労がしのばれる」

「安心してくれ。俺の捜査に警部は関与していない。全部、俺の独断専行だ」

「不測の事態が生じたら、君一人でどう責任を取るつもりだ」

「さあな。大方、二階級特進がフイになる程度じゃないのか」

「ふん。彼女たちと心中でもするつもりか」

「それしか方法がないのなら、それでもいい」

「正気か」

「俺の身体一つであの悪夢が止められるのなら、足の一本や二本折れたって構やしない。前回だって半死半生の目に遭ったが、ちゃんとこうして立っている」

「救いようがないな」

「そうだ。救うのは、あの二人で充分だ」

「……話が嚙み合わない相手と喋るのは疲れる」

御子柴は天を仰いで嘆息する。

「聞く耳持たんだろうが、わたしは有働さゆりを匿ってなどいない」

「別れた亭主より、あんたの方が近しいとは思わないか」

「思わんな。第一、八刑で接見した時だって、彼女はわたしの話など碌に聞いちゃいなかった。一方的に話すか、そうでなければピアノを弾いて聴かせるだけだ。あれはリサイタルに来た客に話し掛けているようなもので、近しいとかどうとかの話じゃない」

「しかし見当くらいは」

「認めてやろう。しつこさだけは警部譲りだな。しかしそのしつこさも他に回さなけりゃ空回りだ。考えてもみろ。既に容疑者となった当真勝雄ならともかく、さゆりはまだ脱走に留まっている。彼女を匿った方が得か警察に突き出した方が得か」

御子柴の指摘通りだった。さゆりの処遇を考えるのなら、現時点で身柄を確保される方が、まだ傷は浅い。

「わたしが彼女の弁護人であることを忘れてもらっちゃ困る。依頼人の最大の利益を考えれば、この場合は警察に身柄を保護してもらうのが最良の選択だ。徒に彼女に罪を重ねさせるような愚かな行動はせん。よって、彼女の立ち寄りそうな場所を知っているのなら、とっくの昔に当たっている」

「……嘘じゃないよな」

「弁護士が虚偽を申し立てるのは、依頼人に有利と判断した時だけだ。それでも疑うのなら勝手にしろ」

御子柴の言い分には一理も二理もある。嘘を吐いているかどうか顔色からは全く判断できないが、少なくとも論理の破綻はないように思える。

急速に肩の力が抜けていく。御子柴だけが古手川の突破口だった。彼が手掛かりを持っていないとすると、さゆりの行方はいよいよ分からなくなる。

「どうした。まるで五里霧中という顔つきだぞ。まさかわたしだけが頼みの綱だったのか」

「うるさいな」

「渡瀬警部もなってないな」

「何がだ」

「部下の育て方だ。いや、必要なことを教えているのに生徒の覚えが悪いのかな」

あたかも挑発に乗ってこいと言わんばかりの口調だった。こんな誘いに容易く乗せられるほど古手川も馬鹿ではない。

「君は普段通りの生活をしていた有働さゆりと会っていたんだな」

「彼女が当真勝雄に音楽療法を施していた時から知っている」

「その際、彼女の様子に異変は見られたか」

「いや、特には」

「つまり表面上は健常者として振る舞っていた訳だ」

「しかし一対一になり、俺が彼女の犯行を疑い出した時に豹変した」

「つまり狂気に駆られていても、必要でない時は健常者であるか、あるいは健常者を装えるということだ。そうなると、わたしたちの目の前で〈熱情〉を弾いた時、彼女の精神状態は果たして正常だったのかな。ひょっとすると脱走の機会をじりじり窺いながら、素知らぬ顔で鍵盤を叩いていたのかもな」

「それがどうした」

「さゆりに命を奪われかけたと言ったな。その時、彼女はどんな行動を取った。理性の欠片もないような獣じみた襲い方だったのか。それとも同じ獣でも、捕食動物のように獲物の息遣いまでも聞き分け、じわじわと追い詰める攻撃だったか」

古手川はその時の状況を反芻する。防音設備が完備され、窓の明かり一つ入らない暗闇の中、さゆりは小刻みに武器を振り下ろしてきた。

「あれは間違いなく、こちらの居場所を探知しながらだった」

「ふん。つまり殺人行為に及んでいる最中も、どこかで冷静な判断をしていることになる。それなら彼女の行動の多くには裏付けがあるんだ」

「あんたには、それが分かるとでも言うのか」

「さっきも言った通り、わたしは長らく彼女と会っていなかったし、最近の接見でも明瞭な会話が成立していたとは思えない。彼女の行動原理を理解できるとしたら、接触した期間が長く、更に命のやり取りをした君の方だろう。ただ惜しむらくは、君は考えがなさ過ぎる」

聞いているうちにうっすらと分かってきた。この男は挑発するふりをしながら、古手川に説明し忠告しようとしている。

「医療機関の性格を持っていても、八刑は紛れもなく刑事施設の一つだ。そこから脱走する意味を、さゆりが全く知らなかったとは考えにくい。担当看護師を急襲し、その場で服を取り換え、正面玄関から堂々と出て行った。大胆な行動だが、ちゃんと計算されている」

「何が言いたい」

「彼女の行動を精神病患者のそれと同列に考えたら痛い目に遭うということさ。八刑からの脱走が手際よかったのも、計画性があったからだ。言い換えるなら、彼女は衝動的に脱走したんじゃない。何らかの動機があり、それを叶えるために出たと考えるのが妥当だろう」

そこまで言及すれば御子柴の意図は明らかだった。

闇雲に行方を探すよりも、まず脱走の動機を探れと言っているのだ。さゆりの動機が分かれば、自ずと行き先も特定されていく。

「人は変わらない、という者がいる」

いきなり御子柴は話を変えた。

「三つ子の魂百までなんて諺《ことわざ》があるくらいだから、一面の真実ではあるんだろう。しかし、そうじゃない人間も存在する。憎しみと絶望に囚われながらも、何とかして己の人生を変えたいともがき続けているヤツもいる。果たして有働さゆりはどっちの人間だったのかね。会わない期間が長かったわたしには、分かりようもないが」

「変わっていてほしかったのか」

「別にどうでもいい。他人事だ」

お前自身は変わりたかったのか。そして変わることができたのか――即座に思いついた質問だったが、口にはしなかった。

「接見時間の短かった弁護人から話せるのは、このくらいだ。満足しようが満足しまいが、もう帰れ。これで三回目の警告だ。退出しなければ不退去罪で訴える」

「……ご協力、感謝します」

「しなくていい」

半ば追われるようにオフィスを出た古手川は、早速さゆりが脱走した動機について考えを巡らせてみた。

今は潔く認めよう。古手川がさゆりに抱いている思慕は母親に対するそれだ。幼くして家庭が崩壊した古手川にとって、さゆりこそは母親の代用品だった。彼女の実子と勝雄に感じた仲間意識は、おそらくそれ故の感情だったのだろう。

たったそれだけのことを認めるのに一年もの時間を費やしてしまった。己の未熟さを認めたくない気持ちもさることながら、憧れの対象が鬼畜のような女であったことに自己分析を拒んできた結果だ。

もう些末事にかかずらっている余裕はない。あの御子柴までが、本音を覗かせてさゆりの手掛かりを与えてくれた。自分が手をこまねいてどうする。

クルマに乗り込んでも、古手川はキーを回さずに考え込む。

動機を考えろ、と御子柴は言った。では、さゆりが重罪の危険を冒してまで八刑を出なければならなかった理由は何だ。

手紙でのやり取りでは不可能なこと。

面会では叶わないこと、あるいは面会できない相手に関する何か。

考えれば考えるほど理由は一つに収束されていく。

勝雄だ。

手前の道具に過ぎなかったとはいえ、我が子同様の愛情を注いだ相手。今は容疑者として警察とマスコミに追われる身となった、新たなるカエル男。有働さゆりは間違いなく、勝雄に会うために八刑を脱走したのだ。

では仮に勝雄と再会できたら、さゆりは何をするつもりなのだろうか。

常識に囚われてはいけない。困難かもしれないが、さゆりの心情に寄り添って考えてみるのだ。

さゆりは解離性同一性障害を患っていた。そうした病状の心情など想像すらしなかったが、今は必要な作業だ。古手川はなけなしの想像力を総動員させて、さゆりの心象に接近を試みる。

　幼児期、実父から性的虐待を受け、それでも従属するしかなかった。やがて自らを肯定するための代償行為として小動物を殺すことを覚え、行為がエスカレートして人格の解離が始まる。日常で二つの人格が解離と融合を繰り返す中、さゆりの精神の均衡は危うくなり、ピアノだけが崩壊を防ぐ縁になる。

　勝雄に音楽療法を施す際、その治療効果は勝雄だけでなく、施術者のさゆりにも及んでいたのではないか――さゆりが八刑に収容された後、渡瀬が誰に言うともなく呟いた言葉だったが、今はすとんと腑に落ちる。勝雄に精神安定剤として音楽を教える一方で、さゆりもまた音楽で精神の均衡を保っていられたのだろう。

　音楽で繋がった師弟、そして疑似家族。

　実子がこの世にいない今、勝雄こそさゆりの子供だ。その子供が御前崎教授の遺志を受け継いで夜の闇を跳梁《ちょうりょう》跋扈しているなら、母親の取る態度は二つに一つ。

　やめさせるか、あるいは手を貸すかだ。

　いずれにしてもさゆりは勝雄と合流しなければならない。それには勝雄の目的地に先回りするのが一番いい。

　勝雄は御前崎教授の遺したノートに従って殺戮を繰り返している。つまり勝雄の標的は御前崎教授の標的でもある。

　御前崎が娘と孫娘を惨殺された松戸の事件。犯人は古沢冬樹だが、弁護人と精神鑑定人が結託して無罪判決を勝ち取った。そのうち計画を立案した衛藤弁護士と、鑑定結果を偽造した末松健三は既に屠《ほふ》られた。残ったのは医療刑務所にいる古沢冬樹だけだ。

これで繋がる。松戸の古沢宅周辺を嗅ぎ回っていた尾上は勝雄らしき男に襲撃された。襲撃された直接の理由は定かではないが、尾上が犯行の邪魔になると思われたからに違いない。

勝雄の次の標的は古沢だ。

2

「起床っ」

岡崎《おかざき》医療刑務所の朝は一般の刑務所と同様、午前七時から始まる。共同室の隅で毛布に丸まっていた古沢冬樹は、刑務官の声でゆっくりと上半身を起こした。

初めの頃は刑務官の声が耳障りで仕方なかったが、慣れてしまえばどうということもない。新築の施設では起床や就寝、その他の号令は各室に備えられたスピーカーから放送されるというから、そっちよりはずいぶん人間らしい扱いと言えないこともない。

完全に覚醒する前に、鼻が異臭を拾った。粘膜にべっとりと付着するような糞尿の臭い。また四五九二号こと岩谷《いわたに》のクソ男が寝グソを垂れたに違いない。古沢は毛布で鼻を覆う。共同室は同居人を選べないのが、難点の一つだ。

岡崎医療刑務所は元々が少年院であった事情から個室が極端に少ない。精神障碍を負った囚人を収容する刑事施設としては問題があり、収容率五十三パーセントという低い数字が実状を物語っている。精神疾患の囚人は、当初は単独室に収容して症状の緩和を見定める必要があるが、現状がそれを許さない。従って本来はもっと多くの囚人を収容したいのに、築四十八年の古い建物と設備が妨げになっている。それでやむを得ず収容率を抑制して囚人間のトラブルを回避しているのだ。

医療刑務所がクソッタレな理由はもう一つあり、精神疾患は本人の承諾なしでは強制的医療が行えないことになっている。囚人の人権に配慮してくれた措置なのだろうが、先に収容されている先輩たちにとっては有難迷惑以外の何物でもない。お蔭で碌な治療も行われないままの囚人が共同室に放り込まれるため、岩谷のような男と自分が同じ部屋に寝泊まりする羽目になる。

年がら年中こんな場所で暮らしていたら、そのうちまともな者でも精神を病んでしまう——古沢は声を大にして訴えたかったが、当の本人が精神疾患を理由に刑を軽減されているので文句の言える筋合いではない。

午前七時二十五分、朝食。

麦飯が四分配合された飯に厚焼き玉子と沢庵、ふりかけとネギが少量入った吸い物。ヘルシーだか何だか知らないが、どれもこれも病院食かと思えるほど薄口で、出所したらまず味の濃い物を食いたくて堪らなくなる。医療刑務所なので囚人の健康に気を配っていると言えば聞こえはいいが、その実、娑婆への郷愁を駆り立てるのに一役かっている。

それでもカロリーを下げているので肥満にはならないのが、数少ない美点の一つだ。実際、古沢も入所してから五キロの減量に成功した。規則正しい生活に適度な運動と低カロリーの食事。精神面はともかく、これで健康面に悪いはずもない。出所してヒマな日が続いたら、『あなたにも実践できる刑務所ダイエット』とでもタイトルをつけて本を書いてやろうか。

ただし朝食の場においても憂鬱は存在する。幼児退行なのか、犬食いをする者や矢鱈《やたら》散らかす者がいる。食事中くらい黙ってくれたらいいものを、「ボクはタマゴ嫌いだ」とか「赤だしがいいよお」とか独り言を喋るヤツらが引きも切らない。中にはふりかけを吸い物の中にぶち込む者もいる。見聞きしていると苛ついてくるので古沢はひたすら無視を決め込むが、それでも耳に入ってくるものは防ぎようがない。

雑音に耐えながら黙々と箸を動かしていると、いきなり右の頬に飛沫が掛かった。振り向くと、隣に座っていた四五六〇号の浜田《はまだ》が吸い物の中に指を突っ込んで遊んでいた。

「えへへへへへ」

イタズラを見つけられたと思ったのか、浜田はこちらに情けない顔を向けて笑い掛ける。一瞬、殴りたくなったがすんでのところで自制心を発揮する。自分は精神障碍を負っていたものの、集団生活と治療の甲斐あって現在は寛解しているという設定だ。こんなところで揉《も》め事を起こした日には、今までの苦労は水の泡だ。

午前七時五十分、出室。古沢たちは第2作業療法センターへ向かう。

どこでも同じだろうが、医療刑務所では症状の段階によって作業内容を区別している。まず単独室で症状を安定させた後、生活療法センターに移して音楽を流しながら軽い作業をさせる。ここの居心地は最高だ。月・水・木・金の午後一時からの一時間はカラオケ・輪投げ・ボウリング・絵描きで時間を過ごせる。精神障碍の安定を図る大義名分があるからこそ許されるレクリエーションだ。

更に症状が安定すると第1作業療法センター、続いて第2作業療法センターへと移行する。言うまでもなく、上に進めば進むほど一般刑務所の作業内容に近づいていく。職業訓練と捉えても、あながち間違いではない。

午前八時、作業開始。

作業といっても医療刑務所の性格上、旋盤機やドリル、電動ノコギリといった工具を使用するものはない。たとえば古沢に与えられた作業は洋ランの栽培だ。タネ植えから育成まで一年を通じて土と草木に親しむ。花を眺めていれば情緒が養われると信じた発案者はいったいどこの世間知らずかと思ったが、中には花弁をさも愛おしく見つめる囚人もいるので満更でもないのだろう。

第2作業療法センターに従事している者は押しなべて無口だ。古沢と同様、声を出せば出すだけ不利になると考えているのか、とにかく洋ラン相手に無言の会話を続けている。傍から見ていればまるで飼い猫の群れにも映るだろう。

ところが古沢には山猫が爪を砥《と》いでいるように見える。実際にこの中の何人かは〈寛解した精神病患者〉を演じている者がいる。刑を軽減させるためか、刑務所内の作業を楽にするためかは知らないが、他の囚人に比べてひと癖もふた癖もありそうなヤツが飼い猫のふりをしている。猫を被るとはこういうことかと苦笑する。

まことに刑法第三十九条ほど有難い条文はない。この条文を作成した者が目の前に現れたら、力いっぱい抱擁してキスしてやりたいと本気で思う。

古沢に精神障碍者を装うように提案したのは、彼の弁護を請け負った衛藤和義という弁護士だった。

『刑法第三十九条というものを知っているかね』

『知ってますよ。心神喪失……だったかな。重い精神病を患っていたら罪を免れるってヤツでしょ』

『正確には心神喪失者の行為は罰しない、心神耗弱者の行為はその刑を減軽するという内容だ』

『ははあ、分かりましたよ。俺に精神病患者の真似をしろって言うんですね。でも先生、そういうのって専門家が診たら一発で分かっちゃうんじゃないんですか』

『その点は心配しなくてもいい。その専門家が、法廷でどう振る舞えばいいのかを懇切丁寧にレクチャーしてくれる。君はその医師の指示にただ従っていればいいんだよ』

『俺そういうのなら、ちょっと得意かも。学生時代は演劇部だったんですよ』

『それは心強いな。とにかく普通じゃないところを裁判官の前で披露してくれ。アニメのキャラクターに殺人を唆《そそのか》されたとか、人は殺してもすぐに生き返るものだと思っていたとか、誰が聞いても支離滅裂なことを叫んでみるのもいい。とにかく君の一生を左右する一世一代の大舞台だ。とちらないように気をつけてくれよ』

精神鑑定医は末松という医師だった。事前にどういう質問にどう答えたらいいのかを衛藤を通じて教えられていたので慌てることはなかった。拘置所の中では教えられたように振る舞い、指示通りの言葉を口にした。

やがて地検の精神診断室に連行され、検察官立ち会いの下で鑑定が行われた。この時、古沢の前に姿を現した医師こそが末松だった。

これが本番だ。古沢はかつて部活動で培った演技力を最大限発揮し、彼らの前で精神障碍者を演じてみせた。

ただ素人俳優の哀しさで、一発で検察官を黙らせるには至らなかった。その後三カ月に亘って鑑定を繰り返したが、結局古沢は殺人罪で起訴されてしまった。

『初めてにしては上々の演技だったが、やはり検察官を納得させるのは困難だったようだ』

『すいません』

『まあいい。わたしたちだって、そう簡単にいくとは思ってない。本番はあくまで公判だ』

そして迎えた公判。被告人の陳述は最終日に行われたが、そこで古沢は全身全霊を込めて演技に没頭した。裁判官たちと検察官、そして大勢の傍聴人が見守る前で大いに狂ってみせた。

今でもあの時の光景はまざまざと思い浮かべることができる。アニメキャラクターの名前を叫び、『彼女の命令で二人を殺しました。二人は不幸のどん底にいたのですが、僕に殺されたことによって、世界一の幸福を手に入れたのです』と語った。

『死んだ小比類さんを犯したのは、何だか彼女が僕のお母さんみたいな気がしたからです。子宮回帰願望というらしいです』

『でも、教えられた復活の呪文を唱えても二人は生き返りません。まだ二人の身体の中に悪霊が踏み止まっていたからだと思いました。そこで僕は二人の身体を揺さぶって悪霊を絞り出そうとしたんですが駄目でした。復活の儀式に失敗したと思い、怖くなって逃げ出しました。それで逃げている途中でお巡りさんに両腕を捕まえられたのです』

あまりの熱演に古沢自身が精神に変調を来したのではないかと錯覚するほどだった。裁判官と傍聴人は呆気に取られていたが、ただ一人、亭主らしき男だけは射殺すような目でこちらを凝視していた。

結果的にはそれがよかった。元より検察側も公判が維持できるのか不安要素を抱えたままの裁判だったらしい。判決は刑法第三十九条の適用を受けて無罪。ただし古沢の身柄は岡崎医療刑務所に移され、ここで四年以上の月日を送ることになる。

『君の犯罪は検察官に言わせれば凶悪そのものだった。昨今は厳罰化の傾向にあり、主婦と赤ん坊の二人も殺害していたから極刑も免れなかっただろう。それが快適な措置入院になったのだから、願ったり叶ったりだ。せいぜい医療刑務所の中では最初くらいそれらしく振る舞ってくれ。徐々に普通っぽく変えていけば寛解と看做されて出所が早まるかもしれないぞ』

あんな気違いじみた演技を延々と続けられるのか正直不安だったが、幸いにも医療刑務所の定期面接は起訴前鑑定ほど厳密なものではなかったため、容易にすり抜けることができた。触法行為を犯した精神障碍者の治癒と社会復帰は精神保健福祉法の精神に沿うものなので、きっと担当精神科医も目が眩んだのだろう。

入所後はひたすら温和な囚人に徹した。同居囚人がどれだけ迷惑な存在であっても、申し訳なさそうに刑務官へ伝達するに留めた。刑務作業は真面目にこなし、日常では時折静かな笑顔を見せるように心がけた。けたたましく哄笑するか、痴呆じみた笑みを浮かべる者の中にあって、古沢の作り笑いは見る者を安心させる。

そうした努力の甲斐もあり、一カ月前には仮出所の内示がもたらされた。

担当の刑務官から知らせを受けた時には万歳三唱したい気分だったが必死に堪え、ありがとうございますと控えめに喜びを表現した。自信なさそうに、しかし親しみを込めて。それが彼ら刑務所側の喜ぶ態度だった。

だからなのだろうか、最近の園芸作業では意識せずとも自然に笑みがこぼれてしまう。

出所したら、やりたいことは山ほどある。まずはビール。ここは一般刑務所に比べれば規則が緩やかだが、それでもアルコールの摂取は厳禁だ。逮捕されてから五年近く飲んでいない。晴れて自由の身になったら思いっきり喉に流し込んでやる。

次に食い物。脂っぽく塩辛いものをたらふく味わいたい。病人食紛いを食わされ続けて味蕾《みらい》が鈍磨してしまっていやしないか心配だ。刑務所でも正月やクリスマスには雑煮やオムライスが振る舞われるが、それとて家庭料理にも及ばない。肉料理に卵料理、色鮮やかなサラダなどは見果てぬ夢、刑務所が囚人に科す懲罰の一つは味覚への虐待に違いない。

古沢の好物はさほど贅沢なものではない。ニンニクをはち切れんばかりに詰め込んだ熱々の焼き餃子を頬張り、冷えたビールと一緒に嚥下《えんげ》するのだ。ああ、その時の喉ごしといったら。

「四五八七号。手が止まっているぞ」

刑務官の声で古沢は我に返る。慌てて手を動かすと、刑務官は少しだけ口元を緩めた。

「仮出所だそうだな」

「はいっ」

「気持ちは分からんでもないが、くれぐれも自重して羽目を外さんようにな。仮出所が決まった途端に騒ぎを起こして取りやめになったヤツも少なくないんだ」

「はいっ。ご指導、有難うございます」

「お前は特に手のかからないヤツだったから、こっちとしても有難かったがな」

当たり前だ。刑務所側の人間から好印象を持たれるために、俺が今までどれだけ自分を殺してきたか知っているのか。

叫びを抑え、怒りや愚痴に蓋をし、嘲笑も蔑視も堪えた。虫も殺さぬ善人のふりをし、人形のように従った。全ては仮出所を勝ち取るためだ。

人を二人殺しても、上手く立ち回れば多少監視の厳しい病院暮らしをするだけで自由の身を取り戻せる。何と魅力的な試みだろうか。もちろん誰にでも許されることではない。古沢冬樹という選ばれた人間だからこその恩恵なのだ。

それを何だと。手がかからないから有難かっただと。まさかここに留まれというつもりじゃないだろうな。

ふざけるな。

「ああ、そうだ。昼飯が終わってから午後の作業が開始するまで、比婆《ひば》先生から話があるそうだ」

比婆というのは古沢の担当医だ。このタイミングから察するに、仮出所に先駆けての注意事項か何かだろう。

それはいい。問題は時間の余裕のなさだ。十二時から三十分間が昼食と休憩の時間。十二時半からは再び作業が始まるので、いつもより早く食事を済まさなければ間に合わない。

刑務所というところは囚人が精神障碍者であっても、五分の余裕さえ与えようとしない。規律正しいと言えば聞こえはいいが、要は囚人をまるで人間扱いしていない。

ふん、まあいい。こんな理不尽に従っているのもあと数日か数週間のことだ。

「承知しましたあっ。四五八七号、昼食後に比婆先生の許へ向かいますっ」

昼飯を八分ほどで済ませると、古沢は刑務官の同行で医務室へと向かう。

「四五八七号、入りますっ」

「どうぞ」

部屋に入ると比婆は男性看護師と二人でいた。

「あなたの仮出所、正式な日にちが決まりました。十二月二十三日の午前十時です」

二十三日。つまり二日後ということか。

小躍りしたくなるのを堪えて、直立不動の姿勢を崩さない。

「有難うございます、比婆先生」

「楽にしていいよ」

比婆は近くにあった椅子を勧める。

「定期面接の結果も良好だったし、担当医として意見書に付け加えることは何もない」

「有難うございます」

「いや、一つだけあるかな」

比婆は半分眠ったような目で古沢を見た。

「もしあなたが臆病者を装っているのなら、出所してもそれは続けた方がいい」

思わず息を止めた。

「すみません。何のことを言われているのか分かりません」

「分からないのなら聞き流してもらって結構です。今のは主治医からの忠告みたいなものでしてね」

比婆は物憂げに自分の髪を弄《いじ》り出す。

「これは一般論ですが、精神障碍者でもない者がそれを装うのは非常に困難です。しかし、いったん心神喪失と診断されてしまえば、その後の定期健診は割に形式的なものに終始してしまいます。起訴前鑑定では実に三カ月から半年に亘って検査をする訳で、それに比べたら数カ月に一回の三十分程度の定期面接なんてただの雑談だ」

古沢は表情筋に力を入れる。少しでも気を緩めると不安が顔に出そうになる。比婆が何を企んでいるかは不明だが、この場は善良な人物像を押し通すことだ。

「だけどたった三十分の面接でも分かることがある。それがどんな内容かはとにかく、嘘を吐いていることだ。悪用されると嫌だから詳述は避けるけど、人間は嘘を吐くと必ず顔に出る。個人差もあるけど、たとえば目を逸らしたり、顔の一部を手で隠したりとかいった仕草だね。これは無意識のうちに出る反射みたいなものだから、訓練でもしない限り抑止するのは難しい」

思わず自分の顔に手を伸ばしかける。

危ない、危ない。

これが罠《わな》だったらどうする。

「まあ、自分の性格の嫌な部分を隠すのは誰しもがやっていることだから、放っておけと言われればそれまでなんだけどね。どうせやるなら続けることだ。理由は分かるかい」

「いえっ、分かりません」

「慎重であること、臆病であることは決して悪いことじゃありません。戦場で生き残るのも大抵そういうタイプです。いや戦場に限らず実社会においても同じことが言えるかな。変に勇敢な人間や後先考えないヤツはトラブルに巻き込まれやすいからね。出所したとしても今まで通り、嫌な自分を隠し続けることだ。ただでさえ出所者というのは色眼鏡で見られるんだから、慎重の上にも慎重を期してちょうどいいくらいです」

「はいっ、肝に銘じます」

ひと通り聞いて少し胸を撫で下ろす。どうやら古沢の詐話《つくりばなし》について言ったのではないらしい。前科者一般についての心構えのようなものだ。

いや、待て。

油断してはならない。比婆とは何度も面談したが、今一つこの男の考えていることが分からない。いつも取り澄ました顔をしているが、本当のところは怪しいものだ。嫌な自分を隠しているというのは比婆自身のことではないのか。

「出所日当日の作業はありません。朝食を終えたら着替えをして、入所日に預けた私物を引き取りに行ってください。最後に所長からの挨拶があり、それが済めば晴れて出所です」

「有難うございます」

「ただ、あなたについては気懸かりなことがあります。最近のニュースに目を通していますか」

「いいえっ」

「あなたの実家は松戸市の常盤平でしたよね」

「はいっ、その通りです」

「いったいどこから情報が洩れたのか、あなたの出所が近いことをマスコミが嗅ぎつけたようです」

ああそうかと、古沢は他人事のように聞く。親子の縁を切った訳ではないが、ここ四年の間は両親も面会に現れていない。母子殺し、おまけに精神障碍者と太鼓判を押されたら、それは面会に来る気も失せるだろう。今更あの親に期待することはあまりない。だから実家に迷惑がかかっていても、心は蚊に刺されたほども痛まない。

「そのマスコミの一人が実家からさほど離れていない場所で襲撃されるという事件が起きました。被害に遭った記者は今も意識不明で、襲った人物は未だ逮捕されていません。あなた、何か心当たりはありませんか」

「ありません」

本心だった。

父親や母親がとばっちりで襲われたというのならまだ分かる。それが何故、自宅に押し掛けた記者なのか。

「あなたが寛解しても、世間がそう思うとは限らない。松戸市の事件は未だ記憶に鮮やかな悲劇として、大衆が憶えている。だからこそ、あなたの家にマスコミが殺到する訳でね。残酷なことを言うようですが、あなたにとって刑務所の外はここよりも熾烈《しれつ》で非情なところかもしれない。さっき戦場云々と喩《たと》え話を持ち出したのはそういう理由です」

何だそんなことかと、古沢は一気に興醒めする。

出所した前科者、しかも精神を患っていた者に対する関心度の高さは本人が一番よく知っている。要するに体のいい見世物で、良識ある者の敵で、どれだけ叩いても許される不可触賤民《ふかしょくせんみん》だ。

そんな場所にのこのこ帰って堪るものか。それこそ飛んで火に入る夏の虫だ。

「今でも出所者に対する風当たりは強いし、社会の受け入れ態勢も不充分です。もう身元引受人は決まっていますか」

「はいっ。松戸の教会にお勤めの神父さんです」

「神父。ではあなたもキリスト教に帰依するのですか」

「神父さんとよく相談しようと思いますっ。亡くなった二人の冥福を祈り続けたいと思っています」

内心で舌を出す。宗教など、どれも虚飾に塗れた紛い物だ。いっときは教会に住み込みをさせてもらい、いい職が見つかったらとっとと出て行ってやる。

「出所後は教会に出向くのですか。それはいいことです。しばらく実家に戻れないのは辛いでしょうけど、今はほとぼりが冷めるまで待った方がよろしい。やがて多くの人間がきっと事件を忘れてくれる」

それは当たっているかもな、と思う。

所詮他人事だから、どんなに凄惨な事件でも人はあっさり忘れるだろう。頭だけで記憶したものはそれほど残らない。

残るのは、自分で手を下した時の記憶だ。

まだ若い人妻の細い首を両手で縊《くび》る手触り。泣き出してうるさかった娘の頭部を、鉄パイプで叩き割った際の感触。次第に体温を喪っていく女の膣《ちつ》にペニスを挿入した時の快感。全て昨日のことのように思い出せる。思い出す度にズボンの前が怒張する。

「忘れてくれなくても、いいですっ」

古沢は矢庭に切実な口調に切り替える。このくらいの芸当は屁でもない。

「自分の罪と絶えず向かい合うためにも、自分で忘れてしまわないためにも、忘れてほしくありませんっ」

「殊勝な態度ですね。あなたが仮出所できるはずです」

比婆は再び半眼の目をこちらに向ける。

「あなたを出所させることには正直躊躇を感じますが、既に決定事項です。わたしも出所を寿《ことほ》ぐことにしましょう。外に出ても、あなたが周囲の悪意から逃げ果《おお》せるように祈っていますよ」

嫌に思わせぶりな言い方だと思ったが、深くは追及しなかった。

もう二度とこの男と会うことはないのだから。

3

次に古手川が訪れたのは松戸市常盤平八丁目、言わずと知れた古沢冬樹の実家だ。

以前、家の前には報道陣が屯していた。その中でも異彩を放っていたと言われる尾上善二が何者かに襲撃されてはや一カ月。依然として尾上は意識不明の重体であり、これに懲りた取材クルーの何人かが戦列から離脱すると思ったのだが、古手川の見方は楽観的に過ぎた。

前より明らかに人数が増えているのだ。

こいつら、自分の命よりも古沢帰還の一枚が欲しいのか——古手川は改めてマスコミ人種の執拗さに呆れ果てる。これでは我が身可愛さに飯能署へ押し掛けた市民たちの方が、ずっと人間らしく思える。

ただし熱気という点では以前よりも沈静化している。我先にインターホンにしがみついている者もいなければ、家の前で神妙そうな顔を晒している現場レポーターの姿も見えない。ただ通行の邪魔にならない程度に距離を置き、じっと来訪者を待ち続けている態勢だ。

何のことはない。沈静化しているのはいざその瞬間が訪れた時、即座に対応するために体力気力を温存させているためだった。

報道陣監視の中、古手川はインターホンを押す。

「埼玉県警の古手川という者です。古沢冬樹さんのご両親はご在宅ですか」

しばらく待っていても返事がない。留守かそれとも居留守か。裏口に回ってみようかと考えた時、やっとインターホンから掠《かす》れがちの声が洩れた。

『お帰りください』

「ホントに県警の刑事です。注意喚起のためにお伺いしました。話だけでも聞いてもらえませんか」

『もう、放っておいてください』

いかにも疲れきった声に、古手川の決意も鈍る。だが自身を叱咤《しった》して説得を続ける。

「放っておいた結果、息子さんがどうなっても構わないと言うんですか。犯した罪を償って出所する人間に、今更過去を問うつもりはないです」

返事なし。

「わたしは新たに発生する犯罪を防ぎたいだけで、息子さんはその被害者にされる可能性が大なんです。お願いですから話を」

『その言葉、信用していいですか』

「特に信心している宗教はありませんけど、この際どんな神様に誓ってもいいです」

ややあって、玄関ドアが少しだけ動いた。

『ドアを開けました。表に顔を出すのは嫌なので、そのまま玄関に入ってください』

言葉に従って、家の中に入る。玄関では五十代と思しき女性が待ち受けていた。

「冬樹の母親です」

事前に古沢家の記録は調べている。一般的なサラリーマン家庭、父親は俊彦《としひこ》、母親は久仁子《くにこ》。事前情報では、久仁子はまだ四十代半ばのはずだが、実年齢より老けて見えるのは、やはり心痛が祟《たた》ったせいだろうか。

「申し訳ありませんが、主人はまだ帰宅しておりませんので」

「お母さんから話を伺えれば結構です」

「冬樹が被害者にされるというお話でしたけど、息子はとっくの昔に被害を受けています」

久仁子はドアの向こう側を指差した。

「あの人たちが書いた記事を読んだことがありますか。冬樹は病気だったんです。それを半分刑務所みたいなところに四年以上も入れられて、今度やっと治って出てくるんです。それをまだ治っていない、危険だなんて書き方をするんです。今日もああやって家の周りを見張って、冬樹が現れるのを今か今かと待ち構えているんです」

母親ならではの考えなのだろうが、古手川の頭にはたちまち五つも六つも異議が浮かぶ。母親と幼い子供を身勝手な理屈で殺しておきながら、古沢はたった四年収監されただけで娑婆に戻ってくる。しかも収監先は事実上の医療機関であり、実態は刑罰の名に到底値しない。ところが久仁子の方は、それを苦渋の四年と捉えているようだ。

一方、マスコミをはじめとした市民感情はまだ古手川にも理解できる。刑法第三十九条の胡乱《うろん》さと古沢本人の危うさを嗅ぎつけたマスコミが絶えず監視をしているのは、再犯の可能性を疑っているからだ。

その古沢を今は護らなければならない立場にいるのは、何とも割りきれない気分だった。

「表にいる連中がもたらすのはせいぜい風評被害みたいなもんです。それだって大した被害なんですけど、警察が憂慮しているのはもっと深刻な事態です」

「この四年、わたしたちが世間さまから受けてきた仕打ち以上に深刻な事態というのは、あまり考えつきません。本当に酷かったんです。口さがない連中のお蔭で主人は二度も仕事を変わらなければいけませんでした。わたしも明るいうちは、外に買物にも行けませんでした」

久仁子の話そうとしている内容は大体の察しがつく。犯罪加害者の家族にはいつでもどこでも訪れる、世間の粛清というものだ。

「最近まで落ち着いていたんですけど、冬樹が逮捕された直後は思い出したくないくらい酷かったんです。ドアや壁には心無い落書きを、それもちょっとやそっとじゃ落ちない塗料で書かれました。ひっきりなしに嫌がらせの電話が入りました。あんなケダモノを産んだ責任を取れとか、今から被害者宅の前で土下座して来いとか、もっともっとえげつない言葉を並べ立てられました。だから固定電話は外してしまいました。それから裁判が始まって、あの有難い衛藤先生が弁護を始めると、今度は家の中に動物の死骸や糞便を投げ込まれました」

悪意の伝播《でんぱ》だと思った。

おそらく普通の殺人、通常の裁判であったのなら世間の悪意がそれほど集中することもなかっただろう。言い方は悪いが、古沢夫妻が受けた虐待は、冬樹の犯行態様と衛藤の弁護方針への回答そのものだ。

声なき者の悪意と似非《えせ》の正義は、必ず分かり易い犯罪に向けられる。日々に報われず、虐げられた「善良なる市民」たちは、日頃の鬱憤を含めて咎人《とがにん》とその家族を叩こうとする。

そんなものが正義であるはずがなく、加害者家族に向けられた悪意は、加害者家族の中でまた増幅されていく。

「最近までは落ち着いていた、と言われましたね」

「さすがに五年目ともなると、嫌がらせにも飽きてきたんでしょうね。ドアや壁の落書きはなくなりました。マスコミの人が訪ねて来る回数も減りましたし、町内から爪弾きにされるのは相変わらずだけど、それなりに平穏な生活が戻ってきたんです。それが」

久仁子は矢庭に言葉を尖らせる。

「どこから聞いたのか、冬樹の出所が近づいたと知ると、またマスコミが騒ぎ出したんです。連日連夜カメラをこちらに向け、レポーターたちが家の前で好き勝手なことを喋り散らすし、落書きも復活するし、ネットを覗いてみたら、昔掛かってきたイタズラ電話の数倍人でなしなことが書き込んであるし」

「ネットというのは顔も声も分からない分、悪辣ですよ」

「わたしもそう思います。おカネさえあれば、さっさと引っ越してしまうんですけど、そうするとあの子の帰って来る家がなくなってしまいますもの。でも、毎日が悪夢みたいなものです。これ以上に酷い仕打ちなんてありませんよ」

「お母さんはカエル男の事件をご存じですか」

「テレビで見ました。無関係な人たちを五十音順に殺して歩くとかいう異常者ですよね。今はサ行から始まっていると聞きました。ウチは古沢ですから、まだ当分は何も」

「そうとも限りません。今回の犯人は息子さんが起こした事件の関係者を狙っているフシがあります。だからこうしてやって来た次第です」

「息子が起こした事件って」

久仁子の表情が不意に険しくなる。

「あなたも冬樹のことを鬼畜扱いするんですか。あれは事件じゃなくて事故です。母親の愛情に飢えていた冬樹が精神的に追い詰められて、仕出かしてしまった不幸な事故です。そりゃあ亡くなったお母さんと娘さんはお気の毒でしたけど、裁判所が冬樹の無罪を証明してくれたから、あの子は綺麗な身体のままなんです」

真意なのか、それとも母親としての立場で言っているのかは判然としないが、これもまた素直には頷けない。

こういう場合は立場を逆にして考えてみろ、というのが渡瀬の教えだった。もし古沢冬樹が精神障碍のある者に殺害され、犯人が刑法第三十九条の適用で無罪になったとしても、久仁子は同じことを口にできるのだろうか。

おそらく無理だろうと古手川は思う。母親という生き物の判断基準は我が子への盲目的な愛情であって、社会的倫理ではない。冬樹が被害者になったら、この母親はそれが正当防衛であったとしても犯人を口汚く罵《ののし》るに違いない。

「聞いてくださいな、刑事さん。冬樹は昔からとてもいい子だったんです」

古手川の苛立ちを知ってか知らずか、久仁子は懐かしむように目を細めて話し始める。

「夫婦とも待ち望んでいた子供だったので、あの子が生まれた時には、二人手を取り合って喜んだものです。結局は一人しか産めなかったんですけど、だからわたしたちはあの子に精一杯の愛情を注いだんです。甘えたいだけ甘えさせ、欲しいものは財布が許す限り買い与えました。小学六年生までは同じお風呂、同じ布団に入っていたんですよ」

「小学六年生で、ですか」

「母親が子供に愛情を注ぐのに年齢制限は要らないんです」

久仁子は物覚えの悪い子供を諭すように言う。

「冬樹もわたしたちの想いを受け止めて、優しい子供に成長してくれました。わたしのお誕生日にはいつも一輪の花を買って、プレゼントしてくれました。わたしが主人のことで愚痴を言い始めると、いつも聞き役に回ってくれました。本当に冬樹がいなかったら、わたしは主人と結婚生活を続けていられたか分からないくらいです」

古手川は何気なく玄関周りに視線を走らせる。靴箱の上に立て掛けられているのは、まだ三十代の久仁子と小学生の男の子の写真だ。更に壁の向こうを見やれば、成長に合わせた組み写真のように久仁子と冬樹の写真が並んでいる。

写真を見ているうちに、古手川にはどうしようもない違和感が纏わりつく。しばらく理由を考えていて思いついた。

　父親の不在だ。

　シャッターを押すのがいつも父親の役目なら、写真に俊彦の姿がないのは当然かもしれない。しかし、写真からも家の中からも父親の匂いは一切しなかった。

「そんな優しい子が、何の理由もなく人を殺すはずがないじゃないですか。当時、冬樹は進路で悩んでいました。頭の出来は良かったんですけど、学校が冬樹を教えきれなかったんです。それで志望大学はC判定が続いていて、それでも主人が浪人は許さないなんて言うものだから、余計に煮詰まって……そういう色んなことの積み重ねで冬樹はおかしくなっちゃったんです。だから冬樹に責任はありません。責任があるとすればわたしたち周りの人間です」

　久仁子の目は既に異様な光を放っている。古手川はこれと同じ目を以前にも見たことがある。世間が何を言おうと、自分だけが正しいと信じている狂信者の目がそうだった。

「それなら尚更協力してもらえませんか。警察は息子さんを狙っているヤツを捕まえなけりゃいけない。お母さんは息子さんの身を護らなきゃいけない。どうですか」

「古手川さん、でしたか。冬樹を逮捕したお巡りさんたちは大嫌いですけど、あなたは話が分かるお巡りさんみたいね。分かりました。あの子のためにわたしのできることは何でもします」

　そしてようやく気を許したのか、古手川を上げてくれた。廊下を歩き、居間に招かれると父親不在の雰囲気が更に濃厚になってくる。一瞬、古手川は乳幼児のいる家特有のミルク臭さえ嗅いだような気がした。

「わたしができることというのは何でしょうか」

「息子さんの立ち寄り先です」

古手川は久仁子の目を覗き込みながら言う。この目が真実を告げるのか、それとも虚偽を告げるのか、渡瀬の助けが望めない今、古手川は一人で判断しなければならない。

「岡崎医療刑務所を出所した息子さんがいったいどこに立ち寄るのか、それが知りたいんです」

「立ち寄るところろって……何おかしなことを言ってるんですか。あの子の帰るところはこの家だけですよ」

「でもですね、家の周りはあんな風に報道陣が取り囲んでいます。それこそ飛んで火に入る夏の虫です。おそらく息子さんも容易に予測しているでしょう。そんな場所にのこのこ戻って来ますかね」

質問の仕方で答え方はいくらでも変化する。「頭の出来がいい」息子なら、確かにそんな迂闊《うかつ》な真似はしないと思わせる。そこから先は母親でしか知り得ない情報に繋がっていく。

「それはその通り、よね。あの子は慎重で注意深いから……」

「ええ。自宅以外のどこか。あるいはご両親に連絡を取る方法があるとすれば何なのか」

久仁子は話すのをやめて沈思黙考に入る。

古手川の印象によれば、久仁子はまだ子離れができていない母親だ。おそらく彼女の中で古沢冬樹という人間は小学六年生のまま成長を止めている。過剰な思い入れが愛情を歪め、ついでに息子を見る目も歪ませている。

普通、実家に戻れないとなれば出所者の行き着く先は会社の同僚か学生時代の友人宅、それがなければムショ仲間の塒だろう。ところが古沢の場合は事件の態様が態様なだけに、元の友人宅というのは考えられない。同じ医療刑務所の仲間という線も、普通刑務所以上に囚人同士の接触が希薄な施設なのでこれも考え難い。

未だ反応のない久仁子に痺《しび》れを切らし、古手川から問い掛ける。

「息子さんと手紙のやり取りとかはありましたか」

「もちろんです。ひと月だって欠かしたことはありません」

「彼からの手紙の中で、親しい友人・知人について書かれた件《くだり》はありませんでしたか。学生時分の親友とか、医療刑務所で知り合った人物とか」

記憶を辿っているようだったが、久仁子の表情は惑うばかりだった。

「そういう人のことは書いてなかったと思います」

再度、久仁子の目を覗き込むが嘘を吐いている目には見えなかった。

古手川は落胆したが、半面捜索場所が少なくて済む。友人・知人に乏しい古沢は、やはり自宅にしか行き場所がない。残る問題は門前に群れ為す報道陣をどうやり過ごすかだけだ。

「息子さんの身を護るために、周囲を警戒しようと思います」

「それは有難いお話です」

久仁子は神妙に頭を下げる。そうした素振りは世間一般の母親と何ら変わるところがない。

ふと古手川は思う。久仁子が息子に盲愛的な言動をとるのは、半分演技ではないのか。母親自身、息子が犯した罪を認識していながら、直視するのに耐えかねての現実逃避ではないのか。

「でも古手川さん。大変有難いお話なんですけど、それだと家の前に張り込んでいる人たちと同じように、テント生活をしなきゃいけなくなりますよ。ホントに申し訳ないんですけどウチにお泊めする訳にもいかないし」

「当日に張っていれば済む話でしょう。岡崎医療刑務所から出所予定日の通知がきているはずですけど」

「そんなもの、きてませんよ」

久仁子はあっけらかんと言う。

「毎日ポストを見てますから。刑務所からそんな通知、受け取っていません。だからわたし、冬樹がいつ帰って来るのか全然見当もつかなくって」


古沢宅を辞去した古手川は疑念と焦燥で頭が破裂しそうだった。

渡瀬の話によれば古沢冬樹の仮出所日は十二月二十三日の午前十時に決定している。少なくともその二週間前には古沢の実家にも通知がいくはずだ。それが届いていないというのはどういうことなのか。考えられる理由は二つしかない。

一つ、法務局の手違いで未だ通知が発送されていない。

二つ、古沢家に届けられた通知を何者かが奪取した。

古手川は後者の可能性が濃厚だと考える。すると尾上が何者かに襲撃された理由も見当がつく。

尾上の取材方法は一歩離れた場所から全体を俯瞰する。そして尾上が襲われたのと同時刻、尾上は大通りで誰かを尾行していた。その人物はフードつきの汚れたジャンパーによれよれのジーンズ。そして爪先の捲れ上がったスニーカーを履いたホームレス風の人物。末松健三の事件で見え隠れしているのと同じ風体の人物。

ここからは全くの想像だが、ホームレス風の男、つまり当真勝雄は古沢宅周辺をうろつきながら古沢の出所通知を奪った。そしてその光景を目撃した尾上が勝雄を尾行し、返り討ちに遭ったのではないか。

物的証拠は何もないが、状況としてはぴたりと当て嵌《は》まる。もし古手川の読みが的中しているとしたら、勝雄は古沢の出所日時を知っていることになる。言い換えれば二十三日の午前十時以降、ここに張っていれば古沢と対面できることを知っている。

古沢にとっては凶兆だが、勝雄を捕らえる古手川には吉兆だ。こちらも勝雄に合わせて行動すればいい。

それなら自分はどこで勝雄を待ち伏せすべきなのか——そんな風に考えていると、背後から声を掛けられた。

「古手川くんじゃないか」

振り向くと松戸署の帯刀が立っていた。

「お疲れ様です」

古手川は慌てて一礼する。

迂闊だった。考えてみれば尾上襲撃犯はまだ逮捕されておらず、古沢の出所を控えて現場は騒然としている。帯刀ほか松戸署の捜査員が警戒に当たっているのはむしろ当然だった。

「今日は渡瀬警部は一緒じゃなかったのか」

案の定、帯刀は一番訊かれたくないことを訊いてくる。現在、古手川が捜査本部から外されていることを知ればここからつまみ出されるのは目に見えている。

「渡瀬班長は別働です」

「ほう、君が単独でここに送られてきたのか。あの渡瀬さんにそこまで信頼されているとはな」

どこか皮肉な物言いが耳に粘りつく。まるで古手川が独自捜査をしているのを見越したような口調だった。

それならこちらも可能な限り、帯刀から情報を吸い上げるべきだろう。

「尾上からまだ聴取は取れていませんか」

「まだだ。医師の話では感染症の惧れはなくなったものの、本人は未だ意識を回復していない」

「班長は必ず回復するだろうって断言してましたけどね。予言が的中するのを祈ってますよ」

「仮に尾上の意識が回復したとしてもどれほどの証言が得られるかは疑問だな。ヤツはここをやられている」

帯刀は自分の後頭部を叩いてみせる。

「背後からの襲撃だから、犯人の顔を目撃したのかどうか怪しいところだ」

「それでもカエル男を至近距離で見た、唯一の目撃者です」

「うん。だから放っておく訳にもいかん。都内じゃ新しい犠牲者の発覚で上を下への大騒ぎだというのに、あのクソ記者とこいつら報道陣のせいで松戸署の人間は張りつけにされている」

何だって。

「知らなかったのか。今日の午前中、国民党瀬川了輔《せがわりようすけ》議員の自宅に差出人不明の手紙が投げ込まれた。開封したら下手くそな文字でかえるをどうこうするなんて文面だったらしい。カエル男のことをニュースで聞き知っていた家人が世田谷署に通報、簡易鑑定の結果だが筆跡はカエル男のものだった」

詳細を訊ねると事件はこんな経緯だった。

世田谷区等々力《とどろき》にある瀬川邸のポストを改めるのは公設秘書の役目だった。本日午前十一時、配達時刻直後のポストには封書とはがきが合計で七通。その中に差出人不明の封書が一通紛れ込んでいた。切手も消印もなく、夜間のうちに投げ込まれたものらしい。そこで秘書が警戒しながら開封してみると件の文章が現れた。

きょうはじてんしゃでかえるをふみつぶすよ。いっかいひくとかえるはないぞうをはれつさせてうごかなくなったけど、おもしろいからそのあともつづけてひいてみた。どんどんかえるはぺしゃんこになって、さいごはかみみたいになったよ。

秘書の通報で世田谷署の捜査員が到着、筆跡の簡易鑑定ではまさしく一連の犯行声明文と同じ筆跡だった。瀬川本人の安否は確認されたものの、事態を知った捜査本部の鶴崎管理官は瀬川邸周辺に捜査員を配置するとともに近隣の地取りに回した。その数およそ四十人。お蔭で埼玉県警と千葉県警の捜査員が現地に派遣され、両県警とも一時的な人員不足に陥っているらしい。

「そんな訳だ。警視庁はもちろんウチも埼玉県警も瀬川邸に目を向けている。渡瀬さんが君一人をここへ寄越したのは、何か魂胆があってのことかと思ってな。それにしても捜査本部にいる刑事がそれを知らされてないとは」

帯刀はこちらの反応を愉しむかのように話すが、古手川の思考は混乱してそれどころではない。名前が〈セ〉で始まる新たな犠牲者だと。

それでは勝雄が古沢を狙うというのは自分の読み違いなのか。

茫然《ぼうぜん》としていたその時、いきなり肩に手を置かれた。

「答えろ、古手川くん」

帯刀の握力は存外に強く、爪が肩に食い込んで古手川を離そうとしない。

「そんなにカエル男を捕まえたいか。埼玉県警と千葉県警のみならず、警視庁の腕っこきたちが総出で捕縛しようとしている重大事件の犯人だ。その犯人を捜査から外された若造が孤軍奮闘して捕まえられると本気で考えているのか」

やはり知っていたか。

「ヤツは、当真勝雄は俺が捕まえなきゃならないんです」

理屈もへったくれもなかったが、そう答えるより他になかった。

「前の事件で関わりになったとかじゃない。今回の事件とは地続きになっている。あの事件を自分の手で終わらせないと、俺は」

「渡瀬さんも苦労するな。君みたいな青臭い部下を持って」

帯刀は呆れたような顔をして、肩に置いた手を除ける。

「刑事が一つの事件に拘るのはいいが、引き摺られても碌なことにならんぞ」

「似たようなことを言われました」

「だろうな。渡瀬さんから君への伝言だ。熱くするのは胸だけにしろ、とさ」

「伝言って……」

「君がここに来るのも、全部織り込み済みだ。君はまだ渡瀬さんの掌にいる孫悟空なんだよ」

4

十二月二十三日、岡崎医療刑務所。

周辺は緑に溢れ、それほど高い建造物もない。塀が高いものの、刑事施設というよりは医療施設のように映るのは八王子医療刑務所と同様だった。

午前十時ジャスト。

刑事施設はどこも時間に厳格と見え、それまで何の動きもなかった正面玄関が開く。中から現れたのは古沢冬樹だった。

刑務所の敷地から出た古沢は左右を見渡す。岡崎医療刑務所の前はひどく殺風景で、コンビニエンスストアの一つも見当たらない。出迎える者はおらず、古沢は東の方向に歩き出す。二つの池を跨ぐ大谷橋《おおたにばし》を直進、その先には名鉄《めいてつ》名古屋本線が走っているので最寄りの名鉄駅に向かうつもりなのか。時々、懐から取り出している紙片は付近の地図なのでいずこかを目指しているのは間違いない。

空は重い鈍色《にびいろ》をしていた。陽の光は厚い雲に遮られ、山から吹き下ろす風が路上の枯葉を薙《な》ぎ払う。今にも泣き出しそうな空だが、この分では雪が降るかもしれない。

シャツ一枚の古沢はぶるりと身体を震わせると自分で両肩を抱く。出所時には本人の所持していたものを全部返却するのが決まりだから、入所時は防寒具が必要ない時期だったのだろう。

古沢は初めて散歩に出た子犬のように、きょろきょろと周囲を見回す。低い街並みなので、高い塀に遮られると舎房の中からは森しか見えない。四年間塀と森ばかり眺めていたから、外の世界が堪らなく新鮮なのだろう。

橋の反対側から女子高生の二人連れが歩いて来る。二人ともスマートフォンの画面に見入っており、正面から来る古沢に気づく様子もない。よほど夢中らしく、擦れ違っても顔を上げようともしない。

古沢の方は二人が持っていた筐体《きょうたい》に目を奪われて、その場に立ち尽くしていた。無理もない。古沢が医療刑務所に入所した当時、スマートフォンはまださほど普及していなかった。古沢にしてみれば、ちょっとした浦島太郎のような気分に違いない。

橋の向こう側にはパチンコ屋やコンビニエンスストアの看板が見える。長らく娑婆に出ることのなかった入所者には懐かしい風景だろう。心なしか古沢は足早になったようだ。

ところが橋の袂《たもと》に異物があった。

いや、物と見えたのも当然だった。汚れたジャンパーによれよれのジーンズという風体の人物が歩道の端に蹲《うずくま》っているのだ。フードを目深に被っているので、遠目からはまるで人に見えない。古沢はちらとホームレス風の人物に一瞥をくれるが、大して興味もない様子で通り過ぎようとする。

その時だった。ホームレスがゆっくりと腰を上げた。

「フルサワフユキか」

フードの奥からぼそりと声が洩れる。

いったんは前を通り過ぎた古沢はぎょっとして振り返る。二人の周囲に人影は見当たらない。次の瞬間、ホームレスはいきなり古沢に飛び掛かってきた。不意を突かれた古沢は堪らず路上に押し倒される。

「な、何だ何だ」

訳も分からぬままに抵抗しようとするが、ホームレスに馬乗りされて古沢は思うように動けない。

「あんた、誰だ。どうしてこんなことを」

古沢は意思を疎通させようとするものの、相手の方は何も答えようとしない。

言葉の代わりに懐から取り出したのは小ぶりの注射器だった。中身は不明だが、物騒な薬剤であるのは容易に想像がつく。古沢も不吉な想像をしたらしく、さっと顔色を変える。

「何だよ、その注射器は。やめろ」

ホームレスは自分の膝で古沢の左腕を、そして左手でもう片方の腕を捕らえ、注射針の先で狙いを定める。

その時、古沢を十メートル後から尾行していた古手川がありったけの声を上げる。

「やめろおっ、当真勝雄」

ホームレスがこちらを振り向く。フードで顔は見えないが、俊敏な反応だったので驚いたのは確かなようだ。

古手川は二人に向かって猛然と駆け出している。岡崎医療刑務所からずっと古沢を尾行し続けていたのは、この瞬間を待っていたからだ。

古沢の自宅を出た直後、古手川は考えてみた。もし自分がカエル男だったら医療刑務所から出所した人間を、どの地点で襲撃するか。

自宅の前には依然として報道陣が張っている。いくら勝雄でも、衆人環視の前で襲うのは本能的に避けるはずだ。第一、もし自宅以外に帰る場所があったとしたら空振りに終わる。

それで単純な結論に辿り着いた。戻るかどうかもあやふやな自宅よりも、刑務所の前で張っていた方が確実だ。そこで早朝のうちに名古屋に入り、医療刑務所前で待機していた。よほど自分と勝雄は相性がいいのか、こうして見《まみ》えることができた。

絶対に逃がす訳にはいかない。

八メートル、五メートルと迫っていくが、ホームレスは古沢から離れようとしない。注射器も握ったままだ。

「勝雄っ、古沢から離れろっ」

あと三メートルにまで近づいてもホームレスは動かない。古手川は横っ跳びでホームレスに飛び掛かる。

勢い余って、二人の身体は路上に投げ出される。縛《いまし》めを解かれた古沢はバネ仕掛けのように跳ね上がり、欄干に身を寄せた。

「久しぶりだな」

路上で揉み合いながら、古手川は相手に話し掛ける。勝雄の腕力は身に沁みて知っている。接近戦での不利も学習済みだ。説得できれば、それに越したことはない。

「これ以上、罪を、重ねるな」

だが、相手の力はいささかも緩まない。今度は古手川に針を突き立てようと注射器を振り回す。遠くで眺めている分にはさほどでもなかったが、こうして眼前で振り回されると、針先が尋常なく禍々《まがまが》しいものに映る。

「忘れたのか。俺だ。古手川だ。一緒にさゆりさんのピアノを聴いただろ」

さゆりの名前を出せば少しは油断を誘えるかと思ったが甘かった。話をしているさ中、集中力が途切れた間隙を縫って、針先が左の手首に刺さる。

瞬間、以前勝雄から受けた暴力の数々を肉体が思い出す。苦もなく腕を捻り上げられ宙づりにされた。いとも簡単に投げ捨てられ、穴が開くほど腹を蹴られ、鼻を折られた。挙句の果てに肋骨と左足を踏み潰された。襲われている最中に三発の弾丸で抵抗したが、勝雄の暴力が止まる気配はなかった。あの時、何度殺されると思ったか。

記憶が原初の恐怖を呼び起こした。

「うわあああああっ」

すんでのところで相手の右手を強く払い除《の》けると、注射器が弾け飛んだ。

これで武器は解除できた――と判断したのが間違いだった。

ものの数秒と経たないうちに左手の感覚が鈍磨していく。力を入れようとしても入らず、まるで他人の身体のようだ。

畜生、何を注射しやがった。

古手川が動揺している中、相手はもう一方の手で別の凶器を用意していた。手術用のメス。刃渡りは四センチ程度だが、殺傷能力は充分だ。

「やめろ」

叫んだが、相手は無慈悲にメスを脇腹に差し込んできた。あまりに刃先が鋭いせいなのかさほどの痛みはないが、確実に腹部の血管と組織を抉《えぐ》っている。メスを持つ手が、既に血に染まっている。それが自分の血だと認識するなり、恐怖が襲ってきた。

このままでは殺される。

前の事件で死にかけた記憶がまたもや甦る。今度もまた単独行動だったのが悔やまれる。

恐怖は古手川自身すら知らない力を呼び起こした。まだ麻痺の及ばない両脚を上げ、後ろから相手の首に巻きつける。下半身の重みを利用して相手の身体を引き剝がそうとする。

だが、力を出す度に、脇腹から出血しているのが分かる。

「人を、呼べ」

古沢に向けてそう言ったが、肝心の本人は青い顔で欄干に凭《もた》れているだけで役に立ちそうもない。

無理やり呼び起こした馬鹿力にも限界がある。古手川の両脚も相手を引っ繰り返すまでには至らず、メスによる第二打を右太腿に浴びることになった。

さくっ。

よほど太い血管が切断されたのだろう。それでもメスの切れ味がいいのか、痛覚よりも先に視覚が刺激される。古手川の目の前で血飛沫の大輪が咲いたのだ。

大量に噴き出る血とともに気力までが洩れ出ていく。

注入された薬剤の効果なのか左手は完全に機能を失ったばかりか、麻痺は間違いなく全身に及び始めた。

両脚の力が抜けると、相手は身を捩って振り解く。そして第三打を見舞うべくメスを持つ手を宙に翳す。

胸を目がけているのが分かった。

古手川は残り少なくなった気力を一点に集中する。相手は古沢の顔を見ている。背後の気配には気づかない。

古手川は右足の爪先で盆の窪を蹴った。延髄に当たる箇所で、頭部では一番の急所だった。さすがに効いたのか、相手はぐらりと体勢を崩して横倒れになる。だが古手川の抵抗もそこまでだった。相手に起き上がられたら、今度こそ殺られる。

古手川の方は上半身を起こすこともできなかった。思うままにならない身体で見苦しく足掻《あが》いていると、相手がゆっくり立ち上がるのが見えた。

万事休すか。

視界さえ朦朧とし始めたその時だった。

相手の背後に、ぬっと人影が現れた。

「そこまでだ」

他に聞き間違えようのない濁声《だみごえ》。

渡瀬は歳に似合わぬ敏捷さで相手の手からメスを叩き落とすと、あっという間に自由を奪ってしまった。

「確保したぞ」

すると渡瀬に遅れて、数人の捜査員がわらわらと周囲に集まって来る。

遅いんだよ、お前ら。

やがて視界いっぱいに渡瀬の顔が映った。

「誰か止血してやってくれ。普段から血の気の多い男だから、出血が半端じゃない」

渡瀬の声に応じて、一人が応急処置に駆け寄る。

「起きれそうにないみたいだな」

「何か、打たれました」

「ヤツのポケットにあった」

渡瀬は目の前に空のアンプルを翳してみせた。

「筋弛緩剤だ。打たれた量は多くないが、しばらくは身動きが取れんだろう。幸いにも医療刑務所が目と鼻の先にある。つくづく悪運の強い野郎だ」

「いつから俺たちを尾《つ》けていたんですか」

「お前が医療刑務所に到着する一時間前からだ。結構大人数のチームだったからな。四方に分散した上で、お前とも距離を取っていた」

聞いている最中に恥ずかしくなってきた。考えてみれば、古手川が思いつきそうなことを渡瀬が気づかないはずもなかった。

「……文句言って、いいスか」

「お前がカエル男と格闘していたのは、ほんの数十秒だった」

そんなに短かったのか。

「相手が相手だから、何某かの武器を所持しているのは予想できた。距離を取っていたのはそういう理由だ」

予想もせず、闇雲に肉弾戦に持ち込んだ自分はあさはかだったということか。渡瀬の顰め面は自分の軽率さを責めているようにも見えた。

「勝雄のところに連れていってください」

渡瀬の眉間に皺が寄る。

「対面させねえと、示しがつかんか」

「これは、俺の事件です」

渡瀬は鼻を鳴らすと古手川を抱き起こし、捕縛したカエル男の許へ連れていく。カエル男はフードを目深に被ったまま項垂《うなだ》れていたが、古手川たちが近づいていくとゆっくりこちらを向いた。

「フードを取ってやれ」

渡瀬の声で、捜査員の一人がフードを上げる。

古手川は言葉を失った。

世間から第二のカエル男と怖れられたその人物は、ひどく不満げな様子だった。

「ずいぶん手荒な真似をしてくれたものだ」

御前崎宗孝教授はそう言って古手川を睨んだ。

古手川がカエル男こと御前崎と再び対面したのは、県警本部の取調室だった。

適切な応急処置と運び込まれた医療刑務所のお蔭で腹部と右太腿の負傷も大事に至らずに済み、注入された筋弛緩剤の効果も時間を経て収まった。担当した医師は、まるで馬並みの生命力だと呆れていたという。

そして今、古手川は渡瀬とともに御前崎と対峙している。訊きたいことは山ほどあるが、取り調べ担当は渡瀬に委ねられている。

「あなたとは、またこうしてお会いできると思っていましたよ」

留置場でひと晩を明かした御前崎は余裕ができたのか、世間話をするように話し掛けてくる。対する渡瀬は仏頂面で迎え撃つ。

「捕まるのは予想していたんですか」

「カエル男として犯行を繰り返していれば、必ずあなたが出馬するはずですからね。あなたの優秀さはわたしが一番よく知っている」

「逃げるつもりはなかったんですか」

「最終目標は古沢冬樹だった」

御前崎はどこか誇らしげだった。

「わたしが娘と孫娘を殺されて血の涙を流したことはあなたに告げた通りだ。先の事件では衛藤弁護士を始末することができたが、あれで二人の無念が晴れるものか。古沢冬樹さえ屠ることができさえすれば、後はどうなっても構わん。どうせわたしは既に死んだことになっているしね」

「我々はまずあれに騙《だま》された」

渡瀬は忌々しさを隠そうともしない。

「教授の家が半壊。壁やら天井やらに付着していた肉片と骨片から採取された血液と毛髪、そしてＤＮＡは自宅に残存していたあなたの指紋や毛髪のそれと一致した。あなたの研究室から採取したのもそうだ。しかも城北大附属病院で保管されていた血液サンプルとも完全に一致していた。現場のコーヒーカップに残っていたのは紛れもなくあなたと勝雄の指紋。これだけ状況証拠が揃っていれば、誰だって勝雄が御前崎教授を爆死させて逃走したと思い込む。顔のない死体があれば真っ先に本人のものかどうか疑われるところだが、あなたは我々の科学捜査の技術を逆手に取って、事件の舞台から自分を消し去ることに成功した」

「どんな工作をしたか、分かりますか」

「言うまでもない。あなたは身代わりを立てたんだ」

渡瀬はふっと虚ろな目をする。

「幹元丙七郎《へいしちろう》という老人が城北大附属病院に入院していた。あなたが主治医で、回復傾向にあるからと退院した。年格好があなたに酷似した老人だった」

「ほう。彼に目をつけていたのか」

「身寄りのない老人だったから、あなたにはうってつけの人材だった。退院した幹元老人は自宅ではなくあなたの家に引き取られたんだ。老人を誘う口実ならいくつも思いつく。自分はほとんど研究所に入り浸っているから、家中好きに使ってくれればいい。もしまた身体に変調が起きても、自分の家に住んでいるのならすぐ病院で対処できる。条件はただ一つ、家から出て近所の人間に目撃されないこと……身寄りのない老人にはこの上ない福音に聞こえたろうな。そしてしばらく住んでいたのなら、あの家に幹元老人の指紋や毛髪が残存していたのも当然だ。しかも附属病院に保管されていた血液サンプルもあなたなら容易に幹元老人のものとすり替えることができた。時折自宅を訪ねて彼の毛髪と指紋の付着したものを研究室に移す。無論、事前に自身の残留物を回収する手間は必要だが、作業としては困難なものじゃない。こうしてあなたの研究室と自宅は幹元老人の残留物で一杯になった。だから御前崎邸で爆発があり、室内に肉片が散乱していた時、誰一人として殺害されたのが御前崎教授であるのを疑わなかった。幹元老人の自宅から採取した残留物、そしてあなたから採取する血液と毛髪で全て証明できる」

渡瀬の推理の全貌を聞かされるのは古手川もそれが初めてだったから、驚かされた。そんなに以前から計画を実行していたというのか。

「幹元老人だけじゃない。あなたは当真勝雄も平気で利用した。彼があなたを訪ねて来たのは、おそらく爆発のあった十一月十六日以前のことだったろう。あなたは最終目的の古沢を亡き者にする前に捕まる訳にはいかなかった。だから御前崎宗孝の存在を消すのと同時に、当真勝雄にはカエル男として活躍してもらわなきゃならない。自宅に彼の指紋が付着したコーヒーカップを残しておいたのも、数ある偽装工作の一つだった」

「それも証拠がなければねえ。殺人現場に残されていた犯行声明は全て勝雄くんの筆跡だったんでしょう」

「当真勝雄の死体は、今朝がた発見されましたよ」

渡瀬の声は一段と低くなった。

「爆破された後の御前崎邸の床下を隈なく掘らせました。爆発の及んでいない寝室の下から見つけましたよ。外傷は見当たらなかったので、おそらく毒殺でしょう。殺人現場の真下に別の死体が埋められているなんて誰も思いつかない。これも盲点でした」

古手川は無意識のうちに拳を強く固める。勝雄の死体発見がもたらされた時の衝撃は、未だに忘れられない。憤りと喪失感、そして何故か安堵に似た感情が一斉に押し寄せてきて、しばらくは言葉もなかったのだ。

「さよう、わたしは盲点を最大限利用した。しかしあなたはよく見破れたものだな」

「途中からあなたのことを疑い始めた。そして勝雄ではなく、御前崎教授の立場で考え始めた時、あなたならきっとこうするだろうと推測したんです」

「ふむ。ではその後の殺人事件についても同様に推測できた訳ですか」

「あれは殺人事件じゃない。最後の末松だけは殺人事件だが、それ以外は全くの無関係だった。〈屋島プリント〉で佐藤尚久が溶解されたのは、ただの事故だった。神田駅で志保美純が線路に飛び込んだのはただの自殺だ。あなたは単純な事故と自殺をも利用した。方法は呆れるほど簡単だった。死体発見現場にカエル男の犯行声明を置いておく。それだけで警察も世間もカエル男の犯行だと思ってくれるからだ」

「どうしてわたしがそんな面倒な真似をするんですか」

「末松を殺害した時点で、彼が古沢の事件の関係者であるのはすぐに発覚する。あの事件で遺恨があるのは、古沢に殺害された妻の夫である小比類とあなただけだ。目をつけられたら、最終ゴールまでに目論見が見抜かれる惧れがある。そこであなたは前回と同様、サ行の名前に由来した五十音順の連続殺人を演出して本来の動機を隠そうと努めた。ついでに言えば、国民党瀬川了輔議員に宛てて脅迫めいた犯行声明文を送ったのもその一環だ。もっともそちらは、本命の古沢冬樹を襲撃するための陽動も兼ねていましたけどね。当真勝雄の日記の原本はあなたの手元にある。ここから先は技術的な話で想像するしかなかったが、あなたは勝雄の日記全ページをスキャンし、プログラムに記憶させた彼の字で犯行声明文を作成した。現場に置いておくのはプリントアウトしたものを更にコピーしたものだから、筆跡は勝雄のものであってもデータ上で作成したものとは思えない。あなたの着衣に忍ばせてあったＵＳＢメモリーは現在鑑識で解析中だが、きっとお宝がざくざく埋まっている」

「現物を取り上げられてはどうしようもない。渡瀬さんの指摘された通りですよ。彼の筆跡で声明文を作成するのは楽な仕事でした。最近はそうした作業をするのに適したビジネスコンビニの店舗が増えましたからね。こざっぱりとした服に着替えれば、入店しても誰からも不審に思われませんでした」

「佐藤尚久と志保美純の場合、犯行声明文が発見されたのは決まって事件報道の後だった。東京都内だけでも一日に発生する事故や自殺は山ほどある。あなたはその中から被害者の名前がサヤシで始まるものを検索し、その現場に犯行声明文を置いておくだけでよかった。単純で、最小の労力で最大の効果を生む。まさにあなたが考えつきそうな方法だ」

「その推理に至った過程をお訊きしたいですね」

「末松健三は殺人でしか有り得ないが、他の二つは単なる事故や自殺で通用する。それを許さないのは犯行声明文の存在があるからだが、逆に言えば犯行声明文が勝雄以外の人物によって偽造されたものなら、拘泥はなくなる」

「その通りですね。しかし渡瀬さん。その段階では勝雄くんがまだ存命している可能性は否定できなかったはずです」

「御前崎邸で爆死したのはあなた以外ではないか……その疑いは当初からありました。その疑惑が解消されない限り、当真勝雄が存命していることにも確証が持てませんでした」

御前崎の顔に初めて不審の色が浮かんだ。

「そんな当初の段階でわたしの偽装を疑っていた理由は何ですか」

「お忘れですか、御前崎教授。あなたは二年前に飯能市の講演に行かれた際、急な歯痛に襲われて沢井歯科に駆け込んだ。そこで件の衛藤弁護士と遭遇した訳ですが、その時の治療でデンタルインプラント（人工歯根）を埋め込まれた。これは沢井歯科に保管されていたカルテから分かっています。それで妙だと思ったんですよ。爆破の現場からはインプラントなんて、ただのひと欠片も回収できなかったんですからね」

御前崎はあっと小さく洩らした。

「それからもう一つ。末松は木材チッパーで破砕されましたが、通常ああした機械には危険回避のために安全ロックが装備されています。もちろん機体横に貼付してある注意書きを読めばどうということもないのですが、当真勝雄は漢字を読めないのですよ。電源スイッチと始動ボタンは素人にも分かる造りですが、その注意書きが読めないのでは、破砕機を始動させることも不可能なんですよ」

「……種明かしはそれでお終いかな」

「とりあえずは」

「百点をあげよう、渡瀬さん。素人なりに巧緻《こうち》な計画だと思ったが、色々と穴が散見されたようだ。潔く負けを認めよう。最後に古沢冬樹を手に掛けられなかったのは業腹だが、どのみち何の罪咎《つみとが》もない母子をあんな風に殺したケダモノだ。たとえ釈放されても社会が受け容れてくれるはずもないと期待するとしよう」

御前崎は皮肉な笑みを浮かべながら言う。古手川には負け惜しみにしか聞こえなかった。おそらくは地位も名誉もあった男の、せめてもの虚勢に違いなかった。

「本来であれば無罪判決を下した三人の裁判官も殺してやりたかった。それでわたしの復讐は完結するはずだった」

「古沢を無罪にした関係者全員を二人の祭壇に捧げるつもりでしたか」

「当然だ。罪もない母子を惨殺したケダモノを空疎な法理で生き長らえさせ、自らは崇高な人物として振る舞ったのだ。相応の報いは受けてもらう」

御前崎は傲然と言い放つ。たとえ日本の法律や数多《あまた》の裁判官に背いても、この老人の正義は決して変えられないのだと古手川は思った。

「しかし渡瀬さん。改めて訊くが、いったいいつからわたしを疑っていたのですか」

「『深淵を覗く者は深淵からも覗かれている』」

「何ですって」

「出来の悪い警察官が多分何の気なしに吐いた言葉ですがね。それがヒントになりました」

「訳が分からんね」

「御前崎教授。今回の事件、あなたは全て自分で計画していると信じているようだが、本当にそうなのかな」

「いったい何を言い出すかと思えば……」

「考えてもみてください、教授。有働さゆりを利用した先の事件では、あなたは自分の手を一切汚さなかった。実に見事で胸糞の悪くなる手際でした。ところが今回は幹元老人に当真勝雄、そして末松健三と三人もの人間を直接手に掛けている。手駒だったさゆりが八刑に収容されていたという事情はありますが、それなら勝雄を再度手駒に使う方法もあったはずだ。しかし、あなたは敢えて自らの手を汚した。以前のあなたにはそぐわないやり方だ。あなたがやり方を変えたのは、いったい何故ですか」

問われた御前崎はすっかり当惑している様子だった。

「御前崎教授。あなたは以前、外傷再体験セラピーを利用して有働さゆりの狂気を引き出した。精神障碍の元凶となった出来事を催眠状態で再体験させる、危険な治療法でした。危険だったお蔭でさゆりは見事享楽殺人者に逆戻りした訳ですが……その際、施術者のあなた本人もさゆりの影響を受けたのではありませんか。そうしたセラピーを反復することで患者と医師の間に共通幻想が生まれてしまう。医学的には逆転移と呼ばれているそうですね。セラピーの中で患者の過去の対象関係や対人関係が、現時点において賦活され再現するのが転移。そして患者の転移に触発されて、施術者の裡に潜む対人関係を再現してしまうのが逆転移、でしたか」

御前崎は顔色を変えた。

「そんな……馬鹿な」

「馬鹿な話じゃない。現にあなたが二十年も前に発表した『外傷再体験セラピー批判』の中で、過去にそうした実例があったと記述しているじゃありませんか。有働さゆりの中で怪物が目覚めた瞬間、あなたの中にも同じ怪物が侵入したとは考えられませんか」

御前崎は顔色を変えたまま、記憶を巡らせているようだった。

「その様子では、何か心当たりがあるようですね」

「……セラピーを施している最中、彼女がしきりに呟いていたのを思い出した。自分が本来の目的である実子殺しを成就したら次はどうするのだと。もし計画が途中で止まったらどうするのだと」

「有働さゆりの中で眠っていた殺人衝動を、あなたは無理に叩き起こした。その際、あなたの精神にも殺人衝動が転移した。全くの素人考えなのですがね。そうとでも考えないと、あなたが血に餓えたように振る舞った事実を説明できないのです。言い換えれば、あなたが有働さゆりを操ったのと同時に、有働さゆりもあなたを操ったのですよ」

いきなり御前崎は洪笑し始めた。

「これは傑作だ。わたしが操られた？　あの彼女に？　前にも言ったが年季の入った警察官の誇大妄想として傾聴に値する。わははは、愉快だ。全く愉快だ」

「確かに妄想かも知れませんな。しかしあなたの手が血塗られたのは紛れもない現実です」

渡瀬は相手の喉元を締め上げるような声で迫る。次第に御前崎は嗤《わら》うのをやめた。

「教授には起訴前に精神鑑定が行われる可能性がありますが、未熟な鑑定医の質問に答えるより前に、教授自身が自己診断されてはいかがですか。房の中では時間がたっぷりある。退屈はせんでしょう」

因果応報とはこのことだ——古手川は爽快感と遣る瀬無さを綯《な》い交《ま》ぜにして二人の男を見比べ

る。今回ばかりは渡瀬の完全勝利と思えた。

やがて御前崎は昏い目で渡瀬を覗き込んだ。

「今、ふっと思いついたのだがね」

「何でしょう」

「わたしは外傷再体験セラピーで、衛藤弁護士以降の殺人についても彼女の潜在意識に刷り込んでおいた。それは彼女の逮捕によって中断してしまった訳だが、その彼女が塀の外に飛び出したら、いったいどんな行動に移るのだろうね」

今度は渡瀬が黙り込む番だった。

ひどく難しい顔の渡瀬を前にして、御前崎は低く忍び笑いを洩らし始めた。

取調室の中が御前崎の嗤いで充満していく。

5

「マスター、もう一杯」

古沢が注文すると、すぐにショットグラスの中身が注がれた。四年もの間一滴たりともアルコールを摂取しなかった身体は、ショットグラス一杯ではや軽い酩酊《めいてい》状態になろうとしていた。今日がクリスマスイブである事実も、浮かれ気分を更に煽っていた。名古屋市中区錦《にしき》三丁目。初めて入った店だが、馴染むのに三分とかからなかった。

御前崎宗孝に襲撃された時は慌てふためいたものの、自分を尾行していた刑事たちのお蔭で命拾いをした。前の母子殺人の時といい、日本の司法はとことん古沢のために機能してくれるらしい。

とにかく新たなる門出で、しかもクリスマスイブだ。自分を救ってくれた古手川という刑事は、きっとサンタからの贈り物に違いない。

古沢冬樹の未来に乾杯。

古手川刑事の奮闘に乾杯。

古沢は目の前のグラスを一気に呷る。熱い水が喉を心地良く灼《や》く。

当座の生活資金ならある。医療刑務所に母親が面会に来た際、差し入れてくれた現金を貯めていたのだ。

仮出所者の更生を手助けしてくれる保護司も紹介してもらった。世間の大部分は松戸市母子の事件は知っていても、当時十七歳だった古沢の名前は知らないはずだ。医療刑務所で覚えた行儀の良さを発揮すれば、それほど苦労もなく職にありつけるだろう。何といっても世の中は古沢の都合のいいようにできている。

「マスター、こっちもお替わり」

耳に心地よい声が上がる。真横に座っている女が発した声だった。

古沢は最前からちらちらと女の横顔を覗き込んでいた。目鼻立ちのはっきりした、蠱惑《こわく》的な女だった。自分より間違いなく年上だが、充分古沢の守備範囲だった。

その女と不意に目が合った。

「お兄さん、地元の人？」

「いいえ。どうして？」

「言葉がなまってないから」

「ああ、俺、元は関東人だからね」

「どこ」

「千葉」

「あ、わたしは埼玉。隣県ね。さゆりよ。よろしく」

綺麗というよりは可愛い女で、その上話し好きだった。しかも明らかに自分を誘っている。据え膳食わぬは男の恥と、これは医療刑務所に入る前から悪い先輩に教えられている。

錦三丁目というのは男の欲望に明快な場所で、スナック街を道路一本隔てるだけで風俗店が林立していた。既に暗黙の了解ができていて、古沢がさゆりの腕を取ってそちらの方向へ歩いていっても、抵抗らしい抵抗は感じなかった。

逸《はや》る気持ちを抑えながら、ラブホテルの門を潜った時、古沢の心は下半身と同様にいきり立っていた。

美味い酒にいい女。出所祝いとしてこれ以上の夜はない。

半ば興奮し半ば夢見心地で部屋の中に入る。今宵、さゆりがもたらしてくれるのは、どんな悦楽なのだろうか。

「先にお風呂、いただくわ」

古沢の方に否はない。服を脱ぎ出したさゆりを凝視していると、やんわり窘《たしな》められた。

「少しの間、あっち向いてて」

どうせ数分後には全てを晒すことになる。古沢は喜んで背を向けた。

「そのままで聞いて。あなたならどちらを選ぶのか」

「何をですか」

「あなたは地獄が好き？　それとも天国が好き？」

「そりゃあ、天国に決まってる」

「イブだから、望みを叶えてあげる」

好色に胸を躍らせて振り向く。

さゆりの振り翳したナイフが、ぎらりと室内灯を反射した。

本書は、『このミステリーがすごい！』大賞作家書き下ろしＢＯＯＫ ｖｏｌ．13（二〇一六年六月）、ｖｏｌ．15（二〇一六年十二月）～ｖｏｌ．18（二〇一七年九月）掲載の『連続殺人鬼カエル男ふたたび』を加筆修正したものです。この物語はフィクションです。作中に同一の名称があった場合でも、実在する人物、団体等とは一切関係ありません。

中山 七里（なかやま しちり）

1961年、岐阜県生まれ。『さよならドビュッシー』にて第8回『このミステリーがすごい!』大賞・大賞を受賞し、2010年デビュー。他の著書に『おやすみラフマニノフ』『さよならドビュッシー前奏曲 要介護探偵の事件簿』『いつまでもショパン』『どこかでベートーヴェン』『連続殺人鬼カエル男』（以上、宝島社文庫）、『ドクター・デスの遺産』（KADOKAWA）、『月光のスティグマ』（新潮文庫）、『ネメシスの使者』（文藝春秋）、『ワルツを踊ろう』（幻冬舎）、『逃亡刑事』（PHP研究所）、『アポロンの嘲笑』（集英社文庫）、『ハーメルンの誘拐魔』（角川文庫）、『嗤う淑女』（実業之日本社文庫）、『護られなかった者たちへ』（NHK出版）、『悪徳の輪舞曲』（講談社）など多数。

『このミステリーがすごい！』大賞 http://konomys.jp

連続殺人鬼カエル男ふたたび

2018年5月25日 第1刷発行

著 者：中山七里
発行人：蓮見清一
発行所：株式会社宝島社
〒102-8388 東京都千代田区一番町25番地
電話：営業 03(3234)4621／編集 03(3239)0599
http://tkj.jp
印刷・製本：中央精版印刷株式会社

ISBN 978-4-8002-8159-3

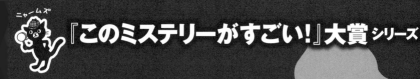

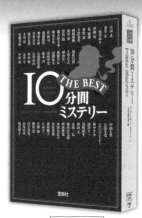